mare

Eva
Tind

Ur
sp
ru
ng

Roman

Aus dem
Dänischen
von
Ursel
Allenstein

mare

Die Originalausgabe erschien 2019
unter dem Titel *Ophav* bei Gyldendal, Kopenhagen.

Der Verlag dankt der Danish Arts Foundation
für die Förderung dieser Übersetzung.

Danish Arts
Foundation

1. Auflage 2022

Typografie Iris Farnschläder, mareverlag
Schrift Trump Mediäval
Abbildung Einband © Can Stock Photo / Gennadii Korchuganov
Druck und Bindung CPI books GmbH, Germany
ISBN 978-3-86648-647-8

MIX
Papier aus verantwortungsvollen Quellen
FSC® C083411
FSC
www.fsc.org

www.mare.de

Prolog

Milchig weiße Wassertropfen schweben über die Erde wie Nebel. Ich hocke in einem Anzug aus Rehfell am Waldrand. Die Kapuze ist ein Schatten, unter dem sich das Gesicht versteckt, und ganz oben ist ein kleines Gewehr befestigt. Noch ehe ich ihn sehe, höre ich die Krallen des Fasans in der Erde nach Käfern und schleimigen Schnecken scharren. Lautlos hebe ich das Gewehr und ziele. Ein Knall lässt den Wald erzittern, der Fasan fällt um. Die Störung erzeugt einen Wirbel im weißen Nebel, der wie ein Schleier über dem Boden liegt. Ich gehe in die Schussrichtung. Der Fasan liegt reglos auf dem Waldboden und sieht aus, als würde er schlafen. Die kleinen Schrotkugeln haben sich überall hineingebohrt, die Federn über den Einschusslöchern geschlossen. Ich höre mich selbst atmen, höre das Blut, das in meinem Körper pulsiert. Ich knie mich neben den Fasan und blicke in das eine Auge, das aus der Perspektive der Ameisen einer Kristallkugel gleichen muss. Die Kälte aus der Erde dringt bis in die Knie, ich stütze meinen unteren Rücken, richte mich auf und reiße mir die Kapuze vom Kopf. Dann packe ich den Vogel an den Füßen, stehe auf und gehe zurück zur Hütte, als der Tag erwacht.

Das Gras ist hoch, der Raureif bedeckt es wie ein weißer Pelz. Der Pfad, dem ich folge, geht in den Weg zum Haus über, zwei frische Reifenspuren haben grüne Linien durch den weißen Pelz gezogen. Als ich mich dem Haus nähere, sehe ich, dass auf der Lichtung ein schwarzer Fiat parkt. Ich erwarte keine Gäste. Das Auto bewegt sich nicht und dampft wie ein Tier. Ich halte inne und beobachte es aus der Ferne. Es ist, als würde die Natur den Ton herunterdrehen, selbst die Bäume halten die Luft an. Dann unterbreche ich die Stille und gehe zum Auto. Ich erreiche sein Heck, als die Vordertür geöffnet wird. Ihre Füße sehe ich zuerst. Weiße Sneaker, ein weiter Hosenanzug. Ihr Haar ist lang und glatt. Ihr Gesicht gleicht dem von Kai.

»Sui?«

Sie schlägt die Autotür zu und geht mir entgegen.

»Du bist es«, sage ich überrascht.

»Hallo, Miriam«, sagt sie, »lang ist's her.«

Kopenhagen, 2010

Kai

Es beginnt damit, dass Sui sagt:
»Ich ziehe aus.«

Ein Satz, der in der Luft schwebt wie jeder andere, für mich aber alles verändert.

»Ich werde bei Anton einziehen.«

Sui sieht glücklich aus, nur zwischen ihren Augenbrauen zeichnet sich eine dünne Linie ab.

»Aber hier wohnst du umsonst. Kannst du dir das denn überhaupt leisten?«, frage ich.

»Ich arbeite im Café und lebe doch im Prinzip sowieso schon bei Anton, du wirst keinen Unterschied bemerken«, antwortet sie.

»Ist das nicht viel zu früh?«

»Papa, du bist auch mit achtzehn von zu Hause ausgezogen.«

»Jetzt bleiben die meisten aber bei ihren Eltern wohnen, bis sie mindestens zwanzig sind, und heutzutage verschwimmen die Altersgrenzen viel mehr. Wir machen doch oft dieselben Sachen, lesen dieselben Bücher, gucken dieselben Filme. Wir sind eher wie eine kleine WG, oder?«

»Ich habe das Bedürfnis, Verantwortung für mein Leben zu übernehmen«, sagt sie.

Meine Wirklichkeit war bisher nur von einer einzigen großen Weltlampe beleuchtet, die auf ihrem gewohnten Platz auf der rechten Seite der Welt hing und alles aus einer festen Richtung beleuchtete, sodass die Möbel und der Kaktus, meine einzige Zimmerpflanze, ihre Schatten immer nach links warfen, doch in dem Moment, als der Satz über Suis Lippen kommt, wird auf der linken Seite eine andere Lampe angeknipst, klick, zwei Lichtquellen, wie zwei Sonnen. Rundum erleuchtet, verlieren die Dinge ihre Tiefe. Alles, was im Schatten verborgen lag, kommt zum Vorschein. Plötzlich spüre ich, wie der Schweiß aus meinen Achseln strömt, auf meiner Oberlippe und aus allen Poren perlen kleine Wassertropfen, der plötzliche Aufruhr des Meeres, und Sui entgleitet meinen Händen wie ein Fisch. Ich lächle ruhig, obwohl mir das Wasser wie ein ganzes Meer im Mund steht. Ich schlucke, aber der Hals verengt sich, noch mehr Wasser strömt hinzu. Der Mensch besteht zu fünfzig bis sechzig Prozent aus Wasser, wenn ich den Mund öffne, wird es heraussprudeln wie ein reißender Wasserfall. Wenn ich den Mund nicht öffne, ertrinke ich.

Jetzt zieht sich das Meer zurück.

»Komm«, sage ich.

Ich umarme sie. Ihr Körper ist fest und gesund, ihre Haut noch zart wie die eines Kindes. Und jetzt möchte sie bei Anton einziehen. Ich sehe ihn vor mir: groß, schlaksig, mit blonden Dreadlocks. Er trägt baumelnde Hängeohrringe, obwohl er in einem Reihenhaus in der Provinz aufgewachsen ist und Wirtschaftswissenschaften studiert. Ich greife das kapitalistische System von innen an, sagt er. Sui möchte Schriftstellerin werden, sie füllt Notizbücher und wechselt ständig ihre Jobs. In ihren selbst genähten Gewändern und seltsamen weiten Hosenanzügen sieht sie aus wie eine Nymphe, die sich als Landstreicherin verkleidet hat, und man würde ihr die Verkleidung auch abnehmen, hätte sie nicht dieses ovale Gesicht, das lange dunkelbraune Haar und die Augen, die andere Menschen mit einer Mischung aus Überraschung und Mitgefühl betrachten. Diese Augen wenden sich jetzt von mir ab. Sie hinterlassen mich mit meiner Angst, allein zurückzubleiben, nackt in einem leeren weißen Raum.

Stattdessen verliere ich mich lieber in meinem Erinnerungschaos. Man kann etwas nie wieder so erleben, wie man es das erste Mal erlebt: das erste Mal, wenn man von einem Kind verlassen wird und die Sonne hinter den Wolken verschwindet.

Das erste Mal, als Sui einen Zahn verlor, so winzig, dass es kaum zu glauben war.

Das erste Mal, als ich mich verliebte, in Lone aus der Parallelklasse, ihr weicher Mund, und das Haar, so leicht und schön, es duftete nach Tannennadeln, und wenn ich ihr Lachen hörte, kribbelte es überall.

Das erste Mal, als ich Senf probierte, rohen Fisch, Kaninchen, Pferd, Rinderzunge, Passionsfrucht, ich sah die Kerne, die schleimigen Fischaugen glichen, und mir wurde schlecht. Du bist ein Idiot, sagte ich zu mir selbst – und schluckte sie herunter.

Das erste Mal, als ich übers Wasser ging, dünne, glasklare Eisschollen bedeckten den See. Mein Vater stand am Ufer und winkte mir zu, während ich in meinen Stiefeln mit der Holzsohle über das Eis schlitterte, bis in einen Bereich mit großen, blanken Pfützen. Ich stolperte, und das Wasser drang überall ein. Meine Mutter stürzte herbei und heulte wie ein verletztes Tier, aber dann stand ich auf und schlitterte weiter, und sie rief: Du kannst ja übers Wasser gehen! Der Wind zerriss ihre Stimme.

Der erste Flug, die Wolken trieben wie Wattebäusche neben dem Rumpf der Maschine über den Himmel, und ich landete in einer neuen Welt.

Das erste Mal, als ich onanierte, fast versehentlich. Ich rieb an meinem Anhängsel, das sich aufrichtete, und mein Atem beschleunigte sich im selben Takt wie mein Puls.

Das erste Mal, als ich Sui sah, die in ihrer Plastikkrippe lag wie eine Außerirdische, soeben aus der Hülle geschlüpft, in der sie erschaffen worden war.

Als Sui mich das erste Mal anlächelte, ein Kitzeln im Rückgrat vor Freude.

Als sie ihre ersten Schritte machte, mehr Freude.

Als ich sie das erste Mal allein in der Kindertagesstätte zurückließ und sich ihr Schrei wie ein Speer in meine Brust bohrte. Ich taumelte aus der Tür und umklammerte mit beiden Händen das Metall, während ich eine rote Blutspur auf dem Bürgersteig hinter mir herzog.

Als Miriam uns verließ; das ist keine Handlung, die vergeben, verwandelt und verstanden werden soll, sie soll wie eine in Stein gehauene Skulptur in einer Landschaft stehen. Ich möchte alles genau so in Erinnerung behalten, wie es war.

Als Sui unaufhörlich weinte und nach Miriam rief und ich mir das erste Mal wünschte, ich wäre eine Frau, damit ich sie wie eine Mutter in die Arme schließen könnte.

Das erste Mal, als Sui auf einem Fahrrad das Gleichgewicht fand, ein Rad aus Freudenschauern.

Als Sui ihren ersten Schultag hatte und ich Rotz und Wasser heulte vor Stolz.

Als sie ihre Menstruation bekam und ich mir das zweite Mal wünschte, als Frau geboren zu sein.

Und jetzt: Meine Tochter zieht von zu Hause aus, nichts wird mehr sein, wie es war. Wenn ich die Zeit anhalten könnte und Sui daran hindern, mich zu verlassen, würde ich es tun, aber noch in derselben Sekunde bereuen. Ich würde mich selbst in die Hand beißen oder die Hand gegen einen Küchenschrank hämmern und mir zwei Finger verstauchen, und dann würde ich kurz in mich gehen und anschließend gezwungen sein, die Zeit weiterzudrehen und Sui loszulassen. Jetzt werfe ich einen Stein in den Himmel, schließe die Augen und hoffe, dass er nicht herunterfällt und sie trifft. Der Stein fliegt durch die Luft und streift ein handgemaltes Schild mit der Aufschrift: »Hier beginnt die Vorstellung.« Ein neues Leben wartet, womöglich größer als jenes, das sie zurücklässt.

Kopenhagen, 2010

Sui

Komm zurück ins Bett. Musst du wirklich unbedingt gehen?«, fragt Anton.

»Ich bin mit meinem Vater zum Abendessen verabredet«, antworte ich.

»Aber ich brauche dich, dein Vater kann warten. Komm schon, leg dich wieder hin, nur fünf Minuten.«

»Nein, Anton, ich bin immer zu spät.«

»Wir sind jung, wir sind geradezu verpflichtet, zu spät zu kommen.«

»Und auf die Gefühle anderer zu pfeifen?«

»Ja, genau das machen wir. Aber natürlich nicht absichtlich.«

»Nein, natürlich nicht.«

»Jetzt mal im Ernst, was passiert denn schon, wenn du eine halbe Stunde zu spät kommst, wird dein Vater überhaupt jemals sauer?«

»Darum geht es nicht.«

»Er tut doch nie etwas Unerwartetes.«

»Tut er wohl.«

»Nenn mir ein Beispiel.«

»Er kann übers Wasser gehen.«

»Und ich habe magische Hände.«

»Hör auf, das kitzelt!«

»Du hast Mundgeruch.«

»Ich habe mir gerade die Zähne geputzt.«

»Du hast trotzdem Mundgeruch.«

»Komm doch mit, es gibt was zu essen umsonst.«

»Ich muss meine Hausarbeit fertig schreiben. Willst du das da anziehen?«

»Ja.«

»Sieht aus wie ein Sack.«

»Es ist schwer, die Welt zu verändern, wenn man seine Zeit mit Gedanken daran verschwendet, wie sich andere anziehen. Vielleicht schreibst du deshalb nur Hausarbeiten darüber, anstatt wirklich etwas zu unternehmen.«

»Es war nicht so gemeint, Sui, du siehst zum Anbeißen aus in dem Sack.«

»Im Hosenanzug.«

»Na gut. Hosenanzug.«

Als ich zehn Minuten später auf der Straße stehe und zum Fenster der Wohnung hinaufsehe, zieht Anton das Rollo hoch und presst hastig eine Handfläche auf die beschlagene Scheibe, dann ist er weg, und nur der Abdruck seiner Hand bleibt. Als ich mein Fahrrad aufschließe, bemerke ich, dass der Reifen platt ist. Ich überlege, ob ich den Bus nehmen soll, entscheide mich dann aber, zu Fuß zu gehen. Ich stelle mir vor, die Straße wäre ein Fluss und ich ein Fisch, der unter der Wasseroberfläche aufblitzt wie eine Messerklinge. Als ich den Fluss überquere, erfasst mich die Strömung und schiebt mich quer über die Straße. Jensen, eine Freundin meines Vaters, hat mir irgendwann einmal von Copes Regel erzählt: »Als vor 3,6 Milliarden Jahren das Leben auf der Erde begann, waren alle Organismen winzig, und es dauerte 2,5 Milliarden Jahre, bis sich ein Organismus entwickelt hatte, der größer war als eine einzige Zelle. Die

Tendenz, im Laufe der Evolution einen größeren Körper zu entwickeln, ist nach dem amerikanischen Paläontologen Edward Drinker Cope benannt. Die Tiere im Meer werden allmählich größer und größer«, sagt Jensen. So was weiß sie einfach so. Und teilt das Wichtigste immer mit mir.

Jetzt gehe ich schneller. Die Straße ist wie ein Fluss voller Fische, kleine Fische mit Augen wie schwarze Kerne und Fische, die groß sind wie Autos. Ich gleite weiter den Fluss entlang, an den hohen Fenstern des Cafés vorbei, in dem ich arbeite. Durch die Scheibe sehe ich hinter dem Tresen Paris stehen, das neue Mädchen, das lustigerweise wirklich aus Paris kommt, sie trägt eine gestreifte Bluse mit einem weiten Ausschnitt, der ihr immer wieder über die linke Schulter rutscht.

Ich gehe zum Haus, die Tür ist offen. Die Küche leer.

»Papa?«

»Ich bin im Bad. Fängst du schon mal mit der Bolognese an?«

Meistens wechseln wir uns beim Kochen ab, wenn wir beide zu Hause sind. Das heißt, wir haben uns abgewechselt. Ich zupfe ein paar Blätter vom Basilikum, nehme Dosen, Fleisch und Gemüse aus dem Kühlschrank, hacke die Zwiebeln und brate sie in der Pfanne an, dann schneide ich die Tomaten mit dem japanischen Messer und gebe sie zu den Zwiebeln, das Öl spritzt. Mein Vater kommt ins Wohnzimmer, er steht mitten in unserem Haus und sieht aus, als wäre er ein Teil von allem.

»Jetzt muss sie nur noch ein bisschen köcheln«, sage ich.

»Es duftet schon«, sagt er und hängt sein nasses Handtuch über die Heizung.

Meinem Vater war es immer wichtig, dass wir so normal wie möglich wirken. Er hasst es, sich von anderen abzuheben. Deshalb haben wir seine Fähigkeit, manch kleine Krankheit mit den Händen zu heilen, immer geheim gehalten, obwohl sie uns einige Klinikaufenthalte erspart hat. »Ich kann ein inneres Ungleichgewicht beheben und Spannungen, aber keine Krankheiten, die sich im Körper niedergelassen haben«, erklärt er. Mein Vater ist Architekt, deshalb lassen sich die Krankheiten im Körper nieder, als wäre der Körper ein Haus. Unseres hat er selbst entworfen und gebaut, aber obwohl wir hier einen Großteil meiner Kindheit verbracht haben, hat es etwas Nüchternes an sich, das es unbewohnt erscheinen lässt. Über dem Tisch hängt eine PH-Lampe, die anderen Möbel sind auch Designerstücke. Es gibt keine Familienbilder, keine unnötigen Farben und Muster, es sei denn, sie fließen bewusst in die Gestaltung mit ein. Es ist das genaue Gegenteil von dem Haus, in dem Antons Mutter wohnt, wo die Blüten der vertrockneten Blumen auf die Fensterbank rieseln und die Zimmer mit Nippes, Skulpturen und Souvenirs von ihren vielen Reisen dekoriert sind. Ihr Haus ist wie ein Trödelladen, aber jeder kleine Gegenstand ist mit Gefühlen und Geschichten verbunden.

»Woran denkst du gerade?«, fragt mein Vater.

»An nichts«, antworte ich.

Madonna hat sich auf der Kokosfasermatte im Flur zusammengerollt und knurrt im Schlaf, ihr geschecktes Fell hängt schlaff herab. Jetzt öffnet sie ein Auge und sieht mich an.

Kopenhagen, 2010

Kai

In meinen Jahren als alleinerziehender Vater habe ich immer an meinem Selbstverständnis als Reisender festgehalten. Und obwohl ich nicht mehr mit dem Rucksack unterwegs bin, sehe ich mich selbst weiter als Nomade. Nach dem Gymnasium bin ich allein im Nahen Osten, in Südamerika und Afrika umhergereist. Eigentlich wollte ich nach meinem Architekturstudium wieder losziehen, aber dann wurde ich Vater. Seit Sui geboren ist, führe ich ein geregeltes Leben. Gemeinsam mit meinem Freund Finn habe ich ein Architekturbüro gegründet, was sich als gute Entscheidung erwies. Mittlerweile führen wir eine kleinere Firma, zu deren Entwürfen und Projekten alles von kleinen Anbauten bis hin zu größeren Wohnbauprojekten gehört. Um mein Fernweh zu lindern, klammere ich mich an etwas, was Jensen einmal gesagt hat: dass die Vorstellung von einem Ort oft viel interessanter ist als der Ort selbst. In den letzten achtzehn Jahren habe ich ein Zuhause geschaffen und meine Tochter großgezogen. Jetzt bin ich ein dreiundvierzigjähriger Mann mit grauen Schläfen, der allein mit seinem Hund lebt. Ich habe erst die Hälfte meines Lebens hinter mir, was also fange ich mit dem Rest an? Bin ich immer noch eine nomadische Natur, oder hänge ich in einem erstarrten Bild davon fest, wer ich bin? Ich spüre ein Kribbeln im Bauch, wenn ich daran denke, dass ich jetzt frei bin, die Welt zu erkunden, die mich umgibt. Würde ich es überhaupt wagen, wieder aufzubrechen? Ich ziehe meine Jacke an und wieder aus, nachdem ich mich im Palmengarten des Skulpturenmuseums an einen Tisch gesetzt habe. Eine tropische Riesenpflanze ist erblüht. Die Leute drängen sich um die Blüte und fotografieren und filmen sie. Die großen Blütenblätter umkränzen das samtartige Innere, und die gepuderten Stempel vibrieren wie kleine Fühler. Ihre Schönheit steht in starkem Kontrast zu ihrem Geruch, der an den Gestank von verwestem Fleisch erinnert. Die Menschen halten sich Mund und Nase zu, als könnte die Fäulnis in sie hineinkriechen und sich in ihren Atemwegen festsetzen.

Ich sitze in der hintersten Ecke des Cafés und vertreibe mir die Zeit damit, die naserümpfenden Blumenmenschen zu beobachten, als Jensen die Bühne betritt. In einem flatternden gelben Kleid, mit einem großen Strohhut auf dem Kopf und einem kleinen rot und weiß gepunkteten Halstuch schwebt sie durch den Palmengarten.

»Es macht mich immer so glücklich, dich zu sehen«, sagt sie und küsst mich auf die Wange.

Ihre Lippen sind feucht, es fühlt sich an, als würde der rote Lippenstift an meiner Wange kleben. Ich wische mit dem Handrücken darüber.

»Du hast gerade einen unbedeutenden roten Fleck bedeutend größer gemacht«, kommentiert sie. »Was gibt's Neues aus Asien?«

»Bei jedem anderen würde ich jetzt aufstehen und gehen«, antworte ich.

»Ich werde nie müde, dich zu diskriminieren«, erwidert Jensen und lacht.

»Dabei bin ich noch nicht mal ein richtiger Asiate.«

»Nein, aber das Schlitzäugige hat sich doch unverkennbar durchgesetzt.«

Halt endlich die Klappe, würde ich am liebsten sagen, aber ich möchte sie nicht verletzen, denn so großschnäuzig sie ist, so empfindlich ist sie zugleich auch, wenn jemand ihre guten Absichten bestreitet.

»Ich überlege gerade, ob ich mit meinem alten Rucksack in die Welt hinaus reisen soll«, sage ich.

»Wirst du dann auch nach Korea fahren?«, fragt sie.

»Nein«, antworte ich.

»Es ist komisch, dass du gar nicht neugierig bist, das Land zu sehen, aus dem du kommst.«

»Das Land, aus dem mein biologischer Vater kommt. Ich habe mehr als genug von dem Koreanischen abbekommen. Ich habe wirklich keine Lust auf mehr. Mein Aussehen hat immer verhindert, dass andere mich als Dänen ansehen.«

»Wer möchte schon gern Däne sein, jetzt, wo der Freigeist abgeschafft wurde«, sagt Jensen. »Warum betrachtest du deine Lebensumstände nicht als Geschenk? Dein Vater hat dich verlassen, aber dafür hast du einen ganzen Brunnen aus Gefühlen bekommen, der nie austrocknet. Ich wünschte, ich könnte einen so tiefen Schmerz empfinden, dass ihn niemand tilgen kann, nicht einmal der, der ihn verursacht hat.«

»Ich fühle mich, als würde ich das ganze Jahr als Asiate verkleidet durch die Gegend laufen, dabei wünsche ich mir doch nur, eins mit meiner Umgebung zu werden.«

»Im Grunde beneide ich dich und Sui trotzdem.«

»Empathisch warst du noch nie.«

»Nein, eben«, sagt Jensen lächelnd.

Ich ärgere mich über ihre taktlosen Kommentare, aber ich kann meinen Zorn nie lange genug bewahren, um ihn zu äußern. Sie streckt mir ihre wohlgeformten Beine entgegen. Ihre Fingernägel, die türkis lackiert sind, trommeln auf den Tisch. Wir sind seit zehn Jahren befreundet. Obwohl sie erst dreißig ist und sich benimmt wie ein trotziger Teenie, hat sie etwas Gealtertes an sich. Ihr Gesicht ist auffallend schief, aber ihre großen Brüste und langen Beine kompensieren das. Ich könnte mich in Jensen verlieben. Aber immer, wenn ich versucht bin, mich nach ihr auszustrecken, halten mich ihre Provokationen und ihr schwerer, parfümierter Duft davon ab.

»Vielleicht bist du gar nicht zur einen Hälfte dies und zur anderen das. Vielleicht bist du eine Brücke«, sagt Jensen.

»Eine Brücke?«

»Etwas, das einen Erdteil mit einem anderen verbindet.«

»Vielleicht. Wie läuft es mit deinem Roman?«

»Ich ärgere mich darüber, dass die Wunden, die einem im Erwachsenenalter zugefügt werden, nicht tief genug sind, um in der Kindheit Wurzeln zu schlagen. Ich muss mich mit traumatischen Dingen konfrontieren, damit ich etwas zu schreiben habe. Es ist anstrengend, sich die Wunden anderer anzuziehen, daran herumzuknibbeln, damit sie nässen, bis die Geschichte fertig geschrieben ist.« Jensen spricht laut und artikuliert, ihre Brüste wogen zwischen ihr und mir im Raum.

»Du bist eine der wenigen, die vom Schreiben leben kann, die meisten anderen Autoren müssen nebenbei jobben, damit sie sich die Milch zum Kaffee leisten können.«

»Und den Wein.«

»Milch und Wein.«

Kopenhagen, 1991

Kai

Kann ich dir irgendwie helfen?«

»Wie bitte?«

»Du starrst mich an.«

»Dein silbernes Kleid … hat einen magnetischen Effekt. Trägst du immer Silber?«

»Nur, wenn ich von meiner eigenen Vernissage komme. Ich bin gegen Kunstsammler allergisch, meine Galeristin zum Glück aber nicht, also ist sie geblieben, und ich bin gegangen.«

»Bist du Miriam Bang?«

»Ja.«

»Ich habe letztes Wochenende im *Guardian* ein Interview mit dir gelesen. Ich heiße Kai.«

»Du siehst nicht wie ein Künstler aus.«

»Nein, ich habe gerade mein Architekturstudium abgeschlossen.«

»Glückwunsch und prost! Darauf, dass du jetzt hier stehst und entzückend aussiehst.«

»Ich bin fünfundzwanzig. Ich würde mich nicht als entzückend bezeichnen.«

»Lass uns zu dir gehen.«

»Sollten wir nicht erst ein Bier trinken?«

»Ich trinke kein Bier. Gibt es etwas, was ich über dich wissen sollte?«

»Ich habe ein drittes Auge, in meiner Handfläche. Das zeige ich aber nur selten jemandem.«

»Das sieht ja wirklich aus wie ein Auge. Putzig, ein asiatischer Mann mit Fatimas Hand. Hat das einen bestimmten Nutzen?«

»Ich kann die Gedanken der Menschen sehen, sie zeigen sich mir in Bildern.«

»Und woran denke ich gerade?«

»An mich. Ich liege nackt in einem Bett.«

»Du kannst Gedanken lesen!«

»Sage ich doch.«

»Dein Blick ist unglaublich intensiv, er geht mir direkt ins Blut.«

»Ja?«

»Ja.«

Die Nacht ist kalt, der Vollmond tropfend. Das Bett ist eine Wanne, die vom Mond gefüllt wird. Die dunkellila Spitze spannt über Miriams Brüsten, der Abgrund zwischen ihnen weckt ein schmerzliches Verlangen, ihr dunkles Haar fließt auf mein Gesicht herab, und überall bilden sich kleine Schweißperlen. Ihre grünen Augen, von kräftigen schwarzen Strichen umrahmt, bohren sich direkt in meine, sie ist unwirklich und ungehemmt, ich habe noch nie jemanden getroffen wie sie. Berauscht dringe ich in sie ein, lasse ihren Körper reifen, bis ich die Energie in ihr mit einem einzigen, sanften Stoß zum Ausbruch bringe. Die Luft im Zimmer ist so feucht, dass die Scheiben beschlagen.

Ich öffne das Fenster, lege mich wieder zu ihr und vergrabe meine Finger in ihrem Haar. Mit der Wange an ihrem nackten Rücken schlafe ich ein.

Als ich aufwache, ist sie weg. Sie hat einen ausgetrockneten Salzsee auf dem weißen Laken hinterlassen, auf seiner

Oberfläche glitzern kleine Silberfetzen, die sich von ihrem Kleid gelöst haben. Ich fühle mich verlassen, zerrissen und zugleich vollkommen.

Was wäre, wenn es den Menschen, der mich aus meiner Einsamkeit befreien kann, tatsächlich gibt?

Kopenhagen, 2010

Sui

»Wie hat dein Vater es aufgenommen?«

»Seltsamerweise war er überrascht.«

»Jetzt bist du mein Panda.«

»Ich wohne hier, aber ich gehöre dir nicht.«

»Du bist ein ganz besonderes Tier, der einzige selbstständige Panda auf der Welt.«

»Jetzt hör endlich auf!«

»Wusstest du, dass es nur noch 1864 Pandas gibt? Sie gehören den chinesischen Behörden, die sie den Zoos ›stiften‹, aber das ist immer mit geschäftlichen Absprachen und politischen Botschaften verbunden und mit einer Klausel, dass die Chinesen jederzeit verlangen können, sie wieder zurückzubekommen.«

»Nee, das wusste ich nicht.«

»Der einzige Ort, an dem der Panda frei lebt, ist in den Regenwäldern Chinas. Ursprünglich war er ein Raubtier, hat sich jedoch zum Vegetarier entwickelt, er muss ununterbrochen etwas fressen, um genügend Energie zu haben. Genau wie du.«

»Du hörst dich wirklich gern selbst reden.«

»Ja, und ich sage: Du gehörst mir.«

»Dann gehörst du mir auch.«

»Ja.«

»Für immer?«

»Ja.«

»Und Paris?«

»Paris?«

»Aus dem Café.«

»Paris ist etwas ganz anderes.«

»Seid ihr nur Freunde?«

»Bettgefährten.«

»Anton, was machst du da eigentlich?«

»Wir führen doch eine offene Beziehung, oder nicht?«

»Doch, aber jetzt, wo wir zusammenwohnen – könnten wir das Offene da nicht sein lassen? Es wird ein bisschen kompliziert, wenn Paris in unser Bett einzieht.«

»Ganz ruhig, ich verspreche dir, dass ich sie nicht ins Schlafzimmer lasse.«

»Anton, ich habe darüber nachgedacht, ich habe meine Meinung geändert, ich glaube nicht länger an die offene Beziehung.«

»Müssen wir uns wirklich unbedingt in dieses kleinbürgerliche Denken einsperren?«

»Vielleicht bin ich tatsächlich so sterbenslangweilig.«

»Ich verstehe.«

Kopenhagen, 1991

Miriam

Sie sind in anderen Umständen«, sagt der Arzt.

»Ich kann doch gar nicht schwanger werden«, erwidere ich.

»Das dachte ich auch, aber nichtsdestotrotz sind Sie schwanger.«

»Ich habe keinen Mann.«

»Also ist der Vater unbekannt?«

»Ich weiß natürlich, wer es ist, aber ich kenne ihn nicht gut, und ich wünsche mir auf gar keinen Fall, Mutter zu werden.«

»Sie nähern sich der 12-Wochen-Grenze, wenn Sie die überschreiten, darf man nur noch in begründeten Ausnahmefällen einen Abbruch vornehmen.«

»Ich bin mir ganz sicher, ich möchte es abtreiben.«

»Ich gebe Ihnen trotzdem Bedenkzeit, ehe wir weitersehen. Denken Sie ein paar Tage darüber nach, und dann können Sie wiederkommen.«

»Das klingt vernünftig, aber es wird nichts ändern.«

»Als ich Sie das letzte Mal untersucht habe, hatten sie kaum noch Eizellen. Es muss eine Ihrer allerletzten Eizellen gewesen sein, die da befruchtet wurde.«

Ich schließe die Tür zu meinem Atelier auf, etwas Unerwünschtes wächst in mir, ein lebendiges Wesen mit einer selbstständigen Kraft. Es weckt Unbehagen. Meine

Vernunft rät mir, es wegzumachen. Doch jetzt, wo es sich in mir eingenistet hat, spüre ich eine seltsame Verpflichtung, es in die Welt zu setzen. Ich wäge alle Möglichkeiten und Fluchtwege ab, bis ich eine klare Lösung vor Augen habe. Ich rufe in der Galerie an.

»Ja?«

»Vor ein paar Monaten war ein jüngerer Mann da, ein Architekt, der seine Visitenkarte hinterlassen hat, hast du die noch?«

»Ja, ich werfe nie etwas weg.«

»Könntest du mir die Adresse schicken?«

»Ja, sicher. Kann ich dir sonst noch behilflich sein?«

»Nein, das war alles.«

Kopenhagen, 1991

Kai

Darf ich reinkommen?«, fragt Miriam.

»Ja, natürlich. Ich war schon mehrmals in der Galerie. Sie wollten mir deine Nummer nicht geben, also habe ich meine hinterlassen, aber du hast dich ja nie gemeldet.«

»Ich hatte viel zu tun.«

»Möchtest du einen Kaffee?«

»Nein, danke.«

»Wein?«

»Auch nicht, danke. Ich bin schwanger.«

»Herzlichen Glückwunsch! Du wirst Mutter?«

»Ja. Und du bist der Vater.«

»Ich? Bist du sicher?«

»Seither war ich mit niemandem sonst im Bett, ich hatte wie gesagt viel zu tun.«

»Das heißt, wir werden Eltern?«

»Nein. Ich bin einundfünfzig, deshalb möchte ich das Kind nicht behalten, obwohl ich großen Respekt vor dem habe, was andere Schicksal nennen. Als ich ganz jung war, hatte ich eine Abtreibung, der Arzt hat zu viel ausgeschabt, und mir wurde gesagt, ich könnte mit hundertprozentiger Sicherheit nicht wieder schwanger werden. Seither habe ich nicht verhütet, und das war nie ein Problem. Bis jetzt.«

»Das muss eine schreckliche Nachricht sein, wenn man noch so jung ist.«

»Es ist ja lange her.«

»Es tut mir leid, dass ich in dieser Nacht nicht besser aufgepasst habe, sonst wären wir jetzt nicht in dieser Situation.«

»Wärst du denn gerne Vater?«

»Ja, aber ich hatte es mir ein bisschen anders vorgestellt.«

»Ich möchte das Kind wie gesagt nicht behalten. Die Karriere stand für mich immer an erster Stelle, daran wird auch die Schwangerschaft nichts ändern, und ich eigne mich auch nicht als Mutter.«

»Es gibt doch ganz unterschiedliche Mütter?«

»An diesem Punkt meiner Karriere würde mich ein Kind alles kosten, das Risiko kann ich nicht eingehen. Andererseits will ich mich dem Schicksal auch nur ungern völlig entgegenstellen, aber ich hätte einen Vorschlag: Wenn ich auf die Mutterschaft verzichte, würdest du das Kind dann adoptieren?«

»Das … Ich weiß es nicht genau. Ich muss darüber nachdenken.«

»Ja, natürlich.«

Ich hätte nicht geglaubt, dass ich sie wiedersehen würde, aber jetzt sitzt sie hier auf meinem Sofa, das Haar ballt sich wie eine Wolke um ihr Gesicht, ihre stark geschminkten Augen verleihen ihr einen intensiven Blick, sie ist wahnsinnig attraktiv, und obwohl wir uns in einer so heiklen Situation befinden, kann ich nicht aufhören, sie in Gedanken auszuziehen. Ein Teil von mir wünscht sich nichts anderes, als noch einmal dieses Gefühl von Vollkommenheit zu erleben, in dem sie mich zurückließ. Und dann diese überrumpelnde Nachricht, dass ich sie geschwängert habe. Wünsche ich mir wirklich ein Kind?

Kopenhagen, 1991

Kai

Ich kann meine Mutter vor mir sehen, ganz gleich, ob ich die Augen offen oder geschlossen habe. Ich habe sie intensiv beobachtet, ihre Bewegungen und ihre Worte nachgeahmt. Ich habe mich im Zorn von ihr abgewandt, ihre Werte verhöhnt, um sie dann langsam wieder anzunehmen. Vor einem Jahr ist sie in ihr jütländisches Heimatdorf zurückgezogen, und jetzt entwickelt sich unsere Beziehung in langen Telefonaten. Ihre Stimme klingt mittlerweile wie unter Wasser, undeutlich und sanft. Sie ist schwer krank, die Ärzte geben ihr nur noch drei Monate. Als sie das zu mir sagte, fröstelte ich innerlich und war verzweifelt. Ich bat sie darum, zu mir zu ziehen, aber sie sagte, jetzt sei sie endlich nach Hause gekommen.

»Das Schlimmste daran, allein zu wohnen, ist die Langeweile, aber dann rufst du mich an und unterhältst mich mit den Geschichten aus deinem Leben. Ich bin so stolz auf dich, mein Schatz, und ich liebe dich, aber ich möchte dort sterben dürfen, wo mein Leben auch anfing.«

»Mich schmerzt der Gedanke, dass du allein und krank bist«, sage ich.

»Wenn die Zeit gekommen ist, kannst du mich besuchen«, antwortet sie.

In mancherlei Hinsicht ist es auch eine Erleichterung, dass ich einfach weiterleben kann, dass sie nicht versucht, mich an sich zu binden wie ein Kind an einen Baum.

Gleichzeitig macht es mich seltsam traurig, dass ich in ihrem Leben entbehrlich bin, und mir wird bewusst, dass ich ihren Rat immer noch brauche, dass ich mich an ihre Stimme anlehnen muss. Ich bin noch längst nicht bereit, sie loszulassen.

»Kann man es überhaupt verantworten, allein ein Kind zu bekommen?«, frage ich.

»Es ist hart, ein alleinerziehender Vater zu sein, und du bist erst fünfundzwanzig. Es wird dein Leben unweigerlich radikal verändern«, sagt sie. »Andererseits bereut man ja nicht die Kinder, die man bekommen hat, sondern nur die, die man nicht bekommen hat.«

Ob sie es bereut, keine anderen Kinder als mich bekommen zu haben, jetzt, da sie weiß, dass sie bald sterben wird?

»Ich liege ja die meiste Zeit des Tages nur hier herum, aber so habe ich eine Menge Zeit, mir meine künftige Enkelin vorzustellen, ihre winzigen Finger, die meine umschließen. Ich würde sie so gerne noch kennenlernen.«

»Oder ihn«, sage ich.

»Es wird ein Mädchen«, sagt sie.

Jetzt ist ihre Stimme ganz dünn und zart, und sie verschwindet, aber kurz darauf ist sie wieder da.

»Wenn du recht hast, werde ich sie nach dir benennen.«

»Susanne ist vielleicht ein bisschen altmodisch«, antwortet sie.

»Ich mag den Namen«, erwidere ich.

»Was ist mit Sus, das hat etwas vom Sausen des Windes. Ein Name verankert einen, aber man darf auch nie vergessen, dass es nur ein Name ist, man kann ihn immer ändern. Dein Vater hat sich Kai genannt, als ich ihn kennenlernte, und diesen Namen hat er an dich weitergegeben. Es gibt ihn in verschiedenen Kulturen. Auf Japanisch bedeutet er Erde, Geist, Drache und Liebe. Auf Thailändisch ›der, der Hühnereier verkauft‹, auf Kreolisch ist Kai ein Haus, und auf Hawaiianisch ist es ein Wort für Meer.«

»Ich könnte sie Sui nennen.«

»Sui?«

»Nach dir. Und einem Lied von den Sneakers, über Sui, die von zu Hause wegläuft. ›Niemand weiß, wo sie hinwill, die Stadt wischt ihre Spuren aus. Sie schießt wie ein Pfeil in die Welt hinaus‹«, singe ich in den Hörer.

»Du hast dich schon entschieden«, sagt sie.

»Ja«, sagt mein Mund.

Als mir die Antwort entfährt, weiß ich, dass sie recht hat. Ich hatte mich schon in der Sekunde entschieden, in der Miriam mir erzählte, dass sie schwanger war. Aber erst jetzt sickert es in mein Bewusstsein. Ich fliege förmlich zur Tür hinaus, der Sui-Song geht mir nicht mehr aus dem Kopf, sein Text ist banal, und obwohl ich das Lied schon lange nicht mehr gehört habe, kenne ich es auswendig. Während ich zur Galerie fahre, berauscht mich die Freiheit des Liedes. Als ich davor parke, tritt Miriam gerade heraus. Ich kurble das Fenster herunter und pfeife, und sie entdeckt mich und kommt zum Auto.

Kopenhagen, 2010

Suis Notizen

Gesang

Wenn etwas in einem singt. Ein Teil von einem größeren epischen Gedicht. Musik mit der Stimme hervorbringen oder etwas mit einer heftigen Wucht treffen, aus aller Kraft, sodass der Schmerz im Schädel singt oder in den Knochen. Oder Töne von sich geben wie Vögel, Insekten und manche Säugetiere; flöten, trillern, gurren, schnarren, schnattern, klappern, krähen, kreischen; oder einen langen, pfeifenden Laut ausstoßen. In einer finnischen Studie wurden 1200 Menschen befragt, wie oft sie einen Ohrwurm hätten, und 90 Prozent antworteten: mindestens einmal pro Woche.

Chorgesang

Ein Ensemble aus Sängern, die ein- oder mehrstimmig singen. Das Wort Koralle erinnert an Choralis, was Chorgesang bedeutet. Ein Ensemble aus Korallen bildet ein Korallenriff, eine pflanzenähnliche Formation aus Skeletten; tote Seebäume, Totenhände und Augenkorallen, hart wie Stein.

Stein

Ein Stein ist ein kleineres Stück harten geologischen Materials. Wenn der Stein kleiner als zwanzig Millimeter ist, nennt er sich Kiesel, nach oben hin ist die Grenze fließender, ein Stein kann so groß wie ein Berg sein. Ein großer Stein kann einen Ort oder eine historische Begebenheit markieren. Der harte Kern einer Frucht. Ein Kristallklumpen in einem Organ. Ein Hoden ist ein Stein in einem Sack. Man kann ein Herz aus Stein haben, und es kann einem ein Stein vom Herzen fallen. Man kann den Stein der Weisen finden, einen Stein erweichen und Steine zu Brot machen, den ersten Stein werfen und eine Lawine auslösen, einen Stein auf den anderen setzen, wie ein Stein schlafen oder Steine ins Rollen bringen. Wenn man jeden Stein umgedreht hat, sodass alle Steingesichter zum Himmel schauen, wird die Welt so entblößt, wie sie wirklich ist.

Kopenhagen, 1991

Kai

Ich fliege förmlich aus dem Auto und eile Miriam entgegen. Sie ist von mehreren Schichten bunten Lichts umgeben, als wäre sie in einen Regenbogen gekleidet, und ich trete in die Farben hinein und lege die Arme um sie. Sie trägt ein Kleid in dunklem Orange, ihr Blick ist von schwarzen Strichen umrahmt, und die Lippen, die sie mit der Zunge befeuchtet, glänzen; ich denke: Sie trägt unser Kind in sich. Miriam entzieht sich meiner Umarmung und weicht einen Schritt zurück.

»Kai, was machst du hier?«

»Ich habe eine gute Nachricht: Ich möchte gern Vater werden.«

»Ja?« Miriam lächelt. »Und Mutter.«

»Wir können doch zusammen Eltern sein, obwohl wir getrennt leben.«

»Ich habe genug damit zu tun, mit mir selbst klarzukommen.«

»Glaubst du, du kannst ein Baby verlassen, das du neun Monate in dir getragen hast?«

»Es wird bestimmt Spuren in mir hinterlassen, vielleicht sogar ein Trauma verursachen, aber wir Menschen besitzen ein einzigartiges Talent, uns anzupassen, und mir fällt es verhältnismäßig leicht, solche Sachen zu verdrängen.«

»Ich kann den Gedanken nicht einmal denken, ohne dass es mich in der Brust schmerzt.«

»Deshalb eignest du dich auch für die Elternrolle. Ich bin ein eher abgestumpfter Mensch. Aber dafür eine überragende Künstlerin.«

»Du wärst vielleicht eine unkonventionelle Mutter, aber heutzutage kann man durchaus beides sein, eine überragende Künstlerin und ein liebevoller Elternteil, ich selbst bin schließlich auch ein ausgezeichneter Architekt.«

»Es ist ein entscheidender Unterschied, ob man im eigenen kleinen Land Erfolg hat oder einen weltweiten Durchbruch erleben will. Letzteres erfordert bedingungslose Hingabe, und dabei ist ein Kind nur im Weg.«

»Im Weg?«

»Du brauchst nicht zu wiederholen, was ich sage. Ich werde meinen Entschluss nicht ändern. Ich entscheide mich bedingungslos für meine Karriere, das macht keinen schlechten Menschen aus mir, aber eine ungeeignete Mutter.«

»Du wärst ein glänzendes Vorbild für ein Kind. Du bist einzigartig, das kannst du deinem Kind auch weitergeben, wenn du es nur ab und zu siehst.«

»Hör auf, mich so anzuschauen.«

»Wie denn?«

»So.«

»Küss mich.«

»Wir führen gerade ein ernstes Gespräch.«

»Über unser gemeinsames Kind, das schon ein Gesicht bekommen hat, und unter den geschlossenen Lidern entstehen die Augen, während wir hier reden.«

»Natürlich ist es faszinierend, dass ein Mensch im Inneren eines anderen Menschen heranwächst. Kai, ich bin aufrichtig froh über deine Entscheidung.«

»Ja, das bin ich auch.«

Kopenhagen, 1991

Miriam

Ich stehe mit dem Sorgerechtsformular in der Hand vor seiner Tür und spüre ein seltsames Kribbeln im Körper, als wäre ich nervös. Kai öffnet die Tür, er trägt seine üblichen Leinenhosen und ein weites weißes Hemd. Seine Haut ist braun, genau wie das halblange Haar, das einen neuen Schnitt bräuchte, er pustet es sich aus der Stirn. Seine Augen kommen zum Vorschein, es sieht fast so aus, als würde er leuchten. Ich verliere den Fokus. Er lächelt; die weichen Lippen, ich spüre sie deutlich an meinem Hals. Ich räuspere mich, mein Körper zittert.

»Möchtest du reinkommen?«

»Ja, gern«, antworte ich.

Er öffnet die Tür noch weiter und tritt zur Seite. Als ich an ihm vorbeigehe, kann ich ihn riechen. Meine Brustwarzen werden hart, mein Geschlecht weich, und er kann mich mit einer Hand hereinziehen. Meine Lippen sind nur wenige Millimeter von seinen entfernt. Die Luft zwischen uns knistert.

Kopenhagen, 1991

Kai

»Miriam«, sage ich.

»Ja«, antwortet sie.

»Ich liebe dich«, sage ich.

»Gleichfalls«, erwidert sie.

»Ich spüre dich überall in mir, als hättest du Tausende Blumen in mir gepflanzt und jetzt würden sich alle Blüten gleichzeitig öffnen.«

»Ich werde sie vergrößern und malen.«

»Riesige Blumen.«

»Ich verstehe erst jetzt, dass die Kunst nicht unbedingt aus dem Schmerz geboren werden muss, sie erfordert nur eine bedingungslose Hingabe … Leg deine Hand mal hierhin, es blubbert jedes Mal an der gleichen Stelle.«

»Ist es das Kind, das strampelt?«

»Jetzt ist es wieder still.«

»Es lauscht, es hört mich! – Hörst du mich?«

»Wenn es ein Junge wird, können wir ihn Nero nennen.«

»Wie der brutale römische Kaiser?«

»Er war grausam, aber er hat auch Gutes bewirkt, und Nero hat so viele andere Bedeutungen, zum Beispiel ›frisches Wasser‹, ›Dampf‹ und ›jung‹.«

»So soll mein Kind nicht heißen.«

»Unser Kind. Jetzt leg dieses Nachschlagewerk beiseite.«

»Hier steht, im Italienischen würde Nero schwarz bedeuten: Schwärze, die Farbe, mit der Wörter gedruckt werden. Außerdem einer, der einer dunkelhäutigen Rasse angehört, Bösartigkeit, Tinte, Faschist, die Farbe von Ruß, ohne Licht, ohne Milch.«

»Im Lydischen ist Nero das Wort für ›Talent‹, ein Genie, ganz einfach.«

»Wir bekommen bestimmt ein außergewöhnliches Kind, und wenn du es erst siehst, kannst du gar nicht anders, als es zu lieben. Und es soll Sui heißen, das habe ich meiner Mutter versprochen, bevor sie starb.«

»Sui ist ein wunderbarer Name, wenn es ein Mädchen wird.«

»Du willst dich also daran beteiligen, unserem Kind einen Namen zu geben? Wie die Dinge sich ändern.«

»Ich habe mich mitreißen lassen. Grundsätzlich habe ich meine Meinung nicht geändert.«

»Du liebst mich?«

»Ja, ich liebe dich.«

»Dann verstehe ich das nicht.«

»Ich weiß.«

Traum, 1991

Miriam

Kai.«

»Ja.«

»Ist das hier ein Traum?«

»Nein, es ist ein Gemälde.«

»Befinden wir uns in einem Gemälde?«

»Nein, nur ich und die Elfen.«

»Elfen? Ha!«

»Ja, sie sind in einen durchsichtigen Nebel gehüllt, einen solchen Nebel wie den, mit dem du auf den Gemälden deine Blumen überziehst. Sie tanzen um mich herum, und ich bin ein Nadelbaum. Dieser Baum da.« Er deutet auf eine große, mitgenommene Kiefer, deren eine Seite von Nebel verdeckt ist. »Aber weil ich ein Baum bin, kann ich nicht anders, als im Wind zu schaukeln.«

»Aber wie kannst du gleichzeitig hier und dort sein?«

»All die tanzenden Brüste, ich würde mich so gerne nach ihnen strecken, aber ich kann nicht. Es ist eine Qual, einfach nur hier zu stehen und meine Zweige im Wind zu bewegen. Ich versuche verzweifelt, meine Augen zu schließen und den Baum aus dem Gemälde zu befördern, aus meinem Traum.«

»Du bist ein Baum, dein Schwanz ist ein Zweig, und die Vögel fliegen bei dir ein und aus, als wärst du ein Haus?«

»Ganz genau. Aber nur in dem Gemälde.«

»Wenn du wegsiehst, bringe ich alle Elfen um. Ich male

ein anderes Bild, darin bin ich der erotische Mittelpunkt. Ich möchte die Einzige sein, die du begehrst, ich möchte ein Traum sein.«

London, 1992

Miriam

Das Erste, was ich sehe, als ich durch die Tür der XI Gallery in London trete, ist der alte Komponist Hans Murner, der immer zu meinen Vernissagen kommt. Wir sprechen nie miteinander, nicken uns aber stets höflich zu. Ich werde vollkommen ruhig, wenn er da ist. Er weiß nicht, dass ich ihn als mein lebendes Maskottchen betrachte. Alle Gemälde hängen am richtigen Platz. Alex trägt einen gestreiften Hosenanzug aus Seide und spricht mit drei grauhaarigen Männern und einer jüngeren Frau in einem Overall mit Tigerstreifen. Alex schwimmt in Geld und Einsamkeit. Sie betreibt eine Galerie, die genauso perfektioniert ist wie sie selbst. Als sie mich erblickt, steuert sie mit ihren turmhohen veloursblauen Stilettos auf mich zu.

»*Darling* Miriam, du siehst umwerfend aus. Uns beehrt heute ganz besonderer Besuch, dort drüben stehen der französische Botschafter mit einem Kurator des MoMA und der legendäre Hiroki Oshiro«, sagt sie und senkt ihre Stimme. »Ihn wirst du beim Abendessen wiedersehen.«

»Du weißt doch, dass ich nicht an Verkaufsessen teilnehme.«

»Das ist aber Teil unseres Vertrags, *Darling*, und es ist wichtig, dass du dabei bist, der Kunstsammler ist dein Tischherr. Lass mich dir nur ein paar schnelle Stichworte geben. Er ist vierzig Jahre alt und Junggeselle und stammt aus einer Familie von Kunstliebhabern, er ist überaus *well-*

connected, nicht nur in der japanischen Kunstszene, sondern auch im engsten Kreis der reichsten Kunstsammler der Welt, und jetzt entschuldige mich bitte, ich muss mich um das Geschäft kümmern, und du musst strahlen.«

Alex schwebt aus dem Saal. Ich gehe an die Bar, doch plötzlich steht der Japaner vor mir.

»Beeindruckend zarte, aber auch unheimliche Blumengemälde, die Sie da geschaffen haben«, bemerkt er. »Man bekommt den Eindruck, die Blüte würde sich öffnen und einen mit ihrer Schönheit anlocken. Man reckt den Hals, und genau in dem Moment schließen sich die Blütenblätter wie ein Schlund um den Kopf, und man sieht nichts mehr.«

»Ich könnte es nicht treffender beschreiben, aber ich hätte wohl andere Worte gewählt. Wenn ich mich recht erinnere, haben wir uns noch nicht kennengelernt?«

»Sie sind die Hauptperson des heutigen Abends, und ich bin eine Nebenfigur in Ihrer Geschichte. Mein Name ist Hiroki Oshiro.«

»Das weiß ich bereits, meine Galeristin ist begeistert, dass Sie hier sind. Von Nahem sehen Sie besser aus als von Weitem. Ihr Lächeln ist sehr anziehend, und Ihre Zähne sind auffallend weiß. Sie haben schöne Zähne, aber ein etwas fliehendes Kinn.«

»Beschreiben Sie ein Tier oder einen Menschen?«

»Beides.«

»Die Gerüchte besagen, dass Sie mit einem sehr jungen Mann verheiratet sind?«

»Er ist in Ihrem Alter, und wir sind nicht verheiratet.«

»Lassen Sie mich raten. Er ist nicht älter als fünfundzwanzig.«

»Das geht Sie nichts an.«

»Wie alt schätzen Sie mich?«

»Ihr Alter interessiert mich nicht.«

»Ich bin gerade vierzig geworden, und es quält meine Familie, dass ich noch nicht verheiratet bin. Aber ich könnte ja eine Schmach über sie bringen, die groß genug wäre, um von meinem Alter abzulenken: Ich könnte Sie heiraten.«

»Ich habe schon einen Mann, und außerdem wirken Sie selbsteingenommen und eingebildet.«

»War das ein Kompliment?«

»Nein, eigentlich sollte es eine Beleidigung sein.«

»Darf ich Sie duzen?«

»Natürlich.«

»Miriam, ich verfolge deine Arbeit seit sieben Jahren. Obwohl du zur künstlerischen Elite gehörst, ist dein ganz großer Durchbruch bisher ausgeblieben. Ich möchte dir meine Hilfe anbieten.«

»Du befindest dich ganz bestimmt in einer einflussreichen Position, aber auf die Ausstellungsprofile der Tate und des MoMA kannst wohl auch du keinen Einfluss nehmen.«

»Du hast keine Ahnung, was ich alles kann. Das ist geradezu charmant.«

»Wenn du nicht so selbstverliebt wärst, fände ich dich anziehend, dein Aussehen spricht mich an, und ich hätte garantiert nichts dagegen, mit dir ins Bett zu gehen.«

»Verbring die Nacht mit mir, und wenn du morgen immer noch dieselben Vorbehalte gegen mich hast, werde ich mich auch nicht mehr melden.«

»Was bildest du dir eigentlich ein?«

»Du hast mich missverstanden. Ich möchte dich in die Tate einladen.«

»Die Tate ist jetzt geschlossen.«

»Der Direktor ist ein guter Freund von mir. Ich habe rund um die Uhr Zugang. Ich spaziere gern in der Dunkelheit zwischen den Werken umher und bringe sie mit einer Taschenlampe zum Vorschein. Es ist, als würde man nachts durch ein Korallenriff tauchen. Die Werke schlafen wie Fische. Der Lichtkegel erweckt sie zum Leben.«

»Poetisch.«

»Kann ich das als Ja deuten?«

»Nicht zwangsläufig.«

Wir sprechen über den Krieg in Jugoslawien und darüber, ob Dänemark Fußballeuropameister werden kann, und er prophezeit, dass Prinz Charles die Scheidung einreichen wird. Wir diskutieren, ob ein Talent begrenzt ist, ob man es von Geburt an hat oder ob manche Menschen zum Medium für etwas Größeres werden. »Inspiration ist, wenn etwas Göttliches einem Menschen Leben einhaucht, der nichts anderes tut, als diesen Lebensgeist einzuatmen«, sagt er. Ich antworte, dass es mir so geht, wie es Nietzsche in *Ecce Homo* beschreibt: »Man hört, man sucht nicht; man nimmt, man fragt nicht, wer da gibt.« Es ist eines der wenigen Zitate, die ich mir merken kann, normalerweise interessieren sie mich nicht. Aber so hat es sich immer angefühlt, als hätte ich keine andere Wahl. Wir sprechen über meine Werke, über die, die ich in der näheren Zukunft schaffen werde, und über die Kunst, die wir in den dunklen Sälen mit unseren Taschenlampen erleuchten. Er sieht nicht so gut aus wie Kai, ist aber außergewöhnlich einsichtsvoll. Ich bin entzückt von dieser Aura der Selbstsicherheit und höflichen Distanz, die ihn umgibt. Sein Wesen reizt mich, und seine Haut ist faszinierend kühl, glatt wie Porzellan. Seine feminine Erscheinung steht im Kontrast zu seiner Machtvollkommenheit. Am einen Tag isst er mit dem japanischen Außenminister zu Mittag, am nächsten erstellt er für den *New Yorker* eine Liste über die zehn wichtigsten Künstler der Welt. Noch ehe das Morgenlicht über dem Rand der Erde aufgeht, habe ich mich entschieden.

Kopenhagen, 1992

Kai

Miriam ist nach London gefahren, Sui schläft, ich setze mich an den Esstisch und hole mein Tagebuch hervor. Ich habe nie viel gelesen, aber trotzdem das Bedürfnis gehabt, Dinge aufzuschreiben. Als Sui geboren wurde, habe ich angefangen, über meinen Alltag und meine Gedanken zu schreiben, in Briefen, die ich an sie richte. Das kleine Detail, dass ich meine Worte an Sui richte, hilft mir, den schlimmsten gefühlsmäßigen Ballast auszusortieren. Ich stelle mir vor, ihr meine Brieftagebücher eines Tages zu geben. Mir gefällt der Gedanke, ihr ein tieferes Verständnis von mir und damit auch von sich selbst zu ermöglichen. Durch die Briefe bleiben meine Gedanken auch nach meinem Tod bei ihr.

Liebe Sui,
ich betrachte dein Gesicht, es gibt nichts Friedlicheres als dich, wenn du schläfst. Dein Gesicht verströmt Wärme, eine leichte Röte auf deinen seidenweichen Wangen. Deine Großmutter war erst Einzelkind, dann Alleinerziehende. Sie heiratete nie, denn mein Vater, Ki-Ha, oder Kai, wie die Leute ihn nannten, verließ sie und ging zurück nach Korea. Damals war ich erst acht Jahre alt. Im Laufe der Zeit änderte er in der Erinnerung meiner Mutter vollkommen seinen Charakter. Sie verfeinerte seine Züge, bis er am Ende wie ein Glanz-

bild in einem Album war. Das machte mich rasend. In den letzten Jahren vor ihrem Tod bekam ich Mitleid mit ihr, weil sie nie eine neue Liebe fand. Ich schwor mir, dass mir das nie passieren würde.
Obwohl wir jeden zweiten Sommer nach Korea fuhren, bis mein Vater uns verließ, erinnere ich mich an nichts. Zu meinen dänischen Großeltern hatten wir keinen Kontakt. Ich wusste nur, dass sie eine Fabrik gehabt hatten, die Schaufensterpuppen herstellte, und die Fabrik in Konkurs gegangen war. Meine Mutter hatte jeden Kontakt zu ihnen abgebrochen, als ich geboren wurde. Sie sagte, sie hätte eine schlechte Kindheit gehabt und so etwas wäre ansteckend. Als beide Eltern bei einem Fährunglück ums Leben kamen, bereute sie ihre Entscheidung. Sie hatten sich mit einem Seil aneinander festgebunden. So wurden sie gefunden, aneinandergefesselt. Die Leichen waren wochenlang im Wasser umhergetrieben, und obwohl sie bis zur Unkenntlichkeit aufgedunsen waren, beharrte meine Mutter darauf, sie zu sehen. In der Kirche waren die beiden Särge mit Blumen und Kränzen überhäuft, es war, als wollte meine Mutter sie zweimal begraben. In der Kapelle und bei der Beerdigung verhielt sie sich neutral. Das war alles. Als wir nach Hause gingen, hielten wir an einem Würstchenstand und aßen einen Hotdog. Vorher hatte sie jede Woche geweint, aber in dieser Woche, der Woche ihrer Beerdigung, vergoss sie keine einzige Träne.

Kopenhagen, 1992

Kai

»Ich habe jemanden kennengelernt.«

»Mm.«

»Kai, hörst du, was ich sage?«

»Ich glaube, ich verstehe nicht ganz.«

»Ich habe jemanden kennengelernt, er heißt Hiroki. Wir kennen uns seit zwei Monaten.«

»Du hast seit zwei Monaten eine Affäre?«

»Ich musste mir erst sicher sein, ob ich verliebt bin. Ob ich ihn heiraten will.«

»Heiraten?!«

»Ja.«

»Miriam, was zum Teufel ist los?«

»Hiroki ist der einflussreichste Kunstsammler Japans, und ich bin in erster Linie Künstlerin. Deshalb habe ich beschlossen, dich zu verlassen und nach Tokio zu ziehen. Das setzt allerdings voraus, dass ich ihn heirate. Ich habe mir die Entscheidung aber nicht leicht gemacht.«

»Wann hast du aufgehört, mich zu lieben?«

»Ich habe nie aufgehört, dich zu lieben. Verliebt zu sein und zu lieben sind zwei ganz unterschiedliche Paar Schuhe.«

»Du bist ja morbide.«

»Kai, ich habe es wirklich versucht, aber ich muss mich auf unsere ursprüngliche Absprache berufen.«

»Wie meinst du das?«

»Offiziell hast nur du das Sorgerecht für unser Kind. Wir sind keine Familie.«

»›Das Kind‹ ist unsere Tochter, du könntest sie wenigstens beim Namen nennen. Und wir sind eine Familie.«

»Ich bin eifersüchtig.«

»Auf Sui?«

»Sie nimmt mir deine Liebe weg. Ich mag sie, aber ich werde sie nie mehr lieben als mich selbst.«

»Was sagst du denn da?«

»Ich möchte nicht mehr benachteiligt werden, das macht mich unglücklich.«

»Ich benachteilige dich nicht, Miriam. Ich liebe dich.«

»Du liebst mich, ja, aber sie steht immer an erster Stelle, du wirst sie immer bevorzugen.«

»Sie ist unser Kind …«

»Ja, und das Kind hat natürlich oberste Priorität, aber ich muss für mich ein Leben wählen, in dem ich die Erste bin.«

»Das heißt, während du in London warst und ich auf unsere Tochter aufgepasst habe, hast du mit diesem Idioten gevögelt?«

»Ich habe beschlossen, mich wieder auf meine Karriere zu konzentrieren.«

»So nennst du das also? Und was soll ich Sui sagen?«

»Sie ist noch klein, sie wird das schnell vergessen. Du bist ein guter Vater und auch eine bessere Mutter, als ich es je sein könnte.«

»Ich würde dich nie bitten, deine Kunst aufzugeben, aber ich bitte dich, uns nicht zu verlassen, Miriam.«

»Meine Entscheidung steht fest.«

»Dann sag, dass du ihn mehr liebst als uns.«

»Kai, der Unterschied zwischen uns beiden ist, dass dic

Liebe nicht das Wichtigste für mich ist. Ich möchte mein Talent entfalten und vollkommen entleert sterben. Ein vorbildlicher Mensch werde ich nie werden, aber ich weiß, dass ich etwas erschaffen kann, das von Dauer ist.«

Miriam verlässt uns und zieht nach Japan. Ihr Markenzeichen ist der Nebel. Sie überzieht die Leinwand damit und uns. Wir überleben, aber meine Trauer darüber, dass Miriam mich verlassen hat, begrabe ich buchstäblich im Garten. Ich grabe und grabe und sammle alles, was mich an sie erinnert, in Kisten und Tüten, versenke es in tiefen Löchern und bedecke es mit Erde. Ich bin gezwungen, schnell weiterzukommen, denn Suis Trauer ist so dunkel und schwer, dass sie sie nicht tragen kann, ich muss sie ihr abnehmen.

Miriam und Hiroki feiern eine Massenhochzeit in der Londoner Tate. Das Video *Keep Melting, My Love* aus ihrer Hochzeitsperformance wird später als Loop im Museumsfoyer gezeigt. In dem Video wurden Aufnahmen von Tausenden Männern und Frauen, die in weißen Kleidern gekommen sind, um an der Feier teilzunehmen, mit Nahaufnahmen von Miriam und Hiroki in weißen japanischen Seidenkimonos zusammengeschnitten. Miriam trägt eine Kopfbedeckung, die an ein großes weißes Ei erinnert, Hiroki einen hohen schwarzen Hut. Sie stehen auf einer Eisscholle. Immer, wenn sie den Mund öffnen, strömen Tausende weiße Perlen hinaus wie ein Wasserfall. Miriams Gesicht ist weiß gepudert, ihre Lippen sind feuerrot. Die Hochzeit sorgt für einen Skandal. Die japanische Presse stürzt sich darauf, dass ein so altehrwürdiges und unverfälschtes Geschlecht wie Hirokis Familie fremdes Blut in seine Adern lässt. Weil alle Dinge miteinander verbunden sind, stellt Miriam eine Bedrohung für die gesamte japanische Bevölkerung dar. Die Empörung wächst, als ihr Alter bekannt wird. Aber die Ästhetik und die Bilder sind so unwiderstehlich, dass sie durch die internationale Presse gehen. Der Sony-Konzern verlinkt das Video auf seiner Homepage. Dieser strategische Schachzug, verbunden mit der Entwicklung, dass die Japaner gegen alle Widerstände anfangen, Miriam und Hiroki zu verklären und zu vergöttern, rettet schließlich die Ehre der Familie. Am Tag nach ihrer Hochzeit kaufe ich aus einem Impuls heraus meine erste Pflanze: einen Kaktus. Er steht ein wenig abseits von den anderen Pflanzen vor dem Blumenladen und erinnert an einen kleinen Menschen. Als der Verkäufer ihn mir überreicht, steckt er ein A4-Blatt mit in die Tüte.

»Hier haben Sie ein paar Informationen«, sagt er.

Als ich mit dem Kaktus auf dem Schoß im Bus auf dem Weg zur Kita sitze, entfalte ich das Blatt:

> Sukkulente Pflanzen, zu denen unter vielen anderen Familien auch die Kakteengewächse zählen, haben eine besondere Methode zur Speicherung von Feuchtigkeit entwickelt, damit sie in Phasen der Trockenheit von ihren Reserven zehren und überleben können. Ihr besonderes Aussehen ist ein Ergebnis der Anpassung, die sie vollzogen haben, um Wasser speichern zu können. Die Stacheln, die eigentlich Dornen sind, wärmen nachts und reduzieren tagsüber die Hitze, weil sie das Sonnenlicht reflektieren, wenn sie dicht genug angeordnet sind.

Brief, Kopenhagen, 1993

Kai

Liebe Miriam,
Sui ruft jeden Abend nach dir und weint sich in den Schlaf. Ich sage ihr, dass du nach Japan gezogen bist und in der Nachbarschaft ihres koreanischen Großvaters lebst, den sie nur von Familienfotos kennt. Das beruhigt sie ein bisschen, denn obwohl sie meinen Vater nie kennengelernt hat, fühlt sie sich ihm seltsamerweise verbunden. »Mein«, sagt sie und drückt das Foto, auf dem er in seinem beigefarbenen Trenchcoat aussieht wie ein asiatischer Gangster, an ihr Herz. In der Kita behandeln sie uns entweder, als müssten wir aus einem brennenden Haus gerettet werden, oder, als hätten wir eine tödliche Krankheit. Ich träume davon, dich umzubringen, und wenn du tot vor meinen Füßen liegst, empfinde ich keine Trauer, nur eine lindernde Erleichterung. Ich finde jeden Tag eine neue Methode, dich umzubringen. Ich habe dich mehrmals ertränkt und gesehen, wie deine Leiche an den Strand gespült wird, dein wallendes Haar voller Muscheln und Algen, dein Gesicht und dein Körper voller Schrammen und Wunden. Ich habe dich an einem dicken Seil an der Decke einer alten Turnhalle aufgeknüpft, dich in einem Kühlraum eingesperrt, dich verhungern oder verdursten lassen, bald fällt mir nichts mehr ein. Ich bin völlig erschöpft. Worauf ich hinauswill: Wenn du tot wärst,

könnten wir in Trauer versinken, um anschließend wieder aufzustehen und weiterzuleben. Stattdessen hast du uns in eine dunkle Ecke deines Lebens verbannt. Und hier sitzen wir jetzt, denn du könntest ja eines Tages zurückkommen. / Kai

Kopenhagen, 2010

Kai

Gestern haben Sui und ich im Laufe weniger Stunden ihren Umzug erledigt. Ein paar Lampen, eine Kommode und fünf Kisten. Nachdem alles weg war, hatte ich das Gefühl, es wären mehr Sachen da als vorher. Abends haben wir unsere letzte Mahlzeit als Familie eingenommen. Während ich kaute, kroch mir die Vergangenheit den Rücken hoch, und für einen kurzen Moment war ich noch einmal auf der Entbindungsstation. Nach dem blutigen Kaiserschnitt saß ich neben dem Krankenhausbett. Miriams weiße, schmale Hand ruhte in meiner, und ich dachte, dass sie zu viel arbeitete und zu wenig aß. Meine Brust wurde von Wärme erfüllt beim Gedanken, dass wir jetzt eine Familie waren.

Heute bin ich früh aufgestanden und trotzdem zu spät. Ich sehe Sui gerade noch auf ihrem Fahrrad den Weg entlang verschwinden, und ehe sie um die Ecke biegt, reiße ich das Fenster auf.

»Sui!«

Der Wind verzerrt meine Stimme, aber sie bremst und dreht sich um, und dann hebt sie die Hand, um sich gegen die Sonne abzuschirmen. Unter dem Schatten kann ich ihre Augen nicht erkennen, aber ich weiß, dass sie mich sieht.

»Ich melde mich nachher!«, ruft sie. Dort, wo die Hausecke beginnt, verschwindet sie aus unserem gemeinsamen

Leben und betritt ihr eigenes. Ich bin zu einem Menschen reduziert worden, den sie nur zu bestimmten Gelegenheiten besucht, zu einem dünnen Schatten, der hinter ihren eigenen Gedanken liegt, wenn sie im Café Cappuccino serviert oder tanzt oder bei Konzerten im Circle unter künstlichen Lichtblitzen dampft. Ein dunkler Bass fährt in meinen Körper, sein Rhythmus ist eine kleine geballte Faust, die mir auf die Brust klopft und ruft: Wach auf! Bei diesem Wort muss ich an die beiden Zeugen Jehovas denken, die öfter an unserer Tür klingelten, immer mit der Zeitschrift *Erwachet!* in der Hand. Ich war ein großes Kind, das die beiden Erwachsenen ansah, als hätten sie sich verirrt. In den darauffolgenden Jahren kamen sie regelmäßig wieder. Mein Mitgefühl für sie wuchs, und ich hatte die Idee, ich könnte sie retten und davon überzeugen, dass die Regeln, denen sie folgten, sie Gott nicht näherbringen würden, sondern von der Gesellschaft absonderten. Doch mit der Zeit wurde ich es leid, mir ständig etwas vom Weltuntergang und vom Tausendjährigen Reich anzuhören, das kommen würde. Sie wiederholten immer dieselben Sätze, wie zwei Maschinen, die ein Band abspulten. Ich sagte, ihre Religion würde Weihnachts- und Geburtstagsfeiern verbieten, was meinen Klassenkameraden Peter so traurig mache, dass sein Gesicht wie eine Maske mit einem aufgemalten Lächeln aussehe. Keiner drang durch diese Maske hindurch, man konnte sie auch nicht durchlöchern, nicht einmal, wenn man ihm mit der Faust so fest ins Gesicht schlug, dass seine Oberlippe aufplatzte. Das Blut war rot, aber die Maske mit dem unantastbaren Lächeln sah einen weiterhin an. Die Maske antwortete höflich vierundzwanzig Mal im Jahr: »Nein, ich kann nicht zu deinem

Geburtstag kommen.« Als die beiden Zeugen Jehovas zum letzten Mal vor unserem Haus standen, riss ich die Tür auf, noch ehe sie klingeln konnten, und schrie, auch wenn ich erst zwölf Jahre alt sei, wäre ich stinksauer, weil sie Peter und seine Familie verstoßen hätten, nachdem sein Vater entgegen den Regeln der Gemeinschaft entschieden hatte, dass Peter das Blut eines anderen Menschen bekommen sollte, anstatt zu sterben. Denn niemand sei daran schuld, dass Peter vom Garagendach gefallen sei, dass er versucht habe, seinem Vater dabei zu helfen, die Dachrinnen zu reinigen. Er sei immer ein treuer Zeuge Jehovas gewesen, und sie sollten sich schämen. Der eine Zeuge Jehovas begann zu zittern, und ich spürte einen süßen Rausch. Ich war nur ein Kind, aber ich konnte einen Erwachsenen erzittern lassen, und da, auf dem Höhepunkt meines Zorns, knallte ich die Tür zu. Ich sprudelte fast über vor kindlicher Überlegenheit.

Dalarna, 2010

Suis Notizen

Superkontinent

Superkontinente sind Landmassen, die mehrere Kontinente enthalten. Sie bilden sich in Zyklen von 250 Millionen Jahren, in denen die Kontinente der Erde verschmelzen, um dann erneut, aufgrund der Kontinentaldrift, wieder auseinandergerissen zu werden.

Natur

Die Natur ist unpraktisch.
Rund.
Die Natur ist ein Loch
in der Erde.
Die Natur besteht aus Erde
und Löchern.
Die Erde ist eine Mutter, die an der Natur festhält wie an einem Kind.
Ich träume von dem Unpraktischen, davon, der Verlockung zu widerstehen:
etwas zu werden.
Auf der Straße hinterlassen zu werden wie Müll.
Die Erde ist unpraktisch.
Rund.
Die Kontinente sind nichts anderes als schwarze Flecken auf den Wangen der Erde.

Die Erde ist eine Mutter, die an den Kontinenten festhält wie an einer verstreuten Horde Kinder, die sie wieder sammeln möchte.
Ich träume davon, der Verlockung zu widerstehen, Folgendes zu verlieren:
Mein Fahrrad.
Meine Zahnbürste.
Schmutzige Socken.
Meine Kreditkarte.
Mein Haar.
Den plötzlichen Drang meines Auges, zu blinzeln.
Wenn wir nur einen kleinen Teil des Lebens leben, das in uns ist, was passiert dann mit dem Rest?

Kopenhagen, 2010

Kai

Ich schreibe in mein Brieftagebuch:

Liebe Sui,
du bist ausgezogen, und mich hat eine lähmende Leere überkommen. Das habe ich dir nie erzählt. Ich kann nicht arbeiten, ich weine ununterbrochen, ich kann nicht mehr damit aufhören. Das sieht mir gar nicht ähnlich, aber es gibt Tage, an denen ich mich krankmelde, weil ich nicht aufstehen kann. Ich liege einfach nur da und starre zur Decke oder aus dem Fenster, während mir die Tränen herunterlaufen. Ich habe keine Angst vor dem Tod, aber ich fürchte mich panisch vor dem Zustand, in dem ich mich gerade befinde; dass ich ohne dich nicht mehr weiß, was meinem Leben einen Sinn geben soll. Ab und zu höre ich ein bisschen Radio. Vor Kurzem habe ich in einem Beitrag einen Professor sagen hören, dass es jetzt bewiesen sei: Ein Mensch kann vor Trauer sterben. Wenn ich aus dem kleinen runden Fenster sehe, wächst mein Gefühl der Verlassenheit, jetzt habe ich den Kaktus dort hingestellt, damit er mir die Sicht blockiert und mich daran hindert, mit dem Blick nach dir zu greifen.
Wir werden in einen Raum hineingeboren, der uns erwartet, und wenn wir ihn verlassen, verändert sich dieser Raum für immer. Unser Haus ist jedoch unver-

ändert, obwohl du es verlassen hast. Es hat nicht einen Nagel verloren. Ich kann nicht aufhören zu denken, dass es jetzt nur eine Frage der Zeit ist, ehe es Regalbretter, Schrauben, Leisten, Platten, Tapeten, Türen, Wände, Decken, Einfassungen und Fensterscheiben verliert, die in der Fassade sitzen wie glänzende Augen, dass in Kürze die wahre Katastrophe eintritt. Ich verstehe die Leute, die Schals aus ihrer Trauer stricken, Lappen, Strümpfe, Handschuhe, die Leute, die Patiencen legen und immer wieder von vorn anfangen. Genau dazu hätte ich Lust: mich im Kreis zu drehen.
Ich gehe jetzt zu einer Psychologin, weil Jensen gesagt hat, sie könne mir helfen, Lai Kim heißt sie. Lai Kim sagt, deine Abwesenheit habe mich in einen Schockzustand versetzt. Ich hätte nicht getrauert, als meine Mutter gestorben ist oder als Miriam mich verlassen hat, und deshalb habe dieser kleine Stoß nun den ganzen Turm zum Einsturz gebracht. Einen Turm aus Tränen. Vielleicht bin ich ein Turm. Ich verstehe ihr Bild nicht ganz, wie kann ein Turm aus Tränen überhaupt aufrecht stehen? Lai Kim sagt, ich solle mich leer weinen. Ich mache mir allmählich Sorgen, dass ich mit den großen Pfützen, die sich in den Fugen zwischen den Dielen sammeln, einen Wasserschaden verursache. Eigentlich ist es komisch, dass ich eine Psychologin gewählt habe, deren Name ausgesprochen klingt wie »like him«. Lai Kim sieht alt aus, aber sie ist wohl in meinem Alter. Sehe ich genauso alt aus wie sie? Lai Kim sagt, ich solle mir ein Leben aufbauen, das sich nicht nur um dich dreht. Ich antworte, das könne ich nicht, und sie sagt, es würde helfen, wenn ich mir vor-

stelle, ich sei ein anderer, und ich sage, aber was ist, wenn ich mich am Ende selbst nicht wiedererkenne? Sie sagt, ich könne meine kritische innere Stimme zum Schweigen bringen, indem ich JA sage, indem ich einfach innehalte und abwarte, was passiert.

Ich sehe mich in der Küche um, der Stuhl am Tisch, der Salzstreuer und der Kaktus, alles sieht traurig und flach aus in dem erleuchteten Zimmer mit den beiden Sonnen. Das Licht hat enthüllt, dass mein Kaktus neben seinem prallen Arm auch einen welken Arm hat, der an der Schattenseite herunterhängt. Warum ist mir das nicht früher aufgefallen?

Kopenhagen, 2010

Kai

Als ich erwache, ist die Sonne bereits aufgegangen, und alles ist immer noch schattenlos und trist. Der Tag unterscheidet sich nicht von anderen Tagen. Ich wache auf, weine, melde mich krank, meditiere, trinke eine Tasse starken schwarzen Kaffee, blättere in der Zeitung und überfliege Bilder und Texte. Meistens lese ich nur die Schlagzeilen, die denen von gestern gleichen. Ich ärgere mich darüber, dass sich die Tageszeitung immer mehr zu einer Frauenzeitschrift entwickelt, und will sie gerade beiseitelegen, als mir eine bunte Anzeige ins Auge springt:

> Einzigartiges Yoga-Retreat in Indien. Machen Sie 2010 zu einem lebensverändernden Jahr, gehen Sie auf eine transformierende Yogareise und tauschen Sie die Kälte des Winters gegen eine wohltuende Wärme. Ein tägliches Programm mit Yoga, Meditationen und Ausflügen gehört ebenso zu diesem Aufenthalt wie eine unvergleichliche Gemeinschaftsmeditation um die größte Kristallkugel der Welt. Das Unity Yoga Center wird von den Earthpeople betrieben und liegt in Auroville in Indien. Diese Stadt wurde in den 1960ern von »The Mother« gegründet. Auroville wurde von der UNESCO als das erste und einzige fortwährende Experiment der Welt anerkannt, in dem Menschen aus allen Ländern unabhängig von Herkunft, Geschlecht und politischer Überzeugung versuchen, eine

tragfähige Lebensform zu entwickeln, die auf dem Glauben basiert, dass alle Menschen ein höheres Bewusstseinsniveau erreichen können.

Eine lebensverändernde Reise zu einer utopischen Gemeinschaft – wie seltsam, dass ich noch nie etwas von Auroville gehört habe. In unserem Architekturbüro verfolgen wir die Entwicklung alternativer Lebensformen und Städteplanung, aber es ist vor allem das Wort »lebensverändernd«, das mich aufhorchen lässt.

Ich recherchiere im Internet nach Auroville. Ein Bild von einem vergoldeten, kugelförmigen Gebäude namens Matrimandir taucht auf. Es bildet den physischen Raum für die größte Kristallkugel der Welt und steht im Zentrum der Stadt. Aus der Vogelperspektive betrachtet ist Auroville spiralförmig und in verschiedene Zonen eingeteilt: Wohnen, Ausbildung, Produktion. Ich scrolle weiter und finde Fotos von Ökohäusern aus Lehm, aus Holz, mit einem bogenförmigen Dach, umgeben von Gärten im japanischen Stil, es gibt sogar Baumhäuser, und es beglückt mich, die menschliche Vorstellungskraft so frei entfaltet zu sehen.

Ich rufe Lai Kim an.

»Ich möchte auf Reisen gehen«, sage ich.

»Jetzt haben Sie wieder etwas, was Sie antreibt«, antwortet sie. »Ich wünschte, ich könnte mitkommen und meine Meditationspraxis wieder aufnehmen.«

Der Gedanke, mit Lai Kim nach Indien zu fahren, erscheint mir ziemlich befremdlich.

»Ich wusste gar nicht, dass Sie meditieren«, erwidere ich höflich.

»In den Siebzigern habe ich in einem Ashram in Jütland gewohnt. Ich träume immer noch davon, zu diesem einfachen Leben zurückzukehren«, sagt sie. »Dann wünsche ich Ihnen eine gute Reise. Rufen Sie mich gerne an, wenn es unterwegs etwas gibt, was Sie besprechen möchten.«

»Das mache ich.«

»Darf ich Ihnen eine persönliche Frage stellen?«

»Ja«, sage ich.

»Was finden Sie an meinem Aussehen am attraktivsten?«

»Ich würde sagen, die Art und Weise, wie Sie lächeln, wenn Sie glauben, ich würde es nicht sehen. Als hätten Sie ein Geheimnis.«

»Danke«, sagt sie, »und entschuldigen Sie meine Aufdringlichkeit, aber mein Selbstbewusstsein ist völlig zerstört, seit mein Mann mich verlassen hat.«

Ich lege auf und rufe meinen Kollegen Finn an.

Finn macht sich Gedanken um mich. Er hat es nie direkt gesagt, aber jetzt höre ich die Erleichterung in seiner Stimme, und ich sehe vor mir, wie die Sorgenfalte, die sich ständig über seine Stirn zieht, verschwindet.

»Fahr einfach«, sagt er. »Wir deklarieren es als Architekturreise, dann können wir ein paar Weiterbildungsgelder einsetzen, die uns zustehen.«

In den darauffolgenden Stunden bemerke ich, wie sich alles ohne jede Anstrengung fügt, als würde eine Reihe schnurgerade aufgestellter Dominosteinchen in einer regelmäßigen, gleitenden Bewegung umfallen. Noch vor dem Abendessen habe ich den Aufenthalt und ein Flugticket gebucht und ein Visum beantragt. Ich wähle Suis Nummer, aber die Mailbox springt sofort an.

»Hallo, mein Schatz, ich habe gerade eine Reise nach Indien gebucht«, sage ich. Als ich auflege, wird mir bewusst, dass ich nicht mehr geweint habe, seit mir die Anzeige aufgefallen ist.

Madonna wedelt träge mit dem Schwanz, ich tätschele sie, sie sieht zu mir auf, und ich habe Lust, sie zu umarmen. Ich lehne mich vor, ein Impuls, der auch mich selbst überrascht, denn normalerweise streichle ich Madonna nur, aber ich umarme sie nie, so wie Sui es macht. Als ich sie von unten berühre, spüre ich etwas Rundes, Festes von der Größe eines Tennisballs, das aus ihrem Bauch hervordringen will. Ich gehe in die Hocke, und Madonna setzt sich auf ihren Schwanz. Jetzt, wo ich weiß, dass er da ist, zeichnet sich der Tennisball deutlich ab.

»Verdammt, wir müssen mit dir zum Tierarzt«, sage ich. Madonna sieht mich an, und dann blinzelt sie mit dem einen Auge.

Kopenhagen, 2010

Kai

Die Urne mit Madonnas Asche steht zwischen uns auf dem Esstisch. Sui hat ein paar Teelichte angezündet und sie ringsherum verteilt. An der Wand über der Urne und den Kerzen hängt ein Foto von einem asiatischen Mann mit weit geöffneten Augen.

»Es hat mich immer gewundert, dass wir gar keine Familienfotos an den Wänden haben«, sagt Sui, »während der da, den keiner von uns kennt, schon immer da hängt.«

Sie steht vor dem Schwarz-Weiß-Foto. Der Mann sieht sie mit einem geistesgegenwärtigen, beinahe wärmenden Blick an.

»Wer ist das?«, fragt sie.

»Er ist mein Swami, mein Meister. Ich habe auch andere getroffen, die ich respektiert habe, aber ich habe mich ihnen nie ebenbürtig gefühlt. Obwohl ich ihn nur von diesem Foto kenne, ist er für mich der einzige Swami, der all die Jahre hindurch seine Kraft bewahrt hat.«

»Warum ausgerechnet er?«

»Ich glaube, es liegt an seinen Augen. Sein Blick ist ruhig, aber nicht gleichgültig, er schwebt über dem Brei, in dem wir anderen noch herumwaten, er sieht aus wie einer, der angekommen ist.«

»Was willst du eigentlich ausgerechnet in Indien, du hasst doch Insekten und heulst wie ein Fünfjähriger, wenn du mal krank bist. In Indien wimmelt es nur so von Ungeziefer in allen Größen, Spinnen, Mücken, Schlangen, behaarten Maden, die heftige allergische Reaktionen auslösen können, und du riskierst es, dir sowohl Gelbfieber als auch Malaria und Amöben einzufangen.«

»Nicht alle, die nach Indien reisen, bekommen irgendeine Tropenkrankheit.«

»Anton ist letztes Jahr in Indien herumgereist. Er fand das stark gewürzte Essen, die Tempel und die Natur toll, aber irgendwann musste er sich dann ständig übergeben, es war, als wollte ihm der Magen zum Mund rauskommen. Als es ihm ganz schlecht ging, hat er sich zusammengekrümmt aus seinem Hotelzimmer geschleppt, um sich im Foyer eine Cola zu holen. Kurz bevor er den Getränkeautomaten erreichte, ist er zusammengebrochen. Wie sich herausstellte, war es eine heftige Lebensmittelvergiftung, und wenn er auf seinem Zimmer bewusstlos geworden wäre, hätte man ihn zu spät gefunden.«

»Du musst dir keine Sorgen machen; wo ich hinfahre, herrschen ganz geordnete Verhältnisse«, sage ich.

»Du könntest doch stattdessen nach Korea fahren, da gibt es nicht so viele tödliche Krankheiten. Ich könnte ja mitkommen, ich wollte unsere koreanische Familie schon immer gerne kennenlernen.«

»Du kannst gern allein nach Korea fahren, ich habe nicht das Bedürfnis danach. Ich kann dir später die Adresse deines Großvaters schicken, er wohnt auf der südlichsten Insel, Marado.«

»Das kann ich mir gerade nicht leisten.«

»Du könntest etwas von dem Konto nehmen, das Miriam vor ein paar Jahren für dich eingerichtet hat. Jetzt, wo du achtzehn bist, hast du freien Zugriff darauf.«

»Was denn für ein Konto?«

»Eine Art Kindersparbuch.«

»Wie viel ist es denn?«

»Viel, glaube ich.«

»Was heißt das?«

»Ein paar Millionen, glaube ich, vielleicht auch mehr.«

»Und du warst nicht der Meinung, du müsstest mir das erzählen?«

»Ich erzähle es dir ja jetzt.«

»Ich bin schon vor drei Monaten achtzehn geworden und habe im Café geschuftet, damit ich von zu Hause ausziehen kann. Es hätte einiges geändert, wenn ich gewusst hätte, dass ich Millionärin bin!«

»Eben. Ich wollte nicht, dass dieses Geld deine Lebensentscheidungen beeinflusst. Glaub mir, es ist schwer, wenn man so viel bessergestellt ist als seine Gleichaltrigen. Die Leute mögen es nicht, wenn man sich zu sehr abhebt. Und außerdem ist es doch ein wesentlicher Teil des Erwachsenwerdens, dass man lernt, allein zurechtzukommen.«

»Das ist einfach nicht in Ordnung! Wie sollen wir denn je ein gleichberechtigtes Verhältnis zueinander haben, wenn du mich wie ein Kind behandelst?«

»Entschuldige, Schatz, ich habe das doch nicht getan, um ...«

»Willst du nicht aufmachen?«

»Wie bitte?«

»Es klopft an der Tür.«

Noch ehe ich aufstehen kann, kommt Jensen auf hochhackigen lila Schuhen herein. Sie trägt ein muslimisches Gewand mit einem viel zu tiefen Ausschnitt. Ihr langes kastanienfarbenes Haar hängt wie eine glatte Zunge über ihren Rücken.

»Komme ich zu spät zur Beerdigung?«

Jensen stupst die Urne an, die ein wenig wippt, dann aber das Gleichgewicht wiederfindet. Sie setzt sich an den Tisch und schlägt ihre langen Beine übereinander.

Plötzlich habe ich das Gefühl, mich von innen heraus aufzulösen. Zum ersten Mal seit Jahren bin ich vollkommen allein. Mir steigen die Tränen in die Augen und verschleiern meinen Blick, und ich würde am liebsten losschluchzen und sagen, dass ich Sui noch mehr vermisse, jetzt, da Madonna tot ist. Aber die Worte werden in meinem Hals zu einem Stein. Ich schlucke, und der Stein fällt herunter und legt sich in meinen Bauch. Ich stehe auf und hole ein paar Dosen Bier aus dem Kühlschrank.

»Wir reden gerade über Papas Reise nach Indien«, sagt Sui.

»Ich wäre zu gerne mitgekommen, aber ich stecke gerade in einer sehr intensiven Arbeitsphase«, sagt Jensen. »Freust du dich?«

»Ja, und ich habe schon einiges über die Stadt gelesen. Es ist so ermutigend, dass es jemanden gibt, der dem Zynismus standhält und nach alternativen Lebensformen sucht«, antworte ich.

»Jetzt klingst du wie Anton«, bemerkt Sui.

»Der ›Gutmensch‹ ist aus der Mode gekommen«, sagt Jensen. »Das ist nicht mehr spannend genug, es gibt zu wenig Rachemorde, Privatjets und Naturkatastrophen.«

»Das Wort ›Mode‹ ist auch längst nicht mehr modern«, erwidert Sui. »Komm, trink ein Bier im Gedenken an Madonna.«

»Sui, du bist die Tochter, die ich nie bekommen habe«, sagt Jensen.

Als die beiden gegangen sind, kauere ich mich auf die Matte hinter der Tür, wo Madonna immer gelegen hat. Ich bin von meinen chaotischen Gedanken und einer heftigen Leere überwältigt. Ich ziehe die Beine an den Brustkorb und versuche, meine Tränen hervorzupressen. Der Stein aus Gefühlen, der zuvor in meinen Bauch gesunken war, hat sich aufgelöst, geblieben ist nur eine brennende Wunde, ich schließe die Augen, meine Mutter erscheint, und ich erinnere mich daran, wie sie mir den Rücken streichelte. Die langsame Linderung durch ihre Hand, das Gefühl von Wärme, das sich im ganzen Körper ausbreitet. Der Swami beobachtet mich von seinem Platz an der Wand.

Kopenhagen, 2010

Sui

Wie war's bei deinem Vater?«, fragt Anton.

»Er fährt bald nach Indien.«

»Zieht es den Architekten zum Taj Mahal?«

»Nein, er tut so, als würde er auf eine Studienreise gehen und sich mit alternativen Bauformen beschäftigen, aber in Wirklichkeit will er in ein Yoga-Retreat in Auroville.«

»Auroville? Ist das eine Stadt?«

»Ja, ein globales Dorf, das in den Sechzigerjahren von einer visionären Frau gegründet wurde. Sie war Französin.«

»Das erinnert mich daran, dass ich eigentlich gerade loswollte, um Paris zu treffen.«

»Habt ihr euch nicht gestern erst gesehen?«

»Ich soll ihr bei einer Bewerbung helfen. Dänisch fällt ihr schwer, weißt du.«

»Sie hat doch schon einen Job im Café.«

»Ja, aber sie würde gern in einer Galerie arbeiten.«

»Wie auch immer. Ich reise bald nach Korea, willst du mitkommen?«

»Ich muss dieses Semester noch so viel schaffen, aber vielleicht im Sommer?«

»Bis zum Sommer dauert es noch ewig, ich weiß nicht, ob ich so lange warten kann.«

»Schaffst du es denn rechtzeitig, so viel Geld zusammenzubekommen?«

»Mir wird schon etwas einfallen.«

»Ganz bestimmt. Ach, übrigens, es ist ein Brief für dich gekommen, von deiner Mutter.«

»Woher weißt du, dass er von ihr ist?«

»Sie hat ›Rodinia‹ daraufgestempelt.«

Ich schließe die Augen und öffne sie wieder. Ich liege auf dem Waldboden, das Moos ist samtweich. Ich war sieben Jahre alt, als ich Miriam das letzte Mal sah. Wir waren im Hareskoven, sie und ich. Sie roch wie eine Mutter. Die Bäume warfen Schatten. Sie lächelte die ganze Zeit, aber sie berührte mich nicht. Sie war wie eine Fremde, aber sie schenkte mir den einzigen physischen Gegenstand, zu dem ich eine Verbindung spüre, ein kleines Seepferdchen, das jetzt an meinem Ohrring baumelt.

»Na dann, Panda, ich gehe jetzt.«

»Nimmst du den Müll mit – und den Brief?«

Meine Stimme ist kühl, glatt wie Eis.

»Interessiert es dich nicht, was deine Mutter will?«

»Die Briefe, die sie mir schreibt, handeln nur von ihr und ihrer Arbeit.«

»Vielleicht ist das ihre Art, dir ihre Liebe zu zeigen?«

»Indem sich alles immer nur um sie dreht?«

»Du drehst dich doch auch gerade nur um dich.«

»Mit dem Unterschied, dass ich mich bewusst dafür entscheide, selbstbezogen zu sein, aber für Miriam ist das keine Entscheidung, sie ist einfach so.«

Ich stelle mir vor, ich würde an Bahngleisen entlanggehen, ich bin erschöpft und lege mich auf den Boden, stütze meinen Nacken auf die äußerste Schiene. Ein Zug nähert sich, die Schienen vibrieren, das Summen des Metalls überträgt sich auf meinen Hinterkopf, der Zug kommt näher. In wenigen Sekunden habe ich kein Gesicht mehr. Die Sehnsucht nach dem Tod ist immerhin noch eine Sehnsucht, ich öffne die Augen, und plötzlich ist Paris in Paris in Paris.

»Du warst plötzlich woanders«, sagt Anton.

»Zieh dich aus«, erwidere ich.

Er streift sich sein Shirt über den Kopf, schält sich aus der Hose, entkleidet sich weiter provozierend langsam, bis er nackt vor mir steht, und ich lasse den Hosenanzug fallen, und dann packe ich seinen Nacken und ziehe ihn an mich.

Hareskoven, 1999

Sui und Miriam

Sui, hast du schon mal einen so schönen Wald gesehen?«

»Hier gibt es viele Bäume.«

»Eine Unmenge an Leben, alles atmet.«

»Mama?«

»Miriam.«

»Okay, Mama Miriam.«

»Miriam ohne Mama, bitte. Das ist mein Name, ich nenne dich auch nicht ›Tochter‹, sondern Sui, weil du so heißt.«

»Okay.«

»Huch, hast du das gesehen?«

»Was denn, Miriam?«

»Hast du den Elfen gesehen?«

»Was denn für einen Elfen?«

»Da, guck! Da war er schon wieder.«

»Ich kann nichts sehen.«

»Zwischen den Bäumen … Er ist schnell, er bewegt sich unentwegt.«

»Wann kommt Papa wieder?«

»In ein paar Stunden, er hat uns doch gerade erst abgesetzt.«

»Aber ich würde gerne wieder nach Hause, kannst du ihn nicht anrufen?«

»Jetzt machen wir erst mal einen Spaziergang durch den Wald. Ich bin nur noch eine Woche in Dänemark, und vielleicht wird es lange dauern, bevor wir uns wiedersehen.

Versuch dich hinzulegen. So. Spürst du, dass das Moos so weich ist wie Samt?«

»Ja, es ist weich.«

»Und kannst du sehen, dass die Sonne Ringe aus Licht zwischen die Bäume wirft? Versuch mal, mit deiner Nase einen Ring zu fangen.«

»Ich will nach Hause.«

»Ich habe ein Geschenk für dich.«

»Ein Geschenk?«

»Ja, welche Hand willst du?«

»Die … Was ist das?«

»Ein Seepferdchen aus Gold.«

»Aus echtem Gold?«

»Ja. Ein Seepferdchen ist ein kleiner Fisch, der versucht, wie ein Pferd auszusehen. Es ist das langsamste Tier der Welt. Es hat keine Zähne, deshalb verschlingt es sein Futter im Ganzen. Bei den Seepferdchen wird der Vater schwanger und bringt die Kinder auf die Welt.«

»Danke.«

»Gern geschehen.«

»Jetzt würde ich gern nach Hause …«

»Rufst du ihn an, oder soll ich?«

»Ich habe kein Telefon.«

»Dann rufe ich an.«

Kopenhagen, 2010

Kai

Alles ist gepackt und bereit, als eine Geburtstags-SMS von Sui eintrudelt. Heute werde ich vierundvierzig Jahre alt und reise gen Osten. Ich möchte allem, was mir auf dieser Reise begegnet, offen und vorurteilsfrei begegnen. Ich möchte mit offenen Augen meditieren. Ich habe das Allernötigste in meinen alten Rucksack gepackt: ein kleines Handtuch, Shorts, weiße T-Shirts, eine Ersatzleinenhose, ein langärmliges kakifarbenes Hemd, drei Unterhosen, drei Paar Strümpfe, eine Taschenlampe, ein Messer, ein paar Einwegrasierer, ein Nagelschneider, eine Zahnbürste, Sonnencreme, ein bisschen Antibiotikum, Kopfschmerztabletten, mein Brieftagebuch, ein Reiseführer, eine Kamera und mein Reiselaptop.

Ich stehe im Flur in einem grauen Pullover, sandfarbenen Hosen und neuen schwarzen Nike-Schuhen und betrachte mich selbst im Spiegel. Ich bin mit meinem Anblick zufrieden, ich sehe aus wie ein Reisender, nicht wie ein Tourist, der versucht, sein ganzes Zuhause in einem großen Rollkoffer hinter sich herzuziehen. Ich lege den Schlüssel unter die Fußmatte, wie ich es mit Jensen besprochen habe, die das Haus als Ort zum Schreiben nutzen will.

In der Schlange am Check-in stehe ich hinter einem arabisch aussehenden Mann in einem dunklen, gut sitzenden Anzug und einer dünnen, hellhäutigen Frau in einem weißen Pelz. Ein Anzug und ein Schwan, daneben zwei ordentlich frisierte Jungen, die einander gleichen wie zwei Tropfen Wasser, denke ich, als der Schwan sagt: »Und was hast du geantwortet?« Ihre Stimme ist wie ein Rohrstock, der leise knallt, wenn er auf den Tisch schlägt.

»Dass ich kein Muslim bin und deshalb auch kein Terrorist, dass mein Vater in Dänemark geboren ist und nicht an Allah glaubt. Dass ich auch Däne bin«, antwortet der ältere Junge. Der Anzug nickt.

»Ausgezeichnet«, antwortet der Schwan.

Ihr Schnabel ist verkniffen, doch sie kämpft darum, einen möglichst neutralen Gesichtsausdruck zu wahren, obwohl sie ihre Zähne so fest aufeinanderbeißt, dass ihr weißer Gesichtsflaum zittert. Der weiße Schwan steht mit den beiden Jungen da, unter jedem Flügel einen, die beiden tragen dunkle Pelze. Sie hat sie ganz im Sinne ihrer dänischen Kultur erzogen, und dennoch werden die Kinder von einigen Landsleuten als Fremde betrachtet. Sie versteht nicht genau, wie das passieren konnte, sie wäre nie auf die Idee gekommen, dass man ihre Kinder nicht als Dänen ansehen könnte, obwohl sie selbst Dänin ist. Vielleicht schmerzt das am meisten, diese Spaltung, dass sie gezwungen ist, ihre Kinder von außen zu betrachten, als Fremde, um ein Bewusstsein dafür zu entwickeln, wie sie von anderen wahrgenommen werden. Denn nur wenn sie diesen urteilenden Blick von innen spürt, ist sie imstande, ihre schützenden Flügel über ihnen auszubreiten. Am liebsten würde ich sagen: »Das wird immer schlimmer, je älter sie werden, denn bald sind sie keine niedlichen, hübsch frisierten Kinder mehr, die von einem Schwan durch die Passkontrolle geleitet werden, bald sind sie zwei arabisch aussehende junge Männer, die an einem Flughafen in der Schlange stehen. Sie müssen lernen, die Demütigungen in sich hineinzufressen, denn sie können jeden Moment aus der Herde ausgestoßen werden.«

»Danish or English?«, fragt der Flughafenmitarbeiter am Check-in.

»Ich bin Däne«, antworte ich.

Miriam

Warum bestellen Sie mich erst jetzt ein?«

»Als wir Sie auf der Toilette gefunden haben, waren Sie nicht ansprechbar.«

»Was wollen Sie wissen?«

»Sie könnten ja erst einmal erzählen, was genau passiert ist?«

»Wir waren gerade nach der Eröffnung meiner Soloausstellung im MoMA in New York wieder nach Tokio zurückgekehrt und hatten beschlossen, das zu feiern.«

»Nur Sie beide?«

»Ja, es liegt eine Freiheit darin, nicht die ganze Zeit beobachtet zu werden. Deshalb wollten wir den Rahmen privat halten.«

»Aber warum hielten Sie sich dann in einer fremden Wohnung auf?«

»Ich hatte zu Hiroki gesagt, ich wolle auf einer Wolke feiern, doch als er die nicht beschaffen konnte, hat er ein älteres Penthouse im dreißigsten Stock mit einer großen Dachterrasse gemietet. In den neueren Gebäuden gibt es nie einen Zugang aufs Dach, aber in den älteren Hochhäusern ist das anders.«

»Und was ist dann passiert?«

»Wir haben Champagner getrunken, aber auch andere Sachen aus dem Barschrank, Whisky, Soju, Sake, und wurden immer betrunkener. Hiroki hat sich auf das Geländer gesetzt und ist vor und zurück geschwungen. Er war vollkommen euphorisch und hat gesagt, ich sollte dasselbe machen.«

»Und, haben Sie das gemacht?«

»Nein, denn bevor ich antworten konnte, hat er beide Arme über den Kopf gestreckt. Ich hatte Angst, er würde das Gleichgewicht verlieren, und wollte ihn zurückhalten. Meine Fingerspitzen haben seine Jacke gestreift, aber im nächsten Moment nur noch ins Leere gegriffen. Als er auf dem Boden aufschlug, verschwand mein Gehörsinn, und danach weiß ich nichts mehr. Das Erste, woran ich mich wieder erinnere, ist, dass ich im Badezimmer lag und mich übergeben habe. Die Toilette hatte Kalkränder, meine Hände waren so fest zusammengeballt, dass ich sie nicht mehr öffnen konnte, sie wollten mir nicht gehorchen. Als ich etwas sagen wollte, habe ich nur seltsame gutturale Laute ausgestoßen. Und dann sind Sie gekommen.«

»Erinnern Sie sich noch an andere Dinge?«

»Nein, das war alles.«

»Ich sehe, wie sehr Sie unter der Situation leiden, aber wir sind dazu verpflichtet, die Umstände näher zu untersuchen, auch wenn es sich um einen Unglücksfall handelt.«

»Sie denken doch wohl nicht, ich hätte ihn umgebracht?«

»Nein, darauf deutet nichts hin, und Sie beerben ihn ja auch nicht. Seine Familie haben wir bereits befragt. Sie waren die Letzte, mit der wir noch sprechen mussten. Ich denke, wir können von einem Unfall ausgehen und die Untersuchungen abschließen.«

»Kann ich jetzt gehen?«

»Ja, selbstverständlich. Danke für Ihre Geduld.«

Ich trete durch die Glastüren der Polizeistation. Draußen stehen zwei Mädchen mit kurzen weißen Röcken und Haarreifen, an denen rosa Kaninchenohren befestigt sind. Das eine Mädchen streckt mir einen Flyer hin, aber ich sehe durch sie hindurch, als wäre sie Luft. Tokio ist voller Einsamkeit, die zwischen den Menschen umherschwirrt wie eine Fliege. Ich bin ein Fliegenstreifen, der umhersummende Insekten anzieht. Bald werden sie sich überall auf mir niedergelassen haben, und ich werde in einer lebendigen Haut aus Tausenden Fliegen durch die Stadt wandern.

Kopenhagen, 1999

Kai

Liebe Sui, als du geboren wirst, bin ich so von dir gefesselt, dass ich nichts mehr um mich herum wahrnehme. Ich bemerke Miriams Postpartale Depression nicht, mir fällt nur auf, dass sie allein im Haus umherstreift, sich zurückzieht, keine richtige Bindung zu dir aufbaut. Ich merke, dass dein Überleben von mir abhängt. Ich bin derjenige, der dich badet, die Käseschmiere aus deinem Haar kämmt, ich bin es, der bei dir schläft und dir die Flasche gibt, weil Miriam nicht stillen möchte. Ich habe nicht die Kraft, Miriam an die erste Stelle zu setzen, sie ist ganz einfach nicht mehr die, die ich am meisten liebe. Das fällt mir erst später auf, zu spät.
Ich übernehme die Elternzeit ganz, wider Erwarten verkauft Miriam ihre Gemälde inzwischen schneller, als sie sie malen kann, und die Preise und der Erfolg steigen in einer steilen Kurve nach oben. Sie ist den ganzen Tag im Atelier, oft auch abends. Ihre Frustration manifestiert sich in kleinen Bildern von der nordischen Natur, im Biedermeierstil gemalt. Wälder, Flüsse, Hütten, Felder, doch die Menschen, die sich in dieser Natur bewegen, tragen moderne Kleidung. In all diesen Landschaftsgemälden befindet sich irgendwo ein Loch im Motiv, ein unbemalter Fleck auf dem Boden, auf einem Gesicht, einem Körper. Später schlägt ihre Galeristin vor, die kleinen Leinwände auf zwei mal zwei Meter

große Leinwände zu bringen und den großen leeren weißen Raum und das kleine Gemälde durch Miriams berühmte Technik zu verbinden, ihr besonderes Talent, Nebel zu malen. Auf diese Weise werden die kleinen Bilder groß, und der Preis steigt um das Zehnfache. Eines Tages vergrößert sie ihre Skala noch und begibt sich in die wirkliche Natur. Sie fängt an, Landschaftskunstwerke zu machen, riesige Kunstwerke, die sich über große Naturgebiete erstrecken. Sie erschafft das Werk Red, das sich auf deine Geburt bezieht. Aus unerklärlichen Gründen wird sie von der Vorstellung heimgesucht, sie hätte nach deiner Geburt so stark geblutet, dass das ganze Zimmer in Blut ertrank. Sie färbte das Wasser der Gudenå, des längsten Flusses in Dänemark, rot und forderte alle Besucher, die sich das Werk ansehen wollten, dazu auf, rot gekleidet dort zu erscheinen. Das war, kurz bevor sie zum letzten Mal ihre großen Blumengemälde ausstellte und Hiroki kennenlernte.

Es ist schwer, über diese Zeit zu schreiben oder über Miriam, ohne dass sich ihre Kunst in den Text mischt. Ich überlege, ob ich die Seiten ausreißen soll. Aber ich lasse sie, wie sie sind. Ich lese mir noch einmal durch, was ich geschrieben habe. Es erscheint mir so rückwärtsgewandt, über etwas zu schreiben, das vor vielen Jahren passierte, aber seltsamerweise höre ich mehrere unserer Gespräche noch so deutlich, als hätten sie erst vor einem Augenblick stattgefunden.

Tokio–Kopenhagen, 1999

Miriam

Ich steige in ein Flugzeug zurück nach Dänemark. Hiroki ist nicht mehr da. Ein Gefühl von Schuld kribbelt wie Kohlensäure in meinem Blut, prickelt bis in die Fingerspitzen. Ich finde lange Flüge unendlich anstrengend, und jetzt bin ich zwölf Stunden lang an einen Flugzeugsitz gefesselt. Meine Nerven können nicht stillhalten. Ich betäube sie, indem ich eine Tablette gegen Flugangst, eine Valium und zwei Kopfschmerztabletten auf einmal nehme. Als die Wirklichkeit mit einem Schleier überzogen wird, offenbart er sich mir plötzlich.

Hiroki: Miriam?

Ich: Ja.

Hiroki: Erzähl mir die Wahrheit.

Ich: Ich wollte feiern, dass es mir gelungen war, einen Platz in der Geschichte der Kunst einzunehmen, und dass der Verkauf all meiner im MoMA ausgestellten Werke mir eine so schwindelerregende Summe einbringen würde, dass ich für den Rest meines Lebens damit auskommen könnte, ohne mich nach anderen Menschen richten zu müssen. Inklusive dir.

Hiroki: Nein, erzähl mir die Wahrheit über meinen Tod.

Ich: Du hast diese Penthousewohnung doch selbst gemietet. Es war nicht meine Schuld.

Hiroki: Fühlst du dich schuldig?

Ich: Es war windstill, der Mond glich einer Glaskugel,

wir saßen oben auf der Stadt auf diesem gemauerten Geländer, ein Schwindel und Sog im Körper, und die Stadt lag unter uns wie ein Architekturmodell. Alles war wie ein Traum.

Hiroki: Wie poetisch … Du redest um den heißen Brei herum.

Ich: Eigentlich muss ich gar nicht mit dir sprechen, du bist doch tot. Verschwinde!

Hirokis Gesicht löst sich auf, und das Flugzeug startet, aber der Anblick lässt mich nicht mehr los. Wie in einem Filmclip, der in Loops abgespielt wird, sehe ich ihn fallen, wieder und wieder. Ich werde den Gedanken nicht los: War es die Berührung meiner Hände, die ihn aus dem Gleichgewicht brachte? Meine Augen schließen sich unfreiwillig, die Tabletten beginnen endlich zu wirken. Meine Erinnerung ist von winzigen Löchern durchsetzt, durch die alles hindurchsickert wie gekochte Johannisbeeren durch ein Küchenhandtuch, die roten Beeren werden zu einem matschigen Klumpen; ich muss mich daran klammern, dass die Polizei mich freigesprochen und Hirokis Familie mich mit Tränen in den Augen gehen gelassen hat. Ich stecke meine Finger in die ausgekochten Beeren, nehme eine Handvoll und nasche sie. Als der süße Geschmack meinen Mund erfüllt, versinke ich in einem Raum der Bewusstlosigkeit.

»Wachen Sie auf«, ruft die Stewardess. »Wir landen bald.«

Mein Körper ist immer noch schwer. Ich stehe auf, suche meine Sachen zusammen und setze meine große Sonnenbrille auf, dann gehe ich durch das Flugzeug und anschließend durch den Flughafen zum Gepäckband, wo ich meinen Koffer hole. Als die Türen zur Ankunftshalle aufgleiten, steht die Presse schon bereit, meine Galeristin aber auch. Sie hat zwei Assistenten mitgebracht, gemeinsam bilden sie ein beschützendes Dreieck um mich, als wir das Gebäude verlassen und uns in ihr Auto setzen, das draußen wartet. Die Fragen schwirren wie Wespen um mich herum.

»Miriam Bang, wie ist es, wieder hier zu sein? Wie ist es für Sie, dass Ihre Gemälde jetzt für zehn Millionen Kronen auf Auktionen verkauft werden? Können Sie den Tod Ihres Mannes kommentieren? War es Selbstmord?«

Als sich das Auto in Bewegung setzt, sehe ich durch die Scheibe, wie die Journalisten mit hängenden Armen stehen bleiben, während die Fotografen immer noch ihre Kameras vor sich halten wie schwarze Pupillen. Während das Auto beschleunigt, wird die Gruppe immer kleiner und kleiner.

Ich habe mich in einem neuen Hotel in Ørestaden einquartiert, ich muss mich in einem geschichtslosen Raum aufhalten, damit meine Gefühle zur Ruhe kommen. Ich befinde mich auf der verzerrten Seite der Welt, und jeden Tag erweitere ich die Zone zwischen mir und der äußeren Wirklichkeit. Ich nasche Schlaftabletten wie Süßigkeiten, und die Tage fallen durch mich hindurch, ohne eine einzige Spur zu hinterlassen. Der leblose Schlaftablettenschlaf liegt wie ein zäher Teig über dem wirklichen Schlaf, über dem Bett, das wie eine Insel im Raum steht. Wenn ich den Teig von meinen Augen nehme, sehe ich meine Spuren, Süßigkeitenpapier, Apfelsinenschalen, leere Flaschen, kaputte

Gläser und Blumen, schmutzige Teller, Plastiktüten, benutzte Taschentücher und alles, was sonst noch so um die Insel herumtreibt. Ich bewege mich kaum und sage kein Wort, als das Zimmermädchen hereinkommt. Ich lasse sie das erledigen, wofür sie gekommen ist. Sie räumt auf, saugt, wischt, schrubbt. Wechselt meine Bettwäsche, kümmert sich um alles, was klebt und stinkt, und sie betrachtet mich mit einem mitfühlenden Blick, obwohl sie nicht viel älter ist als Sui. Ich versuche sie zu ignorieren und betrachte sie aus der Entfernung, als wäre sie ein Teil des Inventars.

Kopenhagen, 1999

Kai

Ich koche mir eine Tasse Kaffee, setze mich in Wegners Y-Stuhl und schlage die Zeitung auf. Auf der Titelseite steht in großen Lettern: »Miriam Bangs Mann sprang aus dem dreißigsten Stock.« Und weiter unten: »Die weltberühmte dänische Künstlerin Miriam Bang hat ihren wohlhabenden japanischen Mann verloren. Die Künstlerin hatte in den letzten sechs Jahren in Tokio gelebt. Sie war die einzige Zeugin des Unglücks.«

Hirokis dramatischer Tod hat auf der ganzen Welt für Schlagzeilen gesorgt. Ich spüre einen Funken Zorn darüber, erst aus der Zeitung zu erfahren, dass Miriam wieder in Dänemark gelandet ist. Warum hat sie sich nicht bei uns gemeldet und erzählt, dass sie wieder da ist?

Sui ist sieben Jahre alt, sie verfolgt die Nachrichten noch nicht, aber sie weiß, dass ihre Mutter die größte lebende dänische Gegenwartskünstlerin ist. »Meine Mutter ist weltberühmt«, sagt sie. Es ist nur eine Frage der Zeit, ehe die Leute unter dem Deckmantel der Hilfsbereitschaft anfangen, wie Geier über ihr zu kreisen. An der Wand in Suis Zimmer hängt eines von Miriams Gemälden, *Mädchen im Wald*. Miriam behauptet, es sei das Porträt eines unbekannten Kindes. Das Mädchen sieht Sui zum Verwechseln ähnlich. Auf dem Nachttisch liegt ein kleines Album mit Fotos; Miriam und Sui im Krankenhaus, Miriam mit Sui auf dem Arm im Park, Miriam im Pelz, wie sie aus einer

Limousine aussteigt, Miriam, die 1996 in New York bei einem Frauenkongress am Rednerpult steht. Miriam und Hiroki am Strand von Bora Bora. Seit sie vor sechs Jahren nach Tokio ging, haben wir nur an Weihnachten und an Suis Geburtstag von ihr gehört, wenn sie Geschenke, Blumen und Bilder von sich selbst schickte. Ansonsten hat sie sich jeden Kontakt verbeten.

»Es ist besser, einen reinen Schnitt zu setzen, dann heilt die Wunde schneller«, sagte sie.

Ich stehe gerade in der Küche und gieße den Kaktus, als das Telefon klingelt. Noch bevor ich rangehe, weiß ich, dass sie es ist.

»Hier ist Kai.«

»Wer ist da?«, fragt sie.

»Miriam?«

»Entschuldige, ich muss aus Versehen auf die Taste gekommen sein«, sagt sie.

»Was willst du?«, frage ich.

»Ich will gar nichts«, antwortet sie. »Ich wollte dich nicht anrufen, aber jetzt, wo du schon mal dran bist, freut es dich vielleicht zu hören, dass ich am Ende bin.«

»Hast du getrunken?«

»Das Einzige, was ich will, ist mich umbringen.«

»Warum meldest du dich erst jetzt bei uns, du bist doch schon seit einer Woche im Land?«

»Ich bringe mich um!«

»Was soll ich dazu sagen?«

»Ich habe dich als den einfühlsamsten Menschen in Erinnerung, der mir je begegnet ist, warum bist du plötzlich so kalt?«

»Weil es so wirkt, als würdest du nur an dich denken und nicht an Sui. Sie hat tiefe Gefühle für dich.«

»Sie kennt mich doch gar nicht. Wie kann ein Kind Gefühle für eine Fremde entwickeln?«

»Du bist ihre Mutter.«

»Ich hätte vielleicht anrufen sollen. Ich wohne im Sky Hotel.«

»Soll ich kommen?«

»Nein, sollst du nicht. Und du sollst Sui auch nicht sagen, dass ich hier bin.«

Ich habe überhaupt keine Lust, Miriam zu sehen, aber sie hat nur uns, und auch wenn sie uns nicht sehen möchte, ist sie doch immer noch Suis Mutter.

Kopenhagen, Sky Hotel, 1999

Miriam

»Wer ist da?«

»Ich bin's, Kai.«

»Ich bin nicht da.«

»Miriam, wir haben verabredet, dass ich komme. Mach jetzt auf.«

»Ich habe gesagt, du sollst verschwinden.«

»Sui hat angefangen, nach dir zu fragen.«

»Sag ihr, dass ich sie nicht sehen will.«

»Das würde sie verletzen.«

»Dann sag ihr, dass ich tot bin. Nein, sag ihr, ich wünschte, ich wäre tot, weil ich nichts habe, wofür es sich zu leben lohnt.«

»Ich gehe nicht, ehe ich gesehen habe, dass es dir gut geht. Du kannst genauso gut gleich aufmachen.«

»Okay, dann lass es uns hinter uns bringen …«

»Schön, dich zu sehen.«

»Wag es nicht, mich anzufassen. Bleib mir fern.«

»Ich setze mich in den Sessel, wenn das in Ordnung ist?«

»Du bekommst fünf Minuten.«

»Okay. Hast du vor, hier wohnen zu bleiben?«

»Auf solche Fragen muss ich nicht antworten.«

»Möchtest du darüber reden?«

»Worüber?«

»Hirokis Tod.«

»Nein. Warum mischst du dich da überhaupt ein?«

»Ich mache mir Sorgen um dich.«

»Ich habe dich freigelassen, wie man es mit einem Schmetterling macht, ohne dir die Flügel auszureißen, also hör auf, ständig zu mir zurückzukehren.«

»Es tut mir leid zu sehen, dass du dich hier eingesperrt hast.«

»Ich habe mich nicht eingesperrt, ich meditiere.«

»Ich dachte, deine Kunst wäre das Wichtigste für dich?«

»Ich unterwerfe mich nicht länger der sogenannten Kunst.«

Die Tür fällt von selbst hinter dir ins Schloss. Ich könnte dich darum bitten zu bleiben, mich in den Arm zu nehmen. Ich könnte schreien: Ich hätte dich nie verlassen sollen, ich wollte einen Weg finden, dieses Kind zu lieben, aber ich wusste nicht, wie. Ich war zu alt oder zu jung, zu selbstsüchtig. Ich verstand nicht, warum ich sie nicht liebte. Ich konnte ihren warmen Kopf an meiner Brust spüren und eine Unruhe, die mich erfüllte. Dieser höllisch warme Kopf, wie kann ein Kinderkopf so viel Wärme produzieren? Wie kann ein erwachsener Mensch sich gefesselt fühlen und gleichzeitig Angst davor haben, den Halt zu verlieren? Ich kann die Schatten nicht vom Licht unterscheiden.

Kopenhagen, 1999

Miriam

Manchmal gehe ich als Insekt verkleidet auf die Straße. Ich ziehe meine dunkle Sonnenbrille auf und besuche den nächsten Supermarkt, um ein paar Kleinigkeiten zu kaufen. Ich lese die Aushänge am Schwarzen Brett und amüsiere mich über dilettantische Werbung, Angebote von merkwürdigen Therapieformen, die sich mit der Suche nach gestohlenen Fahrrädern, Kontaktanzeigen, Verkaufsannoncen von Lehnregalen und Ferienhäusern mischen. Ich bezahle meine Flasche Wein und gehe wieder zum Hotel, die Sonne ist heiß und rund, ich schwitze in meinem toten Tier.

Als ich in mein Zimmer zurückkomme, sehe ich, dass jemand einen Umschlag unter der Tür durchgeschoben hat. Die Absenderin ist meine Galeristin. Ich öffne ihn, und eine Anzeige fällt heraus. Schon als ich den Text zur Hälfte gelesen habe, nimmt eine Idee Gestalt an. Etwas in mir beginnt wieder zu sprudeln. Ich bin so gelöst wie schon lange nicht mehr.

> Naturparadies Dalarna, Hof mit fantastischer Fauna. Hier gibt es Elche, Rotwild, Wildschweine, Füchse, Rehe. Viele Enten und Gänse brüten hier. Älteres, zweistöckiges Holzhaus, mehrere Schuppen und eine Scheune, in geschützter Lage am Ende einer Sackgasse. Zu dem Grundstück und

den Gebäuden gehören 2440 Hektar Wald und mehrere Seen, direkter Seeblick vom Haus. Im Kaufpreis enthalten sind außerdem gute Maschinen und ein neuwertiger New-Holland-Traktor. Festpreis 88 Millionen schwedische Kronen oder Verkauf gegen Gebot.

»Hallo?«

»Ich rufe wegen des Hauses in Dalarna an. Steht es immer noch zum Verkauf?«

»Ja.«

»Ist es das ganze Jahr über bewohnbar?«

»Die frühere Besitzerin hat einen Grundofen eingebaut, also ja.«

»Und eine Jagderlaubnis ist auch enthalten?«

»Ja, natürlich. Es ist ein ungewöhnlich großes Waldgebiet mit einer überraschend großen Artenvielfalt. Aber das ist noch nicht die größte Attraktion.«

»Sondern?«

»In dem dazugehörigen Wald steht der älteste Baum der Welt.«

»Warum wird das in der Anzeige nicht erwähnt?«

»Die Verkäuferin wollte es nicht, sie möchte nicht, dass die ›Handlanger des Kapitalismus‹ anrücken, wie sie es ausgedrückt hat, aber bei einem Kaufpreis von 88 Millionen Kronen findet man nur schwer idealistische Interessenten.«

»Da haben Sie natürlich recht.«

»Das Haus wäre zweifelsohne schon längst verkauft, wenn wir Werbung schalten dürften, aber die Besitzerin weigert sich, es über die üblichen Kanäle anzubieten.«

»Ich würde es jedenfalls gerne sehen.«

»Wenn das Preisniveau Sie nicht abschreckt, sind Sie herzlich willkommen, das Objekt zu besichtigen. Wann würde es Ihnen passen?«

»Morgen. Sie können mir eine SMS mit der Adresse an diese Telefonnummer schicken. Ich könnte gegen vier da sein.«

Nachdem ich Sui geboren hatte, verlor meine Möse allmählich ihren Saft, und nach Hirokis Tod habe ich beschlossen, sie ganz austrocknen zu lassen. Ich akzeptiere den Prozess, in den ich eingetreten bin, ich möchte altern und welken. Ich habe die Hälfte meines Lebens als Frau gelebt, mich von meinen Begierden und meinem Talent lenken lassen und eine enorme Produktion von Kunstwerken zustande gebracht. Den Rest meines Lebens möchte ich als reine Natur leben, frei von der Liebe der anderen Menschen, unsichtbar und vielleicht gerade deshalb zum ersten Mal wirklich sichtbar.

Kai ruft die ganze Zeit an, er sagt, er mache sich Sorgen. Er möchte wieder vorbeikommen. Ich sage, es dürfe nur ein kurzer Besuch werden. Ich bin nicht daran interessiert, Sui zu sehen. Ich bin nicht in der Stimmung dafür. Leider erfreut mich die Aussicht, ihn zu sehen. Er ist immer noch ein sehr anziehender Mann, aber jetzt, wo mich das Alter eingeholt hat, sieht er mich nicht mehr begehrlich an. Er weiß immer noch nicht, wie gut er aussieht. Seltsam, dass ein so hellsichtiger Mensch sich seiner eigenen Schönheit nicht bewusst ist.

Als er an die Tür klopft, sitze ich mit einem Kaffee im Sessel. Ich habe beschlossen, fürsorglich zu sein. Im Hotel gibt es ausgezeichneten Kuchen, und ich erinnere mich, dass er Süßes mag.

»Du siehst besser aus«, sagt er. »Bitte schön.«

»Was ist das?«

»Sui hat etwas für dich gemalt.«

»Leg das auf den Schreibtisch.«

»Du meinst: Danke?«

»Ja, danke. Ich sehe es mir später an.«

Dann höre ich mich selbst sagen:

»Ich würde Sui gern sehen, ehe ich nach Schweden ziehe.«

»Du ziehst um?«

»Ja, du hast ja recht, ich kann nicht für immer hier im Hotel wohnen bleiben. Ich habe einen einsamen Hof und ein größeres Waldstück in Dalarna gekauft. Gestern war ich da und habe mir alles angesehen. Dieser riesige, einsame Wald hat mich aufgemuntert, ich habe das Gefühl, endlich eine Heimat gefunden zu haben.«

»Was ist mit deiner Karriere?«

»Ich habe das erreicht, was ich wollte, aber es hat mir nichts gegeben, mich nach den Spielregeln des Kapitalismus zu richten. Ich möchte den Rest meines Lebens der Natur widmen.«

»Wann ziehst du um?«

»Nächste Woche.«

»Das geht schnell.«

»Ja, aber die Zeit ist reif.«

Dalarna, 2000

Miriam

Es ist jetzt fünf Monate her, dass Hiroki starb, und ich bin immer noch am Leben.

Ich habe Sui erzählt, dass ich in Dalarna wohnen werde. Sie ist erst sieben, spricht aber schon wie eine kleine Erwachsene. Ich habe sie mit in den Hareskoven genommen, damit sie die Natur spüren und verstehen kann, wohin ich mich begebe. Obwohl wir einander beschnuppern wie zwei fremde Wesen, ist deutlich, dass wir manche Gene teilen. Sie hat meine Falte zwischen den Brauen, und sie hat meinen Körperbau, das Große, Schlaksige, aber sie hat auch das glatte asiatische Haar ihres Vaters und seinen tiefen Blick. Und einen starken Willen. Ihre Abneigung dagegen, mit mir im Wald zu sein, bestätigt mich darin, dass ich als Mutter ungeeignet bin, dass ich damals die richtige Entscheidung getroffen habe.

Ich habe den Ort erreicht, er ist groß genug, um meine Einsamkeit aufzunehmen, genau der Platz, den ich immer gesucht habe. Ich bin vollkommen überwältigt vom See und von der Tiefe des Waldes. Ich stelle mir vor, dass die Gebäude ein physischer Abdruck des Mannes sind, der sie gebaut hat, eine Erweiterung des menschlichen Körpers, seines Körpers. Neben dem Haus steht eine außergewöhnliche Scheune mit hohen, gotischen Fenstern, die aus einer verlassenen Kirche in der Nähe stammen. Außerdem gibt es drei kleinere Schuppen zur Aufbewahrung von Vorräten und Gerümpel. Gestern ist ein Igel mit seinem Jungen über die Lichtung vor dem Haus gewandert. Ich habe schon seit meiner Kindheit keinen Igel mehr gesehen. Vielleicht ist er durch die Zeit hindurchgewandert, aus dem Bauch der Kindheit direkt auf meine Lichtung. Mein Glück wird nur dadurch getrübt, dass eine steinalte und vollkommen unbrauchbare Einsiedlerin namens Mathilde im Kaufpreis inbegriffen war. Sie wohnt am Rand meines Waldes, ihre Hütte liegt fünf Kilometer von meiner entfernt. Sie ist Selbstversorgerin, hat schon immer hier gewohnt, noch nie Miete gezahlt und offenbar ein vertraglich gesichertes, lebenslanges Wohnrecht. Das Gute ist, dass sie, ihrem Aussehen nach zu urteilen, nicht mehr lange leben wird. Ich habe sie nur ein Mal besucht, und sie machte einen freundlichen Eindruck, aber ich werde ihr wohl nicht begegnen, wenn ich nicht selbst dafür sorge.

Gestern habe ich der Galerie geschrieben, dass sie vierzehn Tage haben, um die zweiundvierzig Gemälde zu verkaufen, die in ihrem Lager stehen, und alle, die nicht verkauft werden, müssen sofort an mich zurückgeliefert werden, damit ich sie verbrennen kann. Ich habe beschlossen, nie wieder ein Bild zu malen. Seither sind gerade mal vierundzwanzig Stunden vergangen, alle Gemälde sind verkauft, und im Laufe der nächsten Woche wird ein dreistelliger Millionenbetrag auf meinem Konto eingehen. Mitten auf der Lichtung vor dem Haus habe ich einen Stapel aus meinen Pinseln, Farben, Leinwänden, unvollendeten Gemälden, Drucken, Fotos und Skulpturen aus brennbaren Materialien errichtet. Ich übergieße alles mit Benzin und entzünde ein Streichholz. Die Flammen greifen schnell über, als würde das Feuer von einem Mund in die Luft geblasen, eine Pfeilspitze aus Feuer, die zum Himmel hinaufschießt.

Ich gehe ins Haus, koche mir einen Tee und blättere in einer alten Zeitung. Als ich aus dem Fenster sehe, flammt das Feuer unerwartet auf, spuckt Funkenregen aus und beruhigt sich dann wieder. Da zottelt der Igel vorbei, er sieht lustig aus, seine winzigen Schritte, und plötzlich rollt er sich zu einer Kugel zusammen. Im Fenster versucht eine Wespe, einen Schmetterling totzustechen, sie sind im selben Netz gefangen, und bald wird auch die Spinne heranschnellen. Die Natur ist voller lautloser Morde. Zum ersten Mal seit vielen Jahren empfinde ich einen tiefen Frieden.

Als das Feuer erloschen ist, sammle ich die Asche und fülle sie in eine Urne. Das ist mein erstes Werk im Wald, ich nenne es *Savings*.

Dalarna, 2000

Miriam

In den letzten Wochen habe ich den ältesten Baum der Welt umkreist. Jungvögel flattern zwischen seinen Zweigen ein und aus, Goldammern, Buchfinken, Blaumeisen. Ich habe bemerkt, dass von dem zehntausend Jahre alten Baum eine besondere Energie ausgeht, und versucht, sie einzufangen, indem ich den Baum im wechselnden Licht aus verschiedenen Perspektiven gezeichnet habe. Heute, da ich ihn von oben zeichne, als würde ich ihn von einem Flugzeug aus betrachten, ziehe ich plötzlich einen Kreis um ihn herum. Jetzt verstehe ich, was zu tun ist: Der Kreis ist eine Mauer, die den Baum und seine Umgebung in einem großen Bogen umschließt. Es führt kein Weg daran vorbei: Die Mauer hat sich in meinem Inneren errichtet. Ich werde sie auch in der Wirklichkeit bauen.

Ich bin den Bereich abgeschritten, habe ihn vermessen und kleine rote Pfähle dort in die Erde getrieben, wo die Mauer stehen soll. Das Wort Paradies stammt vom persischen *pairidaeza* ab, das sich aus *pairi*, »ringsherum«, und *daeza*, »Wand«, zusammensetzt. Im Griechischen bedeutet es wiederum Garten, oder Himmelreich, ein Gehege, ein Park, in dem man fremde Tiere hält. Das Paradies ist ein Ort oder ein Zustand von großer Schönheit, von Glück und Frieden. Dies wird mein letztes Werk, mein größtes. Die Mauer muss errichtet werden, sie wird mich überleben.

Die Pflanzen werden die Mauer hinaufranken, und ihre kleinen blauen Blüten werden sich wie Augen öffnen und wie Perlen schimmern. Innerhalb der Mauer wird ein unberührtes Paradies wachsen, das erst wieder zugänglich ist, wenn die Mauer auf natürlichem Wege bröckelt, verwittert und irgendwann zerfällt. Bis dahin können Hunderte Jahre vergehen. Vorher kann kein Mensch das Paradies betreten. Im Laufe der Zeit wird sich vielleicht ein anderes Biotop entwickeln. Ein neues Land. Ein Superkontinent, mein Rodinia. Eines Tages werde ich ungestört in meinem eigenen Paradies sterben, mein Körper wird sich auflösen und neue Verbindungen mit anderen Menschen, Tieren, Bäumen, der Erde und den Insekten eingehen. Die Haut besteht aus Zellen, die aus Molekülen und Atomen gebildet werden, die wiederum vor Kurzem noch Teil von etwas anderem waren, und so kann eine Ameise auch eine Reminiszenz an eine Frau sein. Wenn sich mein Körper nach meinem Tod auf Kleinstwesen und andere Tiere verteilt, werde ich mich in der näheren Umgebung verbreiten. Ist es in Wirklichkeit das, was wir als Seelenwanderung bezeichnen?

Hirokis Geist folgt mir, aber er macht mir keine Angst. Von seinem physischen Körper losgelöst, hat er seine Macht verloren. »Verschwinde«, fauche ich in die Luft. »Geh wieder dahin, wo du hergekommen bist.« Ich ziehe eine wütende Grimasse, aber es fällt mir schwer, diese Maske zu wahren, weil er mich amüsiert. Als Geist ist Hiroki eine viel nettere Gesellschaft denn als Mensch.

Auf dem Flug Kopenhagen–Chennai, 2010

Kai

Der Flugzeuggang ist wie ein dünner Ast, auf dem die Stewardess entlangbalanciert. Ich nähere mich der Reihe sechsundzwanzig, mein Sitznachbar hat bereits Platz genommen. Er ist ein kleiner, dunkler Mann mit braunen Augen und gelben Flecken auf den Augäpfeln. Seine Fingernägel sind dick und lang, seine Schuhe beige und viel zu glänzend, um aus Leder zu sein.

»Hallo«, sage ich.

»Hallo«, antwortet er.

Ich setze mich, ziehe meinen Sicherheitsgurt fest und blicke aus dem kleinen Fenster. Das Gelbliche seiner Augen bereitet mir Unbehagen, ich stelle mir vor, die gelben Flecken könnten jeden Moment das Weiße überschwemmen, sodass sich seine Augen in leere Höhlen verwandeln wie bei Zombies. Was wäre, wenn er mir meinen Pass und die Kreditkarte stehlen würde? Ich schiebe meine Gürteltasche unter meinen Arm, damit er nicht in Versuchung gebracht werden kann, bekomme aber sofort ein schlechtes Gewissen. Warum sollte er mich beklauen?

»Möchten Sie etwas trinken?«

Die Lippen der Stewardess sind grellrot, die Farbe übertönt ihre ganze Erscheinung. Sie ist nichts als ein roter Mund, der meinem Sitznachbarn ein Einreiseformular reicht.

»Reisen Sie nach Indien, der Herr?«, fragt der rote Mund.

Er schüttelt den Kopf.

»Nein, ich fliege weiter nach Colombo«, antwortet er in fließendem Englisch.

»Sie sind aus Sri Lanka?«, frage ich.

»Ja, und Sie?«

»Mein Vater ist Koreaner, meine Mutter Dänin.«

»Es kommen viele Koreaner nach Sri Lanka, um dort Geschäfte zu machen. Sie interessieren sich für Autoreifen, tun Sie das auch?«

»Nein, ich bin Architekt, und Sie?«

»Ich bin ›Yakadura‹, eine Art Schamane«, erklärt er.

»Können Sie Dämonen vertreiben?«, frage ich.

»Ja«, sagt er. »Ich habe im Gefühl, dass Sie auch besondere Fähigkeiten haben?«

»Nein, ich bin Architekt«, antworte ich. »Möchten Sie ein Lakritz?«

Er nickt.

Ich ziehe eine Packung Salmiaklakritz aus der Tasche und gebe ihm eine kleine Handvoll Pastillen. Er stopft sich alle auf einmal in den Mund.

»Ich heiße Angelo.«

»Kai. Sie sprechen besser Englisch als ich«, stelle ich fest.

»Ich arbeite seit vielen Jahren in Kanada«, antwortet er. »Das ist inzwischen das einzige Land der Welt, das Flüchtlinge nicht nur aus Verpflichtung, sondern auch aus Mitgefühl aufnimmt. Erleben Sie Rassismus in Dänemark?«

»Ja, aber die Leute meinen es nicht so.«

»Klar, es ist natürlich besser, demütig sein Haupt zu neigen, wenn einem jemand auf den Schuh pinkelt und behauptet, er wolle einem damit einen Gefallen tun«, bemerkt Angelo säuerlich.

»Man kann genauso gut gleich verzeihen, dann bleibt einem mehr Energie. Wenn man sich beschwert, endet das ja doch immer damit, dass diejenigen, die einen kränken, verletzt sind, weil man etwas Schlechtes über sie denkt, und dann wollen sie am Ende auch noch getröstet werden«, sage ich.

»Da bin ich ganz anderer Meinung. Man muss sich jede Form der Diskriminierung verbitten und darauf bestehen, dass alle Menschen gleich sind. Aber das ist eine längere Diskussion, und ich habe schon einen langen Tag hinter mir, ich mache ein Nickerchen«, sagt Angelo und verzieht das Gesicht, als hätte er Schmerzen.

»Ist alles in Ordnung?«

»Nein«, antwortet er. »Ich habe chronische Schmerzen in meiner rechten Schulter. Ich konnte mich nicht selbst heilen. Ich habe versucht, damit zu leben, aber jetzt plagen sie mich permanent, deshalb muss ich nach Hause reisen und meinen Vater um Hilfe bitten.«

Ich spüre einen Nadelstich in der Mitte meines Körpers. Aus dem fast unsichtbaren Loch, das der Stich hinterlässt, wächst eine Blase, die in mir aufsteigt wie die Sehnsucht genau danach, nach einem Vater. Die Haut der Blase platzt, als sie den Hals erreicht, und die Sehnsucht verschwindet.

Angelo schläft schnell ein. Ich muss an das adoptierte Mädchen in meiner Parallelklasse denken, das genug davon hatte, immer als »die Fremde« bezeichnet zu werden. Sie ließ sich ihre asiatische Lidfalte operieren, um europäische Augen zu bekommen. Sie bleichte ihr Haar und wurde blond, und ich dachte, sie wäre verloren, sie hätte sich unterworfen, den Besitzanspruch auf ihren Körper aufgegeben, aber hinter dieser Schicht von »angemessenen« Gedanken lagen meine geheimen Gedanken, ein identischer Traum von Verwandlung. Der Drang, nachzugeben, sich hinzugeben, erinnert mich teilweise an den Schachspieler Bobby Fischer, der jahrelang zwischen der wirklichen Welt und der des Schachs hin- und herpendelte, um schließlich die Normalität aufzugeben. Er verließ die materielle Welt und flog direkt hinein in eine klare, reine Lichtflamme wie ein Nachtschwärmer, hinein in die Welt des Schachs, um nie mehr zurückzukehren. War es mutig von ihm, das Leben aufzugeben, um sich seinem Talent zu widmen, obwohl er wusste, dass dieses Licht eine lebendige Flamme war, die ihn innerhalb von kurzer Zeit verbrennen würde?

Angelo schläft tief. Sein Unterkiefer ist heruntergeklappt, sein Kopf ruht schief und verrenkt auf der Brust. Ich lege meine linke Hand auf seine Schulter und lasse die Wärme durch meine Handfläche strömen. Ich spüre, wie sich langsam eine verspannte Sehne in der Schulter löst, sodass der Gelenkkopf zurück an seinen Platz gleitet. Als die Wärme in meiner Hand nachlässt, widme ich mich wieder meinem Brieftagebuch.

Angelo erwacht mit einem Ruck.

»Es kribbelt so seltsam in meinem Arm«, sagt er.

»Vielleicht sollten Sie ihn ein wenig bewegen?«, schlage ich vor.

»Wie merkwürdig«, sagt er. »Die Schmerzen sind weg.«

Miriam und Alice Shea vom Kunstmagazin *Looking Glass*, NY

Mein Haar ist zu gleichen Teilen dunkelbraun und grau, mit den Jahren ist es dünner geworden, aber es ist immer noch unbändig. Ich sammle es in einem strammen Knoten, pudere meine fleckige Haut und umrande meine Augen entlang der feinen Faltenschichten mit breiten schwarzen Strichen. Der Schnitt meines Kleides ist von alten Militäruniformen inspiriert, vom hochgeschlossenen Ausschnitt bis zum Saum verlaufen kleine stoffbezogene Knöpfe.

»Danke, dass du Zeit für mich hast«, sagt Alice. »Wir sind hier ja wirklich tief im Wald.«

»Möchtest du Tee oder Kaffee?«, frage ich.

»Gerne einen Kaffee. Du hast ja schon seit elf Jahren nicht mehr mit der Presse gesprochen, aber ich habe gedacht, jetzt, wo du siebzig wirst, schreibe ich dir. Es ist wirklich fantastisch, dass du zugesagt hast.«

»Ja, das stimmt.«

»Ich habe wirklich viele Fragen, du darfst mich also gerne bremsen, wenn ich zu enthusiastisch bin oder wenn es etwas gibt, worauf du nicht antworten möchtest.«

Sie glättet ihren Rock.

»Ich habe keine Probleme damit, Grenzen zu setzen«, sage ich. »Ich habe ausschließlich deshalb zugesagt, weil sich dein Magazin mit Zukunftsfragen beschäftigt, und ich arbeite gerade an einem Werk, das sich erst mehrere Jahrhunderte nach meinem Tod zeigen wird. Das passt doch wunderbar zusammen.«

»Du siehst ja viel jünger aus. Wenn ich es nicht besser wüsste, würde ich dich auf fünfzig schätzen.«

»Als Teenager war ich knochig und flachbrüstig, und trotzdem hat man mich oft für eine Erwachsene gehalten, weil mein Gesicht so seltsam gealtert aussah. Ich habe immer versucht, meinen Mund zusammenzukneifen, aber wenn ich nicht aufgepasst habe, hingen meine Lippen herunter wie eine fleischige Blütenknospe mit nach außen gewölbten Blättern.«

»Im Gegensatz zu den Blumen der australischen Künstlerin O'Cannon erinnern deine Blumen nie an das weibliche Geschlecht, sondern eher an einen großen, alles verschlingenden Schlund. War dieser Mund denn eine Inspirationsquelle für die Blumengemälde, die du in den Neunzigern gemalt hast?«

»Um meine Antwort auf deine erste Frage noch einmal zu vertiefen: Ich habe ein unveränderliches Gesicht getragen, seit ich zwölf war und bis ich fünfzig wurde. Ein Gesicht, das eher zu einer Dreißigjährigen passt. Nur der Blick wurde älter, als würde er versuchen, auf das Kind zurückzublicken, das ich war. In den letzten zwanzig Jahren haben sich dann die ersten Falten abgezeichnet, aber ich sehe immer noch jünger aus, als ich bin. Mein Gesicht hat immer versucht, meinem eigentlichen Alter auszuweichen, vielleicht ist das ein biologischer Versuch, den Tod zu verwirren. Aber lass uns jetzt über meine Arbeit reden, deshalb bist du ja hier.«

»Dann würde ich gern mit dem Offensichtlichen anfangen: Warum hast du dich entschieden, in den schwedischen Wald zu ziehen und dich von allem zu isolieren, obwohl du doch auf dem Höhepunkt deiner Karriere standest?«

»Ich habe meinen Mann Hiroki verloren, aber gleichzeitig mehr erreicht, als ich mir je hätte träumen lassen. Ich war neunundfünfzig, und meine Seele und meine Gedanken waren immer noch kristallklar, aber in meiner Erinnerung bildeten sich allmählich verschwommene Flecken, die ich auf meinen stressigen Lebenswandel zurückgeführt habe. Durch Hirokis Tod wurde mir bewusst, dass ich alles hatte, aber nichts fühlte. Ich hatte mein Leben als Sklavin von Licht und Farben gelebt, getrieben von einer unbändigen Gier. Ich bin rückwärts in eine tiefe Depression gestolpert, und je mehr ich nachdachte, desto mehr wurde ich eins mit meinen Gedanken – aber nicht mit mir selbst. Hier im Wald ergibt meine Anwesenheit keinen Sinn, ich habe niemanden, mit dem ich mich vergleichen kann, und es ist leicht, sich selbst zu finden, wenn man sich nicht unter die anderen mischt.«

»Wie hat das auf deine Werke abgefärbt?«

»Die gängige Art und Weise, Kunst zu schaffen, hat ihren Sinn verloren. Fast alles, was geschaffen wird, ist eine Wiederholung von bereits bekannten Strukturen und Konzepten, die wir wiedererkennen und dadurch als Kunst akzeptieren. Ich wollte Werke hervorbringen, die nicht vorhersehbar oder beeinflussbar sind, organische, selbstständige Werke, die ihre eigenen Formen entwickeln, sich aber auch wieder auflösen.«

»Warum stehst du dann nicht an der Spitze einer Revolution?«

»Ich habe die Zivilisation abgelegt. Ich muss in einer lebendigen Struktur aus Wiedergeburt und Tod leben, um mich meinem eigenen Tod anzunähern. Hier bin ich nichts, und deshalb bin ich alles. Der Wald ist voller Leben, mit jedem Schritt, den du machst, trittst du auf Tausende Tiere, die so klein sind, dass man sie mit dem bloßen Auge gar nicht erkennen kann. Wenn du einen normalen Spaziergang machst, tragen sie dich, du wirst tatsächlich von unsichtbaren Tieren getragen. Im Wald zu wohnen heißt, in einem Organismus zu wohnen. Jeden Morgen, wenn ich das Haus verlasse, hat er sich verändert und gleicht sich doch selbst, er regeneriert sich: Blätter fallen mit einer solchen Natürlichkeit von den Bäumen, ganz anders als Dachziegel, die von den Dächern fallen und zertrümmert werden. Dort, wo die Blätter saßen, wachsen neue heraus, dort, wo die Dachziegel saßen, klaffen nur tote schwarze Löcher. Noch etwas Kaffee?«

Kopenhagen, 2010

Sui

Ist alles in Ordnung mit dir? Du siehst ganz blass aus.«

»Ich muss morgen mal zum Arzt. Ich habe schon die ganze Zeit so einen seltsam aufgeblähten Bauch.«

»Gut, dass du das untersuchen lässt, Panda.«

»Nenn mich nicht immer Panda.«

»Vielleicht bist du sogar dabei, dich in einen zu verwandeln?«

»Anton, das ist nicht lustig.«

»Du hast recht. Soll ich zum Arzt mitkommen?«

»Nein, es ist bestimmt nichts Ernstes.«

»Sicher?«

»Ja. Und hast du nicht auch eine Deadline?«

»Doch, ich bin ziemlich gestresst wegen dieser Hausarbeit.«

»Du könntest mit Paris Schluss machen?«

»Das hatte ich auch schon überlegt, aber sie hat nicht viele Freunde. Es ist schwer, Anschluss zu finden, wenn man aus einem anderen Land kommt.«

Im selben Moment, als ich zu Anton gesagt habe, er brauche nicht mitzukommen, habe ich es auch schon bereut. Jetzt sitze ich allein im Wartezimmer, das klinisch sauber ist. Auf dem Glastisch liegen bunte Zeitschriften, in der Ecke steht eine große Plastikpflanze, und hinter einem hohen Tresen versteckt sich eine Sprechstundenhilfe. Ich vermisse meinen Vater. Seine Hände, die Wärme, die von ihnen ausgeht, und seinen Blick, der immer in meinem ruht und mich entspannt.

»Sui Winther«, ruft die Sprechstundenhilfe.

Ich gehe durch die Tür in das Behandlungszimmer.

»Womit kann ich Ihnen helfen?«, fragt der Arzt.

»Mein Bauch ist immer aufgebläht«, sage ich.

Er betastet meinen Bauch und runzelt die Stirn.

»Es fühlt sich an wie eine abgegrenzte Zyste, aber das muss näher untersucht werden, ehe ich Ihnen sagen kann, ob wir sie behandeln müssen. Ich gebe Ihnen eine Überweisung ins Krankenhaus, und vielleicht bekommen Sie noch diese Woche einen Termin.«

»Muss ich mir Sorgen machen?«

»Jetzt finden wir erst einmal heraus, was es ist«, antwortet der Arzt.

Als ich auf dem Heimweg bin, bekomme ich eine SMS von meinem Vater, die erste, die er seit seiner Abreise geschickt hat: »Hallo, Schatz, gerade gelandet. Die Luft ist gesättigt, fast würzig. Die Leute tragen bunte Farben. Geht es dir gut? Und Anton auch? Liebe Grüße aus Indien.«

Ich schreibe: »Lieber Papa, das klingt toll. Ich war gerade beim Arzt, irgendetwas mit einer Zyste, im Laufe der Woche weitere Untersuchungen. Kein Grund zur Sorge. Hab eine schöne Zeit in Indien.«

Ich lese die Nachricht noch einmal und lösche sie dann. »Arzt«, »Zyste«, »weitere Untersuchungen«. Er würde sich ganz bestimmt Sorgen machen. Er könnte sogar auf die Idee kommen, seine Reise abzubrechen und zurückzukeh ren – für etwas, das vielleicht gar nicht schlimm ist. Stattdessen schreibe ich: »Hallo, Papa, hier ist alles in Ordnung. Hab eine schöne Zeit in Indien, Herz, Herz, Sui.«

Gesendet. Das fühlt sich gut an, irgendwie erwachsen. Sich allein um etwas zu kümmern und es für sich zu behalten, anstatt zu heulen wie ein Kind. Als ich zur Wohnung zurückkomme, sehe ich von außen, dass die Rollos heruntergelassen sind. Anton macht sicher ein Nickerchen. Er hat fast die ganze Nacht an seiner Hausarbeit geschrieben. Die Tür zwischen uns war angelehnt, und ich bin zum Klappern seiner Finger auf der Tastatur eingeschlafen. Ich fühlte mich geborgen. Jetzt ist die Atmosphäre eine ganz andere. Schon als ich den Schlüssel in die Tür stecke, merke ich, dass etwas nicht stimmt. In der Wohnung ist es still, viel zu still.

Dalarna, 2010

Miriam

Heute kommen die polnischen Arbeiter, in Winterstiefeln und Thermoanzügen. Sie haben ein kleines Lager im Wald errichtet. Zehn Bauwagen, die um eine Feuerstelle stehen. Die Polen werden eine fast vier Meter hohe und 15,5 Kilometer lange Mauer bauen. Die Mauer soll einen Kreis um die zehntausend Jahre alte Fichte bilden. Der Baum hat sich selbst geklont, indem er seine Zweige herabgebeugt hat, die Wurzeln geschlagen haben, um zu neuen Bäumen zu werden, und auf diese Weise ist er dem Tod entronnen.

Bis auf den Vorarbeiter Juri spricht keiner der Polen Englisch, und sie stellen sich auch nicht namentlich vor. Es fällt schwer, andere als Menschen zu betrachten, wenn sie weder einen Namen haben noch eine Sprache sprechen, die man selbst versteht. Juri hat einen etwas zu großen Körper, der eine außergewöhnliche Wärme verströmt, und ein rundes Gesicht mit zwei hellblauen, weit auseinanderstehenden Augen. Das Licht in ihnen erinnert mich an das Meer. Es bereitet mir Freude, dass das Meer in den Wald gezogen ist. Juri wirkt eindeutig vertrauenerweckend, aber ich brauche wirklich keinen Freund. Zwei der namenlosen Polen haben Holz gesammelt und machen ein Lagerfeuer. Die anderen versuchen, zwischen den Bäumen Fußball zu spielen.

»Ich mag Mauern sehr«, erklärt Juri.

Er lächelt. Er hat schlechte Zähne, aber einen angenehmen Körpergeruch.

»Wie lange wird die Arbeit Ihrer Schätzung nach dauern?«

»Mehrere Jahre«, antwortet er. »Mindestens zehn, es sei denn, wir beschäftigen noch weitere Arbeiter.«

»Zehn Jahre sind hervorragend«, antworte ich. »Dann habe ich genug Zeit, um meinen Tod vorzubereiten.«

»Ja«, antwortet Juri. »Es ist gut, genug Zeit für solche Sachen zu haben.«

Wir lächeln, und ich klopfe ihm auf den Rücken, als wären wir alte Kumpels, und er klopft auf meinen, sodass ich fast das Gleichgewicht verliere.

»Entschuldigung«, sagt er erschrocken. »Ich dachte, Sie wären aus Stein.«

»Inzwischen bin ich eher aus Knochen als aus Stein«, antworte ich.

Kai

Wir landen, bevor die Nacht einen dunklen, geschlossenen Raum um den Flughafen bildet, der lauwarme Duft wedelt mir ins Gesicht wie ein träger, weicher Schwanz. Inder in traditionellen weißen und gelben Stoffen bewegen sich zwischen Touristen und Indern, die eher westlich gekleidet sind. Ich erblicke eine indische Frau, die ein Schild vor sich hält, »Earthpeople« steht darauf. Sie trägt einen gebügelten Sari mit einer passenden roten Hose, über ihrer Schulter liegt ein breites, ebenso glattes Tuch.

»Bist du Kai?«, fragt sie.

»Ja«, antworte ich.

»Pushpa von Earthpeople«, sagt sie. »Wir werden gemeinsam nach Auroville fahren.«

Wir begrüßen uns mit Wangenküssen, ihre großen, weichen Brüste streifen mich. Pushpa ist um die fünfzig. Obwohl sie mollig ist, bewegt sie sich federleicht wie ein Kind. Sie hat keinerlei Ähnlichkeit mit den üblichen Fitness-Yogis im Westen.

»Was für eine Freude, dich kennenzulernen«, sagt sie feierlich.

»Die Freude ist ganz meinerseits«, antworte ich und hätte fast einen Diener gemacht.

»Komm, der Shuttle hält da drüben«, sagt sie.

Der Fahrer aus Auroville wartet in einem weißen Auto

auf uns. Er ist dunkel, und über seinem Bauch spannt ein kreideweißes, kurzärmeliges Hemd. Seine Lippen wölben sich nach außen, als wollten seine Schleimhäute aus dem Mund kriechen. Er kommt auf mich zu, um mir mit dem Rucksack zu helfen.

»Danke, das geht schon«, sage ich lächelnd.

Er bewegt sich wieder zur Fahrertür, während er mich zweifelnd ansieht. Ich werfe den Rucksack in den Kofferraum und will auf die Beifahrertür zusteuern, als Pushpa meine Hand nimmt und mich sanft, aber bestimmt zurückzieht.

»Wir setzen uns auf die Rückbank«, erklärt sie. »Es ist wichtig, dass es einen Unterschied gibt zwischen denen, die fahren, und denen, die gefahren werden. So erhält man die Ordnung aufrecht«, sagt sie. Der Fahrer lächelt mich im Rückspiegel an.

»Die Fahrt dauert ungefähr anderthalb Stunden. Haben Sie Hunger?«, fragt er.

»Nicht sehr«, antworte ich und kurble das Fenster herunter.

Wir schlängeln uns zwischen Mopeds, Motorrädern, Autos und gelben Autorikschas hindurch, oder auch »Ottos«, wie die Inder diese Gefährte nennen. Pushpa plaudert mit dem Fahrer, und ich überlege, ob das Gebäude, das ich gezeichnet hatte, als ich von zu Hause aufbrach, wohl wie geplant stehen wird, wenn ich wieder zurückkomme. Pushpa rollt sich zusammen wie ein großer, weicher Hund. Mit ihren verschränkten Armen hat sie die eine große Brust nach oben geschoben und ihre Wange daraufgelegt wie auf ein Kissen. Meine Augen wandern immer wieder zum Fahrer und zu seinem Mund, der mich an Eingeweide erinnert; ich zwinge mich, wegzusehen, aus dem Seitenfenster, und entdecke, dass die Seitenspiegel eingeklappt sind.

»Benutzen Sie die Seitenspiegel gar nicht, wenn Sie fahren?«, frage ich.

»Nein, ich fahre nach Gefühl. Wenn man die Spiegel ausklappt, riskiert man nur, dass sie abgefahren werden«, erklärt er und tritt aufs Gaspedal.

»Haben Sie Kinder?«, fragt er.

»Ja, eine Tochter.«

»Ich habe auch eine Tochter. Lassen Sie mich raten: Ihre Tochter heißt Sui.«

»Wie konnten Sie das raten?«, frage ich.

»Ich habe auch eine Tochter, die Sui heißt«, antwortet er.

Seine Erklärung erscheint mir nicht unbedingt logisch, aber ich nicke nur und lehne mich zurück. Wir fahren am Meer entlang, die Sonne geht gerade unter, die Landschaft ist goldfarben. Der Fahrer hat einen effektiven Fahrstil, er drückt so lange auf die Hupe, bis die Leute denken, es wäre Gefahr im Verzug, und ihm ausweichen.

»Passen Sie auf!«, schreie ich und bin selbst überrascht über meinen plötzlichen Ausruf.

»Worauf?«, fragt er

Im selben Moment läuft eine Kuh vor das Auto. Er weicht aus und hupt, und die Kuh galoppiert los, allerdings in dieselbe Richtung wie wir. Er schwenkt auf die Gegenfahrbahn, wo eine Autorikscha direkt auf uns zukommt. Er bremst und schneidet das Gefährt, das ins Schlingern gerät, ehe es die Balance wiederfindet und weiterfährt. Seine Augen lächeln.

»Das war knapp«, sagt er. »Danke für die Warnung.«

»Nichts zu danken.«

Ich weiß nicht, wie es dazu kam, die Worte sind mir einfach so aus dem Mund geflogen. Allmählich verschwimmt alles miteinander, vielleicht bin ich übermüdet, auf jeden Fall aber durstig.

»Lassen Sie uns eine Pause machen und eine Tasse Chai trinken«, sagt der Fahrer.

Interview, Dalarna, 2010

Miriam und Alice Shea vom Kunstmagazin *Looking Glass*, NY

Du hast einmal ein makabres Werk geschaffen, damals bist du in den Bauch einer toten indischen Kuh gekrabbelt«, sagt Alice.

»Ich wollte die Kuh verstehen, indem ich in sie eingezogen bin und ihre Haut getragen habe wie meine eigene.«

»Aber warum eine indische Kuh?«

»Weil ich immer politisch arbeite und mit meiner Kunst etwas ausloten möchte. Ich habe mich in eine Kuh gehüllt, um ihre Eigenschaften anzunehmen. Gleichzeitig wollte ich die Konventionen herausfordern, die besagen, dass die Kuh ein heiliges Tier ist und die Hindi kein Fleisch essen dürfen. In den Veden gibt es Erzählungen über Menschen, die eine Kuh essen, und einige Lamas essen auch Fleisch, wenn man es ihnen serviert.«

»In deinen späteren Werken beschäftigst du dich häufig mit Tieren.«

»Seit ich mich im Wald niedergelassen habe, übernehmen die Tiere die Rolle des Menschen. Sie sind es, mit denen ich am meisten kommuniziere, von ihnen lebe ich. Tiere haben ein einfacheres Bewusstsein als Menschen. Ich studiere sie als Material. Sie sind Vorbilder, in der Hinsicht, dass sie ohne mentale Probleme im großen natürlichen Zusammenhang leben.«

»Meinst du, der Mensch denkt zu viel nach?«

»Der Mensch kommuniziert mit Zeichen und Symbolen. Wir können eine unbegrenzte Auswahl an Wörtern und Begriffen hervorbringen und Wissen aus verschiedenen Bereichen verbinden und neue Gesetze, soziale Beziehungen und Technologien entwickeln. Wir unterscheiden zwischen Vergangenheit, Gegenwart und Zukunft, und wir können zwischen Vorstellung und Wirklichkeit trennen. Das erschwert es uns, im Hier und Jetzt präsent zu sein. Im Gegensatz zu den Menschen leben die Tiere im Augenblick.«

»Worum geht es in deiner letzten Videoinstallation?«

»Ich esse aus Prinzip nur die Tiere, die ich selbst schieße oder fange. Eines Tages habe ich mich draußen unter dem Vordach über ein Reh gebeugt. Ich hatte ihm gerade das Fell abgezogen und das glatte, glänzende Fleisch freigelegt, es schien beinahe zu leuchten, die blauen und roten Adern verliefen wie Fäden unter der Oberfläche des Fleischs. Ich fing an, den Körper zu zersägen und zu zerlegen, wie ich es immer tat, und plötzlich fiel mir auf, dass ich einen Baukasten vor mir hatte: Ich konnte das Tier wieder zusammensetzen, wie ich wollte, und ein neues erschaffen. Es war eine Art architektonische Technik.«

»Aber warum musstest du das wiederholen und mehr als ein Tier schlachten? Man versteht die Pointe doch schon nach dem Umbau des ersten Rehs.«

»Wenn ich etwas erschaffe, arbeite ich intuitiv, ohne mein Werk währenddessen zu bewerten. Ich mache so lange weiter, bis ich fertig bin. Genau diese Methode hatte ich erst vollkommen ausgelotet, nachdem ich fast alle heimischen Tierarten in diesem Wald neu gestaltet hatte. Das endgültige Werk *250 Animals* besteht aus 250 Videos, die alle das lebende Tier, das tote Tier, das Zerlegen des Tiers in kleinere Bestandteile und die Erschaffung einer neuen Art zeigen. 250 tote Tiere, deren Größe von der Ameise bis zum Rothirsch reicht.«

»Seither hast du keine neuen Werke geschaffen?«

»Das war mein letztes Projekt, das man an einen anderen Ort versetzen und ausstellen konnte. Jetzt arbeite ich ausschließlich an einem großen, ortsgebundenen Werk.«

»Die Gerüchte besagen, dass du ein Paradies baust?«

»Ich nenne es ›Rodinia‹.«

»Könntest du vielleicht etwas mehr darüber erzählen, was Rodinia ist?«

»Es handelt sich um ein riesiges, unberührtes Waldgebiet, das von einer hohen Mauer umgeben ist, die einen Kreis um den ältesten Baum der Welt bildet. Eine Mauer, die in den nächsten zwei- bis dreihundert Jahren eine größere Ein- und Auswanderung der Flora und Fauna verhindert und die Natur vor einem direkten Kontakt zu den Menschen bewahrt, bis die Mauer eines Tages von allein zusammenfällt. Erst dann können die Menschen eindringen. Es ist auch ein Naturexperiment: Was passiert mit der Flora und der Fauna, wenn sich nur die fliegenden Tiere, die Vögel, Fledermäuse, Insekten, fliegenden Eier und Samen und jene, die am Gefieder der Vögel haften, frei über die Mauer bewegen können? Entwickeln sich die eingesperrten Tiere und Pflanzen weiter, oder degenerieren sie, so wie die Menschen in unzugänglichen Gegenden?«

»Und was hat der Titel zu bedeuten?«

»Rodinia ist nach den Superkontinenten der Erde benannt, die vor einer Milliarde Jahre existierten. *Rodina* ist der russische Name für ›Mutterland‹, abgeleitet von *rodit*,

›geboren werden‹ oder ›etwas gebären‹, und verwandt mit *rodnoj*: ›heimisch sein‹ oder ›der Besitz, der einem am meisten bedeutet‹. In anderen slawischen Sprachen bedeutet ›rodina‹ unter anderem ›Familie‹, ›Heimat‹ und ›ein Überfluss an Frucht‹. Ich hinterlasse etwas, das sich im Laufe der Zeit selbst vollendet und mich überlebt. Das endgültige Werk werde ich selbst nie sehen. Ich lege nur den Grundstein dafür. Es ist ein befreiender Gedanke, dass das Paradies erst mehrere Hundert Jahre nach meinem Tod betreten werden kann. Es ist meine Auseinandersetzung mit der Kapitalisierung der Kunst und meine Rebellion dagegen. Jede interessante Neuschöpfung setzt den Mut voraus, etwas Nutzloses zu schaffen oder etwas, das eventuell misslingt. Man muss akzeptieren, dass das, was man erschafft, seinen wahren Wert vielleicht erst viele Jahre nach dem eigenen Tod offenbart.«

Kopenhagen, 2010

Sui

Es ist wirklich merkwürdig still in der Wohnung. Viel zu still. Ich spitze die Ohren und schleiche hinein. Lautlos bewege ich mich ins Wohnzimmer und öffne vorsichtig die Tür zum Schlafzimmer. Unter der Decke zeichnet sich ein Körper ab.

»Anton?«

Er streckt den Kopf unter der Decke hervor, sie ist ein weicher Schutzschild. Sein Haar ist wirr. Sein Kopf ist rot, er schwitzt.

»Hey, Panda, bist du schon wieder zurück?«

»Ja, der Arzt hat mir nur ein bisschen auf dem Bauch herumgedrückt und mich weiter überwiesen … Ist jemand auf der Toilette?«

»Ich habe Besuch.«

»… Hallo, Sui.«

»Paris, du hier?«

»Ich habe nur kurz vorbeigeschaut, aber ich wollte gerade wieder gehen.«

»Okay, aber du hast anscheinend vergessen, dass man normalerweise etwas anzieht, wenn man andere Leute besucht?«

»Ich gehe jetzt, bis demnächst!«

»Anton, was fällt dir eigentlich ein?«

»Was meinst du denn?«

»Tu doch nicht so, wir hatten doch abgemacht, in unserem Bett nicht mit anderen zu vögeln.«

Paris schließt die Tür hinter sich, und wir bleiben in einem Wirbel aus Wörtern stehen. Ich weiß nicht mehr, was wir alles sagen, aber ich reiße meine Augen auf wie ein Mensch, der um sein Leben kämpft. Ich tobe, aber innerlich bin ich zerbrochen. Ich stecke mitten in einem Albtraum, in dessen Zentrum ein Koch steht, der gerade ein Stück frisches, rohes Fleisch zerkleinert, mein Herz.

Auroville, 2010

Kai

Wir verlassen die Hauptstraße und biegen in einen schmalen Kiesweg ein. Im Scheinwerferlicht des Autos flimmert der Staub und bestäubt die grüne Vegetation entlang des Wegs wie roter Puder. Der Weg führt uns in ein tropisches Waldgebiet, das so dicht bewachsen ist, dass ich es aufgebe, die Bäume von den Büschen zu unterscheiden. Wir befinden uns mitten in Auroville, aber bisher habe ich weder Häuser noch asphaltierte Straßen gesehen. Pushpa erwacht und reibt sich die Augen, dann richtet sie sich auf.

»Wir sind da«, sagt sie.

Der Fahrer setzt uns ab. Ein Holzpfahl dient als Wegweiser zur »Unity Yoga Hall« und zu den »Earthpeople«. Ein schmaler Pfad führt in einen Dschungelgarten. Das, was als Auroville bezeichnet wird, ist keine normale Stadt, sondern ein großes Naturgebiet mit Kieswegen und buschigem Grün, in dem kleine Gruppen von Häusern verborgen liegen.

Wir gehen einen schmalen, dunklen Pfad entlang, der an einem kleinen Haus endet. »Rezeption« steht an der Tür. Im Schein einer Glühbirne sitzt eine junge Frau hinter einem Schreibtisch. Sie trägt einen grasgrünen Sari und weite Hosen in einer passenden Farbe und hat das Haar zu einem Pferdeschwanz gebunden. Um das Haar sind zwei

Ranken von frischen gelben Blumen gebunden, die bis auf den Rücken hängen.

»Das ist meine Tochter Dee. Sie wird dir helfen, dich zurechtzufinden. Wir sehen uns dann beim Frühstück«, sagt Pushpa und verschwindet zur Tür hinaus.

»Du bekommst Hütte Nummer 6«, sagt Dee und deutet aus der Tür in die Dunkelheit rechts von dem Pfad. Ich folge ihr auf den Fersen, bis wir die Hütte erreichen. Die Tür ist aus Holz, und die Fenster haben Metallrahmen mit Insektengittern anstelle von Glasscheiben. Die Wände sind weiß gestrichen. An der Decke hängt eine Reispapierlampe, der Zementboden hat einen dunkelroten, glänzenden Anstrich. In der Ecke steht ein massives Bett mit gedrechselten Holzkugeln als Beinen. Eine Holztür mit Schnitzereien führt ins Badezimmer, in dem es eine Toilette und einen einfachen Duschkopf gibt, der über einem Waschbecken hängt.

»Wenn hier zu viele Insekten sind, kannst du den hier benutzen«, sagt Dee und reicht mir etwas, das wie ein Minitennisschläger aussieht.

Es juckt überall. Ich habe Quaddeln von Insektenstichen auf allen Körperteilen, die nicht von Kleidung bedeckt sind. Ich packe meine Sachen aus. Ein brauner Käfer, der aussieht wie eine riesige Kellerassel, krabbelt auf dem Metallnetz im Fenster herum. Ich überlege, ob ich versuchen soll, ihn mit dem elektrischen Schläger zu vernichten, aber er ist zu groß, um einfach nur knisternd zu verschwinden. Die Vorstellung, diese Assel könnte explodieren und in Einzelteilen im ganzen Zimmer verteilt werden, bereitet mir Unbehagen. Überhaupt wird mir bei dem Gedanken übel, ein lebendes Wesen umzubringen. Nur weil ich die Gefühle der Tiere nicht verstehe, heißt das ja noch lange nicht, dass sie keine haben.

Mein Gesicht offenbart sich mir im Spiegel, der zwischen den Badezimmerfliesen über dem Waschbecken eingemauert ist. Meine breite Kinnpartie lässt mich maskuliner aussehen, als ich es bin. Die Augen sind so dunkelbraun, dass die Pupille fast mit der Iris verschmilzt. Meine Augenlider hängen mittlerweile ein wenig nach unten, und ich habe mehrere kleine Flecken im Gesicht bekommen, aber meine Haut ist immer noch glatt und mein Mund voll. Obwohl ich erschöpft wirke, sehen andere mir nicht an, dass ich vierundvierzig bin, meine asiatischen Gene bewahren meinen Körper vor dem sichtbaren Verfall.

Ich krieche in das Bett unter dem weißen Mückennetz, streife Hemd und Hose ab und lege mich hin, um in meinem Reiseführer zu lesen. Als ich schlafen will, werde ich von den fremden Geräuschen und dem Lärm aus den Nachbarhütten wach gehalten, denn die dunklen Fensternetze schützen lediglich vor Einblicken und Insekten. Praktisch bedeutet das, dass wir – zumindest akustisch – im Freien schlafen, scheißen und duschen. Ich schließe die Augen. Weit hinter den Lauten, die mich umgeben, schwebt ein schwaches Ommmm. Bestimmt sind es nur die Geräuschfetzen einer fernen Fabrik, aber mir gefällt der Gedanke, ich würde den Klang des Universums hören.

Kopenhagen, 2010

Sui

Ich habe Anton gebeten, sich die nächsten beiden Tage fernzuhalten. Ich muss mich sammeln, meine Gedanken ordnen. Außerdem sind Unwetter und Überschwemmungen in Indien vorhergesagt, und ich mache mir Sorgen um meinen Vater. Taifune sind schön, aber nur aus der Ferne. Die von Menschen geschaffenen Grenzen sind ihnen vollkommen gleichgültig, sie tanzen einfach über die Erde hinweg. Wirbeln alles hoch, um es wieder fallen zu lassen. Wenn ich mir das Leben nehmen würde, wäre es für meinen Vater vernichtend, aber im großen Ganzen hat es kein Gewicht, der Mensch ist ein unbedeutendes Wesen, die Natur kann uns jeden Moment ins Meer spülen. Wie bei den russischen Babuschkas kommt ein Mensch aus einem Menschen aus einem Menschen, wie ich aus Miriam. Der Brief. Plötzlich bereue ich es, dass ich Anton gebeten habe, ihn wegzuwerfen. Ich schnappe mir die Schlüssel und laufe die Treppe hinunter in den Hof. Die drei Mülltonnen stehen in einer Ecke hinter einer niedrigen Hecke. Ich öffne die erste, wühle in einer vollen Tüte, finde nichts außer Verpackungen, Essensresten und Dosen. Dann öffne ich die nächste, durchsuche einen vollen Beutel, und schließlich, in der rechten Ecke unter einem schwarzen Sack, ganz oben in einer gelben Mülltüte, liegt der Umschlag.

Ich öffne ihn, und ein Artikel aus *Looking Glass* und ein handgeschriebener Brief fallen heraus.

Dalarna, 27. August 2010

Liebe Sui,
es ist lange her, seit ich dir geschrieben habe; und seit ich zum letzten Mal von dir gehört habe, sind Jahre vergangen. Ab und zu erfahre ich von Kai, wie es dir geht. Wie du weißt, schreiben wir uns einmal im Jahr. Dieses Jahr bin ich siebzig geworden, und du bist jetzt achtzehn, volljährig und schon von zu Hause ausgezogen, wie ich höre. Kai ist nach Indien gefahren, und ich finde, du solltest mich besuchen. Für die Reisekosten werde ich natürlich aufkommen.

Herzliche Grüße
Miriam

Ihre Adresse ist ganz unten auf das beschriebene Blatt gestempelt. Ich überfliege den Artikel, in dem es nur um Miriams Kunst geht, anschließend zerknülle ich sowohl den Brief als auch den Artikel und werfe sie in die Ecke. Ich würde am liebsten heulen, verkrieche mich ins Bett und ziehe mir die Decke über den Kopf, dann schlage ich sie beiseite, verlasse das Bett und hebe den Brief wieder auf. Ich glätte ihn, falte ihn zusammen und stecke ihn in meinen Rucksack. Den zusammengeknüllten Artikel lasse ich liegen. Danach nehme ich ein langes Bad. Noch immer leicht dampfend, ziehe ich mich an und beginne zu packen. Mein Haar tropft den Rücken hinab und hinterlässt einen nassen Fleck auf der Rückseite meines Pullovers. Ich betrachte mich im Spiegel. Auf beiden Seiten des Halses zeichnen sich in einer feinen Symmetrie fünf Striche ab. Sind das Falten, oder wachsen mir allmählich Kiemen? Ich fahre mit den Fingerspitzen über die Striche, die so fein sind, dass sie unsichtbar werden, wenn ich sie berühre. Drei der fünf Kisten, mit denen ich eingezogen bin, habe ich nie ausgepackt, weshalb es nicht lange dauert, den Rest wieder zusammenzupacken. Anschließend rufe ich Jensen an.

»Ich komme bei Papa vorbei, um ein paar Kisten abzustellen.«

»Mach einfach, ich bin sowieso nicht da, ich bin gerade in Berlin gelandet. Dein altes Zimmer steht fast leer, wie als du ausgezogen bist, du kannst sie einfach da reinstellen. Ist etwas passiert?«

»Ich ziehe bei Anton aus, kann aber gerade nicht darüber sprechen. Du musst dir keine Sorgen machen. Heißt das denn, dass du das Auto in den nächsten Tagen auch nicht brauchst?«

»Ja, ich komme erst in einem Monat wieder. Der Autoschlüssel liegt in der Küchenschublade, falls du es nehmen willst. Wärst du so nett, den Kaktus zu gießen?«

»Mach ich.«

»Wenn du mit deinem Vater telefonierst, darfst du nicht verraten, dass ich in Berlin bin. Ich habe versprochen, in der Nähe zu bleiben, falls etwas mit dir sein sollte. Und das bin ich im Grunde ja auch, der Flug dauert schließlich nur eine Stunde.«

»Ich werde dichthalten.«

»Danke, du bist ein Schatz. Versprich mir, dass du anrufst, wenn etwas ist.«

Mein Vater hätte meiner Stimme angehört, dass etwas nicht stimmt, ob Jensen es auch gehört hätte, wenn sie meine Mutter wäre?

Ein paar Stunden später bin ich wieder im Krankenhaus. Keiner kann etwas Konkretes zur Zyste sagen. Sie nehmen mir Blut ab und schicken mich in die Röhre. In vierzehn Tagen bekomme ich das Ergebnis, sagen sie. Vierzehn Tage in einem Wartezimmer. Ich habe keine Lust, wieder allein ins Krankenhaus zu gehen, um die Ergebnisse zu erfahren, aber wen könnte ich mitnehmen? Abgesehen von meinem Vater vertraue ich nur Jensen vollkommen, aber die ist in Berlin. Ich hatte noch nie eine Freundin, die einen so tiefen Platz in meinem Herzen hatte, dass wir alles miteinander teilen konnten. Ich habe Freunde, aber keine, die ich zu einem so ernsten Gespräch mitnehmen würde.

Das Krankenhaus steht wie ein grauer Klotz in der Stadt und wird immer kleiner und kleiner in meinem Rücken. Ich fahre ins Café. Anne, meine Chefin, steht hinter dem Tresen. Sie lächelt, als sie mich sieht.

»Wie geht es deiner Katze?«, frage ich.

»Der geht es inzwischen wieder gut, ich hatte ja keine Ahnung, dass Tiere so depressiv werden und ihr ganzes Fell verlieren können. Hast du nicht heute frei?«

»Doch. Ich bin gekommen, um zu kündigen.«

»Sui, du hast einen Monat Kündigungsfrist, und ich habe keine Vertretung. Diesen Monat musst du noch arbeiten.«

»Das kann ich nicht.«

»Dann musst du jemanden finden, der deine Schichten übernimmt.«

»Paris hat es mir schon versprochen.«

»Ach so, das hättest du doch gleich sagen können. Was hast du denn Wichtiges vor?«

»Ich muss nach Dalarna fahren, meine Mutter lebt da, und sie hat wohl eine Zyste im Bauch.«

Als ich mich ins Auto setze, habe ich ein reines Gewissen, obwohl ich nicht die Wahrheit gesagt habe. Ich drehe das Radio auf und trete das Gaspedal durch. Kurz vor der Brücke nach Schweden halte ich an einer Raststätte, um zu tanken. Ich kaufe mir eine Tasse Kaffee und eine Schachtel Zigaretten, setze mich auf eine Bank und stecke mir eine Kippe an. Dann versuche ich Anton zu erreichen, doch die Mailbox springt sofort an.

»Hier ist Anton, bitte hinterlasst eine Nachricht. Beeep.«

»Anton. Mit uns beiden, das klappt nicht. Ich habe meine Sachen gepackt. Du brauchst mich nicht anzurufen, denn ich werde nicht rangehen.«

Ich trete die Zigarette aus und stecke mir noch eine an.

Eine neue Nachricht. »Panda, komm nach Hause, lieb mich, wir kriegen das wieder hin.« Dieses egoistische Arschloch. »Lieb mich«? Im Ernst? Was ist denn aus »Ich liebe dich« geworden? Die Wut brennt den Schmerz weg. Ich lösche die Nachricht. Ich lösche alle seine Nachrichten und entferne ihn aus meinen Kontakten. Dann stecke ich den Schlüssel ins Zündschloss und fahre Richtung Dalarna.

Kopenhagen, 2010

Suis Notizen

Zyste

Eine abnorme, sackförmige Struktur, die Luft, Haare, Gas, Schleim oder andere Flüssigkeiten enthalten kann. Zysten können angeboren sein und durch die Fehlentwicklung von embryonalem Gewebe entstehen, das auch wieder verschwinden kann; zum Beispiel bei Halszysten, die Überreste der Kiemenbogen bzw. Kiemenfurchen sind. Ganze Organe können von Zysten durchsetzt sein. Erworbene Zysten können durch einen verstopften Talgdrüsenausgang oder auch durch Parasitenbefall entstehen, beispielsweise Bandwürmer. Gutartige und bösartige Tumore können ebenfalls zystisch sein. Normalerweise sind Zysten nicht Teil des Gewebes, in dem sie sich einnisten.

Sack

Geräumiges, tütenförmiges Behältnis aus Leder, Leinen oder Plastik, das verwendet wird, um etwas zu transportieren oder aufzubewahren, eventuell mit einem Verschluss versehen. Abwertende Bezeichnung für ein weites, locker geschnittenes Kleid, außerdem ein Hohlraum in einem Menschen oder einem Tier, etwas ist in Sack und Tüten, jemand geht in Sack und Asche, man lässt die Katze aus dem Sack und enthüllt etwas. Sich einen Sack überziehen und die Trauer wie einen Sack in sich tragen, der Luft, Haare, Gas, Schleim oder andere Flüssigkeiten enthalten kann.

Auroville, 2010

Kai

Ich werde früh wach. Das Ommm schwebt immer noch im Hintergrund der anderen Geräusche. Vor der Hütte jaulen Pfauen wie ein Chor aus Amateuren, die gerade erst entdeckt haben, dass sie eine Stimme besitzen. Ich ziehe mich aus und gehe ins Bad, um mich zu waschen und mir die Zähne zu putzen. Einige der Fugen zwischen den Kacheln sind zerbröselt, winzige Ameisen krabbeln ein und aus, transportieren Eier, wimmeln umher. Ich ziehe ein Paar weite Hosen und ein kurzärmeliges weißes Hemd an, verlasse die Hütte und verriegele die Tür mit einem Hängeschloss. Vor der Nachbarhütte steht ein kleiner, dünner Mann hinter einem größeren, glatzköpfigen Mann, der auf einem Stuhl sitzt. Beide haben die Augen geschlossen. Der kleine Dünne hält die Hände über den Kopf des anderen, ohne ihn zu berühren. Der Größere hat einen entspannten und milden Gesichtsausdruck, ein flimmernder Käfig aus Licht und Schatten zeichnet Muster auf ihre Körper. Plötzlich öffnet der kleine Dünne die Augen, dann lächelt er mich an, als würden wir einander kennen, und ich nicke ihm höflich zu.

Der Speisesaal des Unity Yoga Center besteht aus zwei offenen, gefliesten Terrassen mit langen Tischen und einem kleineren, überdachten Buffetbereich. Zwischen den Terrassen befindet sich ein Bassin, das auf den Fotos aussieht wie ein Swimmingpool, in Wirklichkeit aber nicht viel größer ist als eine ausladende Badewanne. An einem der Tische sitzt ein blonder Mann und sieht von seinem iPad auf, als ich vorbeigehe.

»Christof«, sagt er und steht auf.

Christof hat eine ausgeprägte Muskulatur, seine Augen sind hellblau, und er sieht aus, als würde er sich anstrengen, sie größer zu machen, als sie sind.

»Kai«, sage ich. »Und, wie ist das Frühstück?«

»Wirklich lecker«, antwortet Christof.

Am Buffet steht eine Frau in einem langen Sari mit Batikmuster. Ihr graues Haar ist raspelkurz, es umrahmt ihr Gesicht wie ein silberner Helm. Ich fülle meinen Teller mit weißen, schwammartigen Idlis, einem weißen Kokos-Chutney, Pfannkuchen, Toast, Joghurt und frischer Papaya.

»Greta«, sagt der Silberhelm und legt zur Begrüßung ihre flache Hand aufs Herz. »Du warst schon mal hier.«

»Nein, leider nicht«, sage ich.

»Doch, du warst letztes Jahr schon mal hier«, wiederholt der Silberhelm.

»Nein, ich bin zum ersten Mal in Indien«, sage ich, aber dann erinnere ich mich an Lai Kims Mahnung, zu allem »Ja« zu sagen.

»Ja«, sage ich und lächle.

»Es ist ganz eindeutig, dass dein Gesicht schon mal hier war«, sagt sie und zeichnet in der Luft einen Kreis um ihr eigenes.

»Nimmst du auch am Yoga-Retreat teil?«, frage ich.

»Ja, aber ich bin auch hier, um Performances zu veranstalten. Ich bin Künstlerin, ich beschäftige mich mit den Wechseljahren.«

»Ich bin auch in den Wechseljahren«, sage ich.

»Die Wechseljahre setzen ein, wenn der Östrogenspiegel der Frau sinkt, und da du keine Frau bist, kannst du auch nicht in den Wechseljahren sein«, sagt sie.

»Ich stecke in einer Lebenskrise, das meinte ich.«

»Lebenskrisen haben wir alle, aber die Verwandlung der Frau von attraktiv und fruchtbar in, tja, in was … wird stark tabuisiert. Viele Frauen in der westlichen Welt fühlen sich plötzlich unsichtbar, zur Seite gedrängt, sie schämen sich, weil ihre vollen Lippen eintrocknen und ihre schlaffen Arme schlackern und überall graue Haare zum Vorschein kommen.«

»So habe ich das nie gesehen«, erwidere ich. »Manche Menschen werden im Alter schöner.«

»Es gibt auch Kulturen, in denen die Frau in der Hierarchie aufsteigt und zu einer ›weisen Frau‹ wird, die all ihre Kraft und ihr Wissen entfaltet – auch sexuell.«

»Und wie setzt du das Thema in einer Performance um?«

»Ich stelle mich nackt in eine zufällige Menschenmenge und wickle lange weiße Stoffbahnen um meinen Körper und meinen Kopf, bis auch mein Gesicht vollkommen verdeckt ist. Danach wickle ich mich langsam wieder aus.«

»Eine Wiedergeburt?«, frage ich.

»Ich führe eine Reihe von Handlungen aus, und die Leute können sie deuten, wie sie wollen«, antwortet sie.

Als ich wieder auf dem Weg zu meiner Hütte bin, kommt Dee mit einem kleinen Motorroller angefahren, heute ohne Blumenranken, die ihr bis auf den Rücken hängen.

»Hallo«, sage ich. »Kannst du mir sagen, wo ich die Fahrräder finde?«

»Sie stehen hinter der Rezeption«, antwortet sie.

Ich gehe auf die Rückseite des Hauses, wo fünf ramponierte Räder mit schmalen Lenkern und platten Reifen stehen.

Ein übergewichtiger, rotgesichtiger Mann mit Sonnenhut und starkem französischen Akzent steuert auf mich zu.

»Kann ich dir helfen?«

»Ja, gern.«

»Maurice«, sagt er und kommt näher, um die Luft rechts und links von meinen Wangen zu küssen.

»Kai«, sage ich. »Du bist der Leiter?«

»Ja«, sagt er. »Ich war von Anfang an dabei. Sieht ganz so aus, als bräuchten die Räder ein bisschen Luft. Komm mal mit, dann suchen wir eine Pumpe.« Maurice und ich gehen auf einem kleinen Pfad an einem Baum vorbei, der lila Blütenblätter abwirft, und weiter an einem dunklen Teich, wo Schnüre mit Wäsche auf Wind warten. Wir bleiben vor einem baufälligen Pavillon stehen, und er verschwindet darin und kehrt mit einer Luftpumpe in der Hand zurück.

»Kann ich dir noch mit etwas anderem helfen, einem Bier vielleicht?«

»Ist Alkohol in diesem Teil von Indien denn nicht verboten?«

»Man darf gerne Alkohol trinken, ihn nur nicht kaufen«, sagt Maurice. Er verschwindet erneut in dem Schuppen und kehrt mit zwei Flaschen in der Hand zurück.

Wir setzen uns mit einem Bier in der Hand auf eine Bank. Die kühle, prickelnde Flüssigkeit erfrischt in der Hitze.

»Du bist also Architekt? Anfangs war Auroville voller visionärer Architektur.«

Er leert seine Flasche und wischt sich mit dem Handrücken den Mund ab.

Ich drehe eine Runde auf dem größten Fahrrad. Wenn ich eine Kurve fahre, stößt der Lenker gegen mein Knie. Ich gehe wieder zur Rezeption.

»Ich würde gern ein Moped leihen«, sage ich.

»Ich bestelle eins vor, das kannst du nachmittags abholen. Und dann mache ich dir noch deine Aurocard fertig«, sagt Dee.

»Meine Aurocard?«

»Damit kannst du das bezahlen, was du in Auroville kaufst. Wir haben unser eigenes Währungssystem«, erklärt Dee.

Sie breitet eine Karte über das Gebiet vor mir aus.

»Hier bist du«, sagt sie und malt ein Kreuzchen. »Und hier ist die Bank, in der du deine Karte mit Geld aufladen kannst.«

Während sie weiterredet, verschaffe ich mir einen ersten Überblick. Von oben betrachtet ist Auroville eine große Fläche mit kleinen Enklaven von Häusern, von denen einige mehrere Kilometer weit vom Zentrum der Stadt, dem Matrimandir, entfernt liegen. Die Ortsnamen sind teilweise von der Spiritualität geprägt, auf der die ganze Stadt aufbaut: Pavillon der Einheit, Die sonnenbetriebene Küche, Existenz, Die letzte Schule, Das Weltinstitut, Die Transformation, Das Zentrum der Jugend, Die Reitschule Rote Erde, Das Besucherzentrum, Das Sprachlabor, Das Abenteuer, Der Botanische Garten, Der Aurohof, Die Buchhandlung Freies Land, Die Behandlung, Mangogarten, Gutes Papier, Institut der Tragfähigkeit, Wahrheit, Heilung, Das

Lebensausbildungszentrum, Die Bibliothek, Dankbarkeit, Alchemie, Neues Land, Fortschritt, Ewigkeit, Pfeffergarten, Die beiden Banyanbäume, Neuschöpfung, Die Zahnklinik, Gaias Garten, Die Neun Palmen, Der Kali-Tempel, Inspiration, Fruchtbarkeitsfeld. Transition, Segnung, Aussichtspunkt und Freiheit. Die Freiheit liegt in nordwestlicher Richtung außerhalb des äußersten Kreises, unweit vom Fruchtbaren Wald und der Ewigkeit.

»Du bist von einem sehr schönen Licht umgeben«, sagt Dee plötzlich. Sie betrachtet mich mit einem Blick, der mich an Suis erinnert.

»Licht?«, frage ich.

Kann sie das Licht sehen, das die Menschen wie eine zusätzliche Haut um sich tragen?

»Ja«, sagt Dee, »deine Aura ist weiß, aber ungewöhnlich kraftvoll.«

Mir steigt die Wärme ins Gesicht, als hätte jemand eine Flamme darunter entzündet. Ich erröte gegenüber einer Zwanzigjährigen, als wäre ich ein Kind. Dann richte ich mich auf und fülle meine Lungen mit Luft, mein Oberkörper wächst, und ich bin wieder ein Erwachsener.

»Ich muss sowieso bald in die Bank, soll ich dich mitnehmen?«, fragt Dee.

Ich habe nur eine kurze SMS von Sui erhalten, seit ich angekommen bin, aber ich mache mir keine Sorgen, ich weiß, dass sie sich bei Miriam gemeldet hat und dass Jensen immer bereit ist, ihr zu helfen. Ich habe gerade einen richtigen Brief an Sui geschrieben und hoffe, er erreicht sie, ehe ich nach Hause komme.

Auroville, 2010

Kai

»Willst du in den Coop mitkommen?«, fragt Dee.

»Ist das ein Supermarkt?«

»Ja«, sagt Dee.

»Dann kann ich gleich meine Aurocard testen«, sage ich.

»Tut mir leid, aber im Coop dürfen nur Aurovillians einkaufen«, sagt sie.

»Ich komme trotzdem mit. Ich möchte den Laden gerne sehen. Bist du hier geboren?«, frage ich.

»Ja«, antwortet sie. »Mein Vater, Maurice, ist Ende der Sechzigerjahre hergekommen, um beim indischen Philosophen Sri Aurobindo zu meditieren. Er ist vor allem für sein siebenhundertseitiges Langgedicht *Savitri* bekannt, das ihm den Namen ›Goethe von Indien‹ eingebracht hat.«

»Ist Auroville nach einem Gedicht erschaffen worden?«

»Das könnte man durchaus sagen, die grundlegende Philosophie der Stadt baut auf Aurobindos Texten auf, aber es war The Mother, die die Vision von Auroville hatte und die Stadt gründete. Aurobindo war zu diesem Zeitpunkt nicht mehr aktiv, er hat die meiste Zeit zurückgezogen gelebt und meditiert.«

»Sie muss eine außergewöhnliche Frau gewesen sein.«

»Sie war nicht nur eine Frau, The Mother ist die Inkarnation einer göttlichen Kraft, Shakti. Sie ist hier, obwohl sie tot ist, und offenbart sich auch einigen von uns Bewohnern. Trotzdem ist eine physische Leere entstanden, nach dem sie ihren irdischen Körper verlassen hatte. Es fehlt eine Person, die ihre Kraft materialisieren kann. Leonora, eine der ersten Aurovillians, hatte kürzlich eine Vision, sie sagt, dass ein Mensch unterwegs ist, der die Leere ausfüllen kann, die The Mother hinterlassen hat. Diese Person hat ein drittes Auge.«

Ich versuche mir einen Mann mit einem dritten Auge vorzustellen. Es prickelt und sticht in meiner Handfläche, dort, wo mein Muttermal sitzt. Ich reibe die Hände aneinander.

Wir überqueren einen Rasen und ziehen die Schuhe aus, ehe wir barfuß in den Coop hineingehen. Der Supermarkt besteht aus zwei großen, kühlen Räumen. Hier gibt es nur die nötigsten Dinge für den täglichen Gebrauch, ayurvedische Zahnpasta, selbst gebackene ökologische Kekse in großen Gläsern mit Schraubverschluss, frisch gebackenes Brot, Trockenwaren, Seife, Mehrwegbinden aus Stoff, Holzkisten mit Obst und Gemüse.

»Man nimmt nur das, was man braucht, damit genug für die Nächsten übrig bleibt«, erklärt Dee.

Hier herrscht eine angenehme Atmosphäre. Zu Hause habe ich immer ein unbehagliches Gefühl beim Einkaufen. Die Leute taumeln wie betäubt zwischen den Regalen hin und her und raffen Sachen in ihren Einkaufskorb, aber hier wirkt alles anders und entspannt, es gibt keine Plastikverpackungen, keine Schilder mit Sonderangeboten, und viele Lebensmittel wie Milch, Joghurt und Marmelade werden in Gläsern mit Schraubverschluss verkauft, die gespült zurückgebracht werden sollen, damit sie wiederverwendet werden.

Ich gehe hinaus und setze mich auf eine Bank in den Schatten, während Dee in der Schlange an der Kasse steht. Ich blicke auf das Matrimandir. Von hier aus erinnert das Gebäude an einen goldenen, runden Bienenkorb. Eine ältere, sehr aufrechte Frau setzt sich neben mich. Ich muss ständig zu ihr hinüberschielen. Sie hat etwas Stoisches und zugleich sehr Rohes an sich. Als sich unsere Blicke treffen, nicke ich ihr zu. Sie lächelt mich an, die Tiefe ihrer dunklen Augen fesselt mich, und ich will gerade etwas zu ihr sagen, als ich im Augenwinkel ein Messer aufblitzen sehe. Im Bruchteil einer Sekunde bin ich aufgesprungen und habe mich vor die aufrechte Frau gestellt; es geht so schnell, dass ich es selbst kaum begreife. Ich blicke direkt in zwei Augen, die mit einem dicken schwarzen Strich umrahmt sind. Für einen kurzen Moment sehe ich Miriams grüne Augen vor mir aufblitzen, doch dann ertönt eine knurrende männliche Stimme, und ein indischer Mann steht vor mir. Er hat Schaum vor dem Mund.

»Machen Sie Platz«, zischt er. Er ist vornehm gekleidet, in ein glänzendes türkisfarbenes Gewand und weiße Hosen aus dem gleichen Stoff, und trägt einen Turban auf dem Kopf. Ist das ernst?, frage ich mich, als ich im nächsten Moment eine Messerspitze wie einen tiefen Nadelstich unter meinem Kinn spüre. Das Blut rinnt in kleinen, warmen Tropfen meinen Hals hinunter. Ich bin schockiert, aber meine Stimme ist vollkommen ruhig.

»Ich bleibe hier stehen«, sage ich.

»Das sehe ich«, faucht er.

»Und ich weiche auch nicht zur Seite«, sage ich.

Plötzlich blinzelt er, als hätte er etwas im Auge. Ich packe sein Handgelenk und biege es um, er verliert den Griff um das Messer, und ich packe ihn von hinten und umfasse seinen Bauch, um seine Arme an den Körper zu pressen. Er leistet Widerstand, kann sich jedoch nicht aus meinem Griff befreien. Ich sehe die Überraschung in seinem Gesicht.

»Lassen Sie mich doch los«, sagt er.

»Ich lasse Sie nicht wieder los«, erwidere ich.

»Ich bringe Sie um«, ruft er und tritt nach mir. Dann beginnt er sich zu winden wie ein Aal. Ich habe jedoch genug Kraft, um ihn weiter festzuhalten. Er japst nach Luft. Die Atmung ist wie ein Gummiband, das er benutzt, um seinen Körper anzuspannen und mich in den Abgrund zu katapultieren. Dann verändert sich sein Gesichtsausdruck plötzlich, als wäre er aus einem Traum erwacht.

»Mama?«, flüstert er.

»Ich bin nicht Ihre Mutter«, sage ich.

»Geh weg! Du bist tot«, brüllt er und spuckt mir ins Gesicht.

Dann sackt er zusammen, das Gummiband ist ausgeleiert und umklammert schluchzend meine Beine. Der Speichel tropft in langen Fäden aus seinem Mund.

Ich verspüre den Impuls, ihm über das Haar zu streichen. Die Aufrechte hat sich von der Bank erhoben.

»Danke, dass Sie mich beschützt haben«, sagt sie. »Die Wachleute sind schon unterwegs.« Sie deutet auf die beiden Männer, die auf uns zurennen.

Das Schluchzen des Mannes ebbt ab, sein Speichel hat Flecken auf meiner Kleidung hinterlassen, es sieht aus, als wäre eine große Schnecke an mir emporgekrochen.

»Ich heiße übrigens Leonora«, sagt sie.

»Kannten Sie den Mann mit dem Messer?«, frage ich.

»Nein«, sagt sie. »Aber irgendwie kam er mir bekannt vor.«

Die Wachleute entfernen sich, das schlaffe Gummiband hängt zwischen ihnen, der Turban sitzt schief auf seinem Kopf. Als Dee aus dem Coop kommt, hat sich mein Puls wieder beruhigt, und ich warte allein auf der Bank. Alles wirkt friedlich.

»Hast du da Blut auf dem Hemd?«, fragt Dee.

»Ja, wahrscheinlich schon«, antworte ich.

Doch jetzt erscheint der Zwischenfall plötzlich seltsam unwirklich. Hat sich alles nur in meiner Fantasie abgespielt? Nein, es muss tatsächlich geschehen sein, denn aus dem Schnitt unter meinem Kinn sickern immer noch kleine Blutstropfen.

Dalarna, 2010

Miriam

Ich erkenne sie nicht wieder. Sie steht hier in meinem Wald, als junge Frau, neben einem dampfenden Fiat. Doch als ich sie umarme, erinnere ich mich an ihren Geruch. Ich habe sie nicht gesehen, seit sie sieben Jahre alt war und ich nach Dalarna umgezogen bin. Ich lasse meinen Blick über sie wandern, als würde ich sie zeichnen. Obwohl sie einen weiten, sackförmigen Hosenanzug trägt, wölbt sich ihr Bauch seltsam vor, was nicht zu ihrem dünnen Körper und der Größe ihres Gesichts passt. Ob sie schwanger ist, ist sie deshalb gekommen? Mir bleibt etwas im Hals stecken, ich huste.

»Ist alles in Ordnung?«, fragt Sui.

»Ja, aber ich brauche einen Schnaps, das ist besser als Hustensaft. Möchtest du auch einen?«

Ich öffne den Schrank und erblicke mich selbst im Spiegel, der innen an der Tür hängt. Ich bin siebzig Jahre alt, aber immer noch überrascht, wenn ich mich von außen sehe. Das Gesicht, das mir im Spiegel begegnet, weicht jedes Mal von meiner eigenen Vorstellung über mich selbst ab, und jetzt macht es mir wieder einmal peinlich bewusst, wie ich wirklich aussehe. Mein Haar ist ein ungekämmter grauer und lockiger Pelz, den ich zu einem lockeren Knoten gebunden habe. Wo sich früher die liebliche Blüte eines Mundes befand, sitzt jetzt nur noch ein trockener, schmaler Spalt. Mein Gesicht ist mager. Meiner Nase ist ein Haken gewachsen, und die Falten haben sich ausgebreitet wie Wurzelgeflecht auf glatter Erde, aber meine Augen sind immer noch wach. Neben den Flaschen steht ein Fotoalbum mit Bildern von Sui. Ich schiebe es hinter die Flaschen, greife den Hals der Schnapsflasche und schließe den Schrank wieder.

»Du hast geschrieben, du wolltest mich sehen«, sagt Sui.

»Ich hatte nicht damit gerechnet, dass du kommen würdest«, antworte ich. »Möchtest du einen Kaffee? Ich wollte sowieso gerade Wasser aufsetzen.«

»Kaffee klingt gut«, sagt sie.

»Es ist jetzt zwölf Jahre her, dass wir uns gesehen haben«, sage ich.

»Hast du an mich gedacht?«, fragt sie.

»Ab und zu«, antworte ich. Ich zeige auf den kleinen Anhänger, der an ihrem Ohr baumelt. »Du hast immer noch das Seepferdchen.«

Sie wendet den Kopf ab, dann sieht sie mich direkt an.

»Kann ich ein paar Tage hierbleiben?«, fragt sie. »Ich weiß nicht, wo ich sonst hinsoll.«

Erst jetzt sehe ich, dass ihr Augen-Make-up verschmiert ist, dass sie geweint hat. Die schwarze, verlaufene Wimperntusche lässt sie noch verlorener aussehen.

»Es wäre ja seltsam, wenn ich jetzt Nein sagen würde«, murmle ich.

»Ich habe einen Schlafsack und eine Isomatte dabei, und ich kann putzen und dir bei allem helfen, was du willst«, sagt sie.

»Das wollte ich eigentlich nicht …«

»Ich würde nicht fragen, wenn es nicht notwendig wäre.

Mir ist schon klar, dass du beschlossen hast, mitten im Nirgendwo zu wohnen, weil du gerne allein sein möchtest. Wir müssen auch nicht miteinander reden, ich brauche nur ein bisschen Ruhe«, sagt sie.

»Du kannst ein paar Tage bleiben«, antworte ich.

Ich hätte mich nie darauf eingelassen, dass sie länger bleibt, aber mit ihrer direkten Frage hat sie mich überrumpelt. Vielleicht war der Anblick ihres seltsam dicken Bauchs ausschlaggebend. Ich werde für einen kurzen Moment von einem Gefühl der Verantwortung gepackt. Ich glaube, sie ist schwanger. Ich habe keine Lust auf ein Enkelkind.

Ich stehe vor dem Holzofen. Der untere Teil des Kessels ist von Flammen geschwärzt, die am Stahl geleckt haben. Plötzlich springt ein Funke aus dem Kessel zum Fenster. Ich sehe in Zeitlupe, wie er einen Lichtschweif hinter sich herzieht, als wäre er ein kleiner Komet. Ich habe die Körperform gefunden, in der ich von hier wegreisen möchte. Ich habe elf Jahre gebraucht, um in diesen Altfrauenkörper zu kriechen.

»Ich hole mal eben die Flasche Wein, die ich im Auto habe«, sagt Sui. »Ich habe das Bedürfnis, mir so richtig die Kante zu geben.«

»Wenn man schwanger ist, sollte man eigentlich keinen Alkohol trinken, aber das weißt du sicher«, sage ich.

»Miriam«, sagt sie. »Ich bin genauso wenig schwanger wie du, ich habe sogar gerade meine Tage, wenn du es genau wissen willst, vielleicht bin ich deshalb so müde.«

Sui liegt auf der Pritsche in meinem Schlafzimmer. Sie ist unter meiner Bettdecke eingeschlafen. Ich bin gezwungen, mich in ihrem Schlafsack auf das Sofa zu legen. Es ist schrecklich unbequem. Ich habe schon mehrmals nach ihr gesehen, aber sie schläft tief und fest, und obwohl sie ab und zu die Augen öffnet, ist sie vollkommen weggetreten. Als ich am nächsten Morgen aufwache, ist die Sonne schon aufgegangen. Meine Lendenwirbel schmerzen, es wird Zeit, den Rücken wieder zu strecken.

»Verdammter Körper«, murmle ich.

Ich nehme den Kessel vom Herd, gieße Wasser über die getrockneten Brennnesselblätter, werfe etwas Minze dazu. Der belebende Duft zieht mir in die Nasenlöcher. Suis Tabak und Zigarettenpapier liegen auf dem Tisch. Ich erinnere mich nicht, wann ich zum letzten Mal geraucht habe. Ich schnappe mir ein dünnes Paper, verteile sorgfältig den Tabak, befeuchte die Klebefläche mit der Zunge und vollende die Zigarette mit einem Daumenstrich, dann stecke ich sie zwischen meine Lippen, zünde sie an, sauge den Rauch in die Lungen ein und blase ihn durch die Nase wieder aus wie ein Drache. Huste ein wenig. Die Wirkung verbreitet sich innerhalb von einem Sekundenbruchteil in meinem Gehirn wie ein süßer Nebel.

»Wahnsinnig gut«, sage ich zu mir selbst.

Ich habe mich schon lange nicht mehr gewaschen. Plötzlich kann ich mich selbst riechen. Seit Suis Ankunft ist mir bewusst geworden, dass ich rieche wie ein Tier. Ich fülle den Kessel, kippe das kochend heiße Wasser in einen Eimer um, setze einen neuen Kessel auf und ziehe mich aus. Nackt, mit einem Eimer voll warmem Wasser, öffne ich die Tür.

Auroville, 2010

Kai

»Du zitterst«, sagt Dee.

»Tue ich das?«, frage ich und merke im selben Moment, dass mein Körper zittert, als würde er versuchen, den Schock abzuschütteln.

»Lass uns zurück ins Unity Center fahren«, sagt sie.

Der Benzingeruch weht mir in die Nase. Ich sitze hinten auf Dees lilafarbenem Scooter, ihr Rucksack mit den Waren aus dem Coop hängt zwischen uns. Ihr Haar flattert nach hinten und streift mein Gesicht. Ich spüre einen Stich der Sehnsucht. Sui würde es gefallen, auf einem lila Motorroller durch Indien zu fahren. Ich sehe sie vor mir, das ovale Gesicht, das lange, glatte Haar und die braunen, schrägen Augen, die andere Menschen mit einer Mischung aus Überraschung und Mitgefühl betrachten. Dee und Sui sind im selben Alter, aber obwohl Dee ein erwachsenes Leben mit Arbeit und Verantwortung führt, wirkt sie trotzdem harmonisch und fröhlich. Ob man glücklicher ist, wenn man sich gebraucht fühlt, anstatt ein Leben ohne Verpflichtungen zu führen?

Allmählich sinkt mein Adrenalinspiegel wieder, ich fühle mich müde.

»Ich muss noch ein paar Broschüren im Museum abholen«, ruft Dee. Der Wind zerreißt ihre Worte, ehe sie davonfliegen.

»Okay«, rufe ich zurück.

Das Museum ist ein großes weißes Gebäude mit kurvigen, weichen Formen. Die Böden sind mit kühlen, hellen Granitböden ausgelegt.

»Hast du Lust, dir die Ausstellung anzusehen?«, fragt Dee.

»Ja, gern«, sage ich.

Wir gehen in die höchste Etage, die Sri Aurobindos Geschichte von der Geburt bis zum Tod zeigt. Auf der gegenüberliegenden Seite bildet ein großer, abgesenkter Raum den Rahmen für die Lebensgeschichte von The Mother. Eine Wand ist mit Hunderten Fotos von ihr bedeckt. Auf einigen von ihnen sieht sie aus wie ein seltsames, bösartiges Wesen, auf anderen wendet sie sich ab oder schließt die Augen. Es wundert mich, dass man die Schnappschüsse nicht aussortiert hat. Gleichzeitig ist es rührend, denn sie machen sie auch menschlich. Die Texte, die zwischen den Bildern hängen, fesseln mich. The Mother wurde 1878 in Paris geboren und auf den Namen Mirra Alfassa getauft. Ihre Mutter war eine ägyptische Jüdin, ihr Vater stammte aus der Türkei. Sie war erst vier, als sie zu meditieren begann, und schon als Kind hatte sie eine ganze Reihe von Offenbarungen. Im Jahr 1897 heiratete sie den Maler Henri Morriset. Im Jahr darauf gebar sie einen Sohn, den sie auf den Namen André taufte, was »Mensch« bedeutet.

Lange betrachte ich das einzige Foto von André. Es ist nur briefmarkengroß. Seine dunklen Augen haben einen ernsten Ausdruck.

»Du hast genau denselben Ausdruck in deinen Augen, wenn du für dich alleine bist«, sagt Dee. »Als würdest du in eine Welt hineinsehen, die hinter der Welt liegt, in der wir anderen umhergehen.«

»Ich bin ihm nicht ähnlich. Er sieht unheimlich aus. Seine Augen sind wie schwarze Brunnen, aus denen man nicht mehr herauskommt, wenn man einmal hineingefallen ist.«

»Es gibt andere Arten von Ähnlichkeit als die Hautfarbe oder Augenform. Körperhaltungen, Gesichtszüge und alles, was man nicht sieht, Ähnlichkeiten des Gemüts und der Gefühle.«

»Es ist schwer, das Gemüt auf einem Foto zu erkennen«, sage ich.

»Das stimmt nicht«, sagt Dee, »es ist leicht.«

Ich lese weiter in den Museumstexten:

Nach Andrés Geburt erkrankt Mirra. Deshalb wird André in das Haus geschickt, wo sein Großvater mit Henris beiden Schwestern wohnt. Hier wächst André auf, während Mirra und Henri ihr Leben in der Stadt fortsetzen. Mirra vertieft ihre Spiritualität, Henri malt in seinem Atelier. 1908 lassen sie sich scheiden, und Mirra heiratet Paul Richard, einen aufstrebenden Politiker, der ebenfalls spirituell ist. Im Alter von dreizehn Jahren reist André mit Mirra und Paul nach Pondicherry in Indien und trifft dort zum ersten Mal Sri Aurobindo. Mirra erkennt in ihm den Krischna aus ihren Kindheitsoffenbarungen wieder. Nach einem längeren Indienaufenthalt ziehen Mirra und Paul nach Japan. Einige Jahre später gehen sie nach Pondicherry und werden kurz darauf geschieden. Mirra ist besessen von Sri Aurobindo, und da auch er von ihr fasziniert ist, reift in ihr der Beschluss, dauerhaft in Indien zu leben. 1926 gründet sie Sri Aurobindos Ashram in Pondicherry und 1968 Auroville, auf einem kahlen Stück Land, in dessen Zentrum ein alter Banyanbaum steht.

»Irgendwann fing der Baum an, in Richtung des Matrimandir zu wachsen«, erzählt Dee. »Die Ingenieure hatten Angst, dass die Wurzeln das Fundament des Gebäudes zerstören könnten. Deshalb sprach The Mother mit dem Baum, und nach ihrem Gespräch begann er, wieder vom Gebäude weg zu wachsen.«

»Sie muss eine große körperliche Kraft besessen haben«, sage ich.

»Nein, sie war klein und dünn, hat aber trotzdem noch mit achtzig Jahren Tennis mit großen, muskulösen Männern gespielt und sie besiegt«, erklärt Dee. »Aber The Mother war auch einfach ein ganz normaler Mensch, der Blumen und Haschisch an die Menschen verteilte.«

Marado, 2010

Suis Notizen

Mauer

Hindernis oder Schutz? Kein Vorbeikommen. Ausnahmezustand oder Souveränität? In ihrer Negation identisch mit einem Abgrund. Eine Mauer, die in einem Ring um ein Gebiet errichtet wurde, um äußere Einflüsse zu verhindern. Ein Ring. Etwas Sakrales? Die Welt außerhalb der Mauer und jene in ihrem Inneren sind symbiotisch miteinander verbunden. Der innerste Kern der Welt steht daher in Verbindung mit der Welt außerhalb, so wie die Regel von der Ausnahme lebt. Eine Mauer ist eine Lüge, die wie eine schimmernde Perle geformt ist.

Mutter

Hindernis oder Schutz? Kein Vorbeikommen. Ausnahmezustand oder Souveränität? In ihrer Negation identisch mit einem Abgrund. Eine Mutter, die in einem Ring um ein Gebiet errichtet wurde, um äußere Einflüsse zu verhindern. Ein Ring. Etwas Sakrales? Die Welt außerhalb der Mutter und jene in ihrem Inneren sind symbiotisch miteinander verbunden. Der innerste Kern der Welt in ihrem Inneren steht daher in Verbindung mit der Welt außerhalb, so wie die Regel von der Ausnahme lebt. Eine Mutter ist eine Lüge, die wie eine schimmernde Perle geformt ist.

Dalarna, 2010

Sui

Die Kälte ist beißend, obwohl die Sonne immer noch Kraft hat. Ich sehe sie nackt auf der Lichtung stehen in ihrem alten, leopardenfleckigen Körper. Die dunklen Flecken bedecken die Haut wie Pilze einen Baum. Sie hat die gleiche Falte zwischen den Augen wie ich. Als ich sie zum letzten Mal sah, war ich ein Kind und sie eine traumgleiche Erscheinung. Sie trug einen weißen Hosenanzug und eine große Sonnenbrille. Derart entblößt ist ihr Körper knochig und behaart, die Haut hängt in Falten herab wie eine drapierte Gardine, die jeden Moment herabfallen und enthüllen könnte, dass sie wie alle anderen Menschen nur aus Fleisch und Blut besteht. Als das Wasser ihre Haut erreicht, steigt der Dampf in kleinen weißen Wolken auf. Die Schamlippen baumeln zwischen ihren Beinen herab, als sie diese spreizt, um sich im Schritt zu waschen. Ihr Handtuch liegt immer noch auf dem Stuhl neben der Tür. Ich schnappe es, ziehe den Mantel über und öffne die Haustür.

»Hier«, sage ich und reiche ihr das Handtuch.

Der weiße Atem steht unter ihrer Nase, die magerer geworden ist und wie eine knochige Spitze hervorragt.

»Meine Glieder schmerzen«, sagt sie.

»Du bist älter geworden«, erwidere ich.

»Ich hätte nicht gedacht, dass es so schnell gehen würde«, sagt sie.

»Als ich klein war, habe ich dich gekitzelt«, sage ich.

»Kein Mensch hat so frühe Erinnerungen«, antwortet sie. »So kleine Kinder können doch noch niemanden kitzeln. Das ist motorisch unmöglich.«

»Ich weiß noch, dass du dich tot gestellt hast. Für ein paar Sekunden habe ich immer gedacht, du wärst wirklich tot. Und eines Tages bist du dann gestorben.«

»Ich bin gestorben?«

»Ja, aber das war erst später. In deinen Augen lag eine Dunkelheit. Durch sie hindurch hast du mich angesehen, und dann bist du gestorben. Ich habe gelernt, ohne dich zu leben. Du existierst nicht mehr.«

»Bis jetzt.«

»Ja, bis jetzt.«

»Könntest du mir den Rücken abtrocknen?«

Miriam isst mitten am Tag warm. Sie hat ein Reisgericht auf dem Ofen gekocht und schiebt mir die ganze Zeit den Topf hin, als wäre ich ein Tier, das gefüttert werden müsste. Seit ich ihr erklärt habe, dass ich nicht schwanger bin, hat sie nicht weiter nach meinem vorgewölbten Bauch gefragt.

Miriam ist mit ihrer Schrotflinte über der Schulter in den Wald gegangen, um unser Abendessen zu jagen. Ich koche mir eine Tasse Tee und blättere in einer alten Zeitung. Hole mehr Brennholz. Als sich die Wärme allmählich ausbreitet, ziehe ich die Socken aus und wackele mit den Zehen. Auf einem schmalen Regalbord unter der Decke stehen Miriams Bücher. Ich ziehe den Stuhl heran, steige darauf und studiere die Buchrücken, Blixen, Cocteau, Brontë, Strindberg, Kafka. Ganz rechts steht ein altes Buch ohne Titel. Ich ziehe es heraus, springe vom Stuhl herunter und setze mich an den Tisch. Wie sich herausstellt, ist es gar kein Buch, sondern eine Schachtel, die Miriam wie ein Buch eingebunden hat. Die Schachtel enthält lauter Briefe, mein Blick fällt auf einen, auf dem mit schräger Schrift steht: Für Kai.

Lieber Kai,
anfangs war ich mit dir zusammen, weil du so verliebt in mich schienst und heilende Kräfte hattest. Wenn du deine warmen Hände auf meinen Nacken gelegt hast, verschwand meine Migräne. Zum ersten Mal in meinem Leben fühlte ich mich vorbehaltlos geliebt. Ich war fasziniert davon, dass deine Seele so rein war, so unverfälscht, dass du nur das Gute in mir sahst. Ich wurde abhängig von deinem Blick, also blieb ich, obwohl ich hätte gehen sollen.
Ich erinnere mich an eine Nacht, in der ich versuchte, dich in einer Skizze einzufangen. Du hast vor mir gelegen, in eine Decke eingehüllt, während sich dein nackter Brustkorb hob und senkte wie ein Kolben. Deine Füße und Knöchel ragten unter der Decke hervor. Mondlicht fiel auf dein Gesicht und deinen Körper, der so schön leuchtete, du sahst aus wie in Marmor gehauen. Wenn wir nachts eng umschlungen dalagen, verschwand der Altersunterschied. Doch wenn die Sonne aufging und du aufgestanden warst, wurden die Unterschiede wieder sichtbar, da war es, als würde ich dich verlieren, das Licht wurde so entlarvend, ich hielt es nicht aus. Nachdem Sui geboren war, wurde meine Einsamkeit schlimmer.
Ich habe dich verlassen. In den ersten Tagen hatte ich

nur das Gefühl, dich verlassen zu haben. Erst später verstand ich, dass ich auch das Kind verlassen hatte. Aber ich spürte keine Trauer. Ich vermisste sie nicht. Ich vermisste nur dich. Du bist der einzige Mensch, der mich je glücklich gemacht hat. Die Psychologie würde das so erklären: Ich bin ein Mensch, der selbst nie Liebe erfahren hat, deshalb bin ich auch nicht in der Lage, sie an mein eigenes Kind weiterzugeben. Das werden weder du noch sie je verstehen, warum solltet ihr auch, ich verstehe es ja selbst nicht.
Ich bin glücklich mit meinem neuen Mann, sein Einfluss in der internationalen Kunstszene ist viel größer, als ich es mir je hätte träumen lassen. Auf das, was er mir bietet, will ich nicht verzichten, und außerdem ist er, wie auch du, ein schöner Mann. Ich kann damit leben, dass er ein paar weniger sympathische Charakterzüge hat. Ich habe meine Strategien, damit umzugehen, und man kann nicht alles, was man sich wünscht, von einem einzigen Menschen bekommen. Ich möchte nicht um Vergebung bitten, denn ich finde nicht, dass wir anderen vergeben sollten, stattdessen bin ich der Meinung, wir müssen mit den Entscheidungen leben, die wir treffen.
Für immer Deine
Miriam

In diesem Brief steht viel mehr, als ich wissen wollte, und obwohl einzelne Steine im Puzzle meines Lebens dadurch einen Platz finden und ich Sympathie für sie empfinde, spüre ich eine schwarze Wut in mir aufsteigen. Ich gehe in die Küche, nehme die Rotweinflasche, ziehe den Korken heraus und schenke mir ein randvolles Glas ein. Ich leere es in einem Zug, dann gehe ich den Flur entlang zum Schlafzimmer. Ich komme an einer Tür vorbei und drücke die Klinke herunter, aber die Tür ist verschlossen. Dann stelle ich mich auf die Zehenspitzen, fahre mit den Fingerspitzen über die obere Kante des Rahmens und finde den Schlüssel.

Als ich die Tür aufschiebe, schrecke ich zunächst vor der Dunkelheit zurück. Ich taste mich voran, finde einen Schalter und bin vollkommen unvorbereitet auf den Anblick, der sich mir bietet, als das Licht angeht. Ich stehe in einem Saal. In der Mitte hängt ein riesiger Kristallleuchter. Er muss mindestens zwei Meter hoch sein. Alle Wände sind von schweren schwarzen Samtgardinen bedeckt, man fühlt sich wie in einer gefütterten Schachtel. Ich ziehe eine der Gardinen beiseite. Und noch eine. Und noch eine. Dort, wo sich keine gotischen Fenster befinden, sind die Außenwände von oben bis unten mit Spiegeln bedeckt. Überall hängen lange Cocktailkleider, Pelze, Hosenanzüge, Röcke, Blusen, Oberteile, eine Wand ist mit einer riesigen Sammlung von Schuhen und Accessoires ausgefüllt. Ich war noch nie in einem Laden, der sich mit diesem Saal hätte messen können. Ich blättere zwischen den Bügeln, als wären sie Buchseiten.

»Sie hat Format, das muss man ihr lassen«, murmle ich. Ich betrachte mich selbst im Spiegel. Sie ist meine Mutter, und ich sehe ihr ähnlich, ich bin ein bisschen größer als sie, aber wir haben dieselbe Figur und dieselbe Schuhgröße. Ich ziehe mich aus, greife nach einem mitternachtsblauen Abendkleid und schlüpfe mühelos hinein. Als ich eine Pirouette drehe, bauscht sich das Kleid in der Luft wie eine umgedrehte Schale.

Auroville, 2010

Kai

Ich vermisse Jensen und unsere Gespräche, aber ich kann mein Einsamkeitsgefühl kaum in Worte fassen, ehe ich die Frau erblicke. Sie durchquert den Dschungelgarten wie ein Baum, der sich aus der Erde losgerissen hat und jetzt als Mensch den Weg entlangwandert. Sie ist tätowiert, auf beiden Armen springt ein Tiger in ein Gestrüpp aus Blättern und Schlingpflanzen, die in einer einzelnen Ranke enden, sie klettert über die Schultern und den Hals hinauf und endet unter dem Kinn. Sie trägt ein weites ockergelbes Hemd und eine bunte Hose. Ihr dunkles Haar ist zu einem Knoten hoch oben auf dem Kopf zusammengebunden. Als sie näher kommt, sehe ich, dass ihre Augen braun sind; die Augenbrauen sind fast zusammengewachsen, und ihr Mund ist knallrot, sie hat eine Zigarette in der einen Hand, und über ihrer anderen Schulter hängt eine Stofftasche. Sie ähnelt Frida Kahlo, denke ich.

»Hallo«, sagt sie, als wir uns auf dem Pfad begegnen.

»Hallo«, antworte ich.

Die Schüsseln mit dem Abendessen werden herumgereicht, es gibt Reis und Garnelen in einer cremigen Soße, dünne, buttrige Brote und einen grünen Salat. Ich trage ein weißes Hemd und eine kakifarbene Leinenhose und sitze am Tischende. Frida Kahlo sitzt mir in einem grünen Hemd und mit ihren roten Lippen gegenüber. Als sich unsere Blicke treffen, wächst meine Lust, sie breitet sich bis in die Zehen, die Fingerspitzen, den Schwanz aus. Wenn ich sie gerade nicht ansehe, denke ich nur daran, wann ich sie wieder ansehen kann, ohne dass es aufdringlich wirkt. Maurice sitzt rechts von mir, neben Dee und Pushpa und gegenüber von Greta und Christof. Maurice trägt ein David-Bowie-T-Shirt, das über seinem großen, runden Bauch spannt.

»Ich habe von meiner Freundin Leonora gehört, dass unser Däne ihr das Leben gerettet hat«, sagt Maurice.

Trotz seines kräftigen Körpers wirkt er feinsinnig mit seinem französischen Akzent und seiner femininen Artikulation.

»Sprichst du von Kai?«, fragt Christof.

»Ja, aber ich glaube, jetzt mache ich ihn verlegen«, sagt Maurice und grinst. »Wie auch immer, ich wurde ja auch noch gar nicht mit unserem neuen Gast bekannt gemacht!«

Maurice wendet sich Frida Kahlo zu. Er lässt seine Augen erst auf ihren Tigertätowierungen ruhen, dann auf ihren Brüsten. Er lehnt sich zu ihr herüber. Ich spüre einen Stich der Eifersucht.

»Maurice«, sagt er. »Ich leite das alles hier.«

»Frida«, antwortet sie.

In Anbetracht der Namensgleichheit wird mir ganz schwindelig.

»Frida hat unser heutiges Essen zubereitet«, erklärt Maurice, wieder an uns gewandt.

»Ich bin lange gereist und habe es vermisst, selbst zu kochen. Als ich die große Küche entdeckt habe, musste ich fragen, ob ich nicht für das Essen verantwortlich sein darf, während ich hier bin.«

»Auf die Köchin des Abends«, sagt Maurice und hebt sein Wasserglas.

Die anderen brechen auf. Frida bleibt sitzen, sie dreht sich eine Zigarette und steckt sie an. Ihre Kleidung entspricht den indischen Gepflogenheiten, sie trägt lange Hemden und Hosen, die Schultern, Beine und Po bedecken. Sie beugt sich zu mir, und ihre Brüste schaukeln frei unter dem grünen, dünnen Stoff. Ich schließe für einen Moment die Augen.

»Kaffee?«, frage ich.

»Ja, gern«, sagt sie und pustet Rauchringe in den Raum zwischen uns.

Ich hole zwei Tassen.

»Du bist Köchin?«, frage ich.

»Ich bin Erfinderin«, antwortet sie. »Wenn ich koche, arbeite ich intuitiv.«

Die Energie, die zwischen uns wogt, macht mich benommen. Ich schließe die Augen und entfalte die Energie in meiner Fantasie. Mein Herz klopft heftig. Es fühlt sich an, als würde ein Fieber in meinem Blut rasen, das meinen Körper erzittern lässt. Ich flechte meine Finger in ihre weichen, schlanken, die stark sind wie die Äste eines Baums. Dann schlage ich die Augen wieder auf.

»Du warst weg«, sagt sie.

Ihre Stimme ist tiefer geworden, ihr Blick ist plötzlich finster. Wir stehen gleichzeitig auf, desorientiert, als hätte jemand das Licht eingeschaltet.

»Wenn ich dich sehe, habe ich das Gefühl, zwei Schiffe würden sich treffen«, sage ich und deute mit den Händen eine Wellenbewegung an.

›Zwei Schiffe würden sich treffen‹. Ich beiße mir auf die Zunge, aber die Worte sind einfach so aus mir herausgesprudelt.

»Bist du verheiratet?«, fragt Frida.

»Nein«, sage ich. »Und du?«

»Momentan habe ich drei Geliebte, eine Frau in Italien und eine auf Mallorca und einen Mann in Spanien.«

Frida tritt einen Schritt vor und packt mich im Nacken. Der Kuss ist so intensiv, dass ich vergesse zu atmen.

Dalarna, 2010

Miriam

Ich baue gerade eine Mauer«, sage ich.

»Ja, ich habe in der Zeitung davon gelesen«, sagt Sui.

»Ich könnte Unterstützung gebrauchen. Hast du Lust, den Polen und mir heute zu helfen?«

»Nein, ich muss noch etwas schreiben«, antwortet sie.

»Schreiben?«

»Ich schreibe. Ich möchte Autorin werden.«

»Worüber schreibst du denn?«

»Über ein Mädchen, das ohne Kontakt zu seiner Mutter aufwächst.«

»Also schreibst du über uns?«

»Nein.«

»Du bist ja ohne mich aufgewachsen.«

»Ja, aber diese Geschichte ist anders. Das Mädchen hinkt, seit es als Kind einen Unfall hatte, den die Mutter hätte verhindern können, wenn sie ihr Kind nicht verlassen hätte.«

»Aha, das klingt interessant, hast du schon einen Verlag gefunden?«

»Es ist noch lange nicht fertig.«

»Du hast also keine Deadline?«

»Nein …«

»Aber dann kannst du mir ja doch helfen.«

»Die Mauer ist dein Projekt, das schaffst du schon allein.«

»Ha, man könnte fast meinen, du wärst meine Tochter.«
»Man könnte meinen, du wärst meine Mutter.«

Ich ziehe meinen Rentieranzug an und setze die Kapuze mit den Geweihstummeln auf. Als ich die Tür öffne, drehe ich mich zu ihr um.
»Du«, sage ich. »Es war gut, dass du gekommen bist.«
Sie hebt das Kinn und lächelt. Doch noch ehe sie etwas erwidern kann, ziehe ich die Tür hinter mir zu.

Auroville, 2010

Kai

Beim Frühstück blättere ich in einer alten *National Geographic*. Ein einziger Baum verliert 200 000 Blätter im Jahr, die Gesamtzahl an Blättern, die von allen Bäumen der Welt fallen, ist unmöglich zu begreifen.

»Kai, das musst du dir ansehen«, sagt Dee und legt eine Tageszeitung vor mich auf den Tisch.

Sie deutet auf die Titelseite, wo ein Foto von dem Mann von gestern in einer gesunden und ordentlich frisierten Version die halbe Seite ausfüllt. Ganz unten ist ein unscharfes Foto von mir abgedruckt, wie ich seinen Kopf halte.

»Wie ist das denn in die Zeitung gekommen?«

»Der Mann mit dem Messer ist nicht irgendwer. Lies selbst«, sagt sie.

»Filmstar verhaftet«, lese ich.

»Der Messerstecher mit dem Turban zählt zu den größten Bollywoodstars in Indien. Er ist in Pondicherry, um einen neuen Film aufzunehmen«, erklärt Dee eifrig. »Wie seltsam, dass ihn niemand erkannt hat.«

»Ach, er ist berühmt?«, frage ich.

»In dem Artikel erzählt er, er habe sich tagsüber schlafen gelegt, und als er wieder aufgewacht sei, habe er sich plötzlich zwölf Kilometer von Pondicherry entfernt im Schoß eines asiatischen Mannes wiedergefunden. Er könne nicht erklären, wie es dazu gekommen sei. Irgendjemand müsse ihm eine Droge ins Essen oder Getränk gemischt haben.

Das Messer würde er nicht kennen, aber er erinnere sich daran, dass seine verstorbene Mutter ihn heimgesucht habe und dass der asiatische Mann, auf dessen Schoß er aufgewacht sei, gesagt habe, er werde ihn nie loslassen, und diese Worte hätten einen Knoten in ihm gelöst.«

»Es ist lustig, auf dem Foto kann man ganz deutlich das feine, leuchtende Feld erkennen, das deinen Körper umgibt«, sagt Dee.

»Das ist sicher nur eine optische Täuschung oder Schmutz auf der Linse«, erwidere ich.

»Du weißt, dass das nicht stimmt«, sagt Dee.

»Kannst du das wirklich erkennen?«, frage ich.

»Du machst einen so unmittelbar ehrlichen Eindruck, aber anscheinend traust du dir selbst nicht«, sagt sie.

»Das Licht, das meinen Körper umgibt, ist aus irgendeinem Grund auf Fotos deutlicher zu erkennen. Das ist eine Auffälligkeit, die ich zu dämpfen versuche. Wenn ich mich konzentriere, gelingt mir das.«

»Aber es ist doch nur Licht! Menschen, Tiere und Pflanzen, wir alle haben es. Das ist deine Lebensenergie.«

Die Sonne hängt hier tiefer über der Erde, und ihre Hitze macht mich entspannt und glücklich. Inzwischen habe ich meinen Motorroller und sause in hohem Tempo durch Auroville. Der Motor röhrt unter mir, aber der Roller erreicht mühelos eine Geschwindigkeit von dreißig bis vierzig Stundenkilometern. Dänemark, das Architekturbüro und Jensen, ja, selbst Sui flattern hinter mir wie Wimpel im Wind, und zum ersten Mal seit Jahren fühle ich mich frei. Aber so gut es mir tagsüber geht, so unruhig bin ich nachts. Fremde Geräusche sickern unsortiert in mich hinein, wenn ich schlafe. Ich erwache mit dem Gefühl, jemand oder etwas würde versuchen, in meine Seele einzudringen.

Ich halte an einem kleinen, offenen Schuppen, der als Kiosk dient, hier werden Kaugummis, Seifen, Zigaretten, Kekse und Benzin verkauft. Ein junger indischer Mann füllt den klaren Treibstoff mit einer alten Wasserflasche aus Plastik in meinen Tank.

»Waren Sie nicht in der Zeitung?«, fragt der junge Inder.

»Doch«, antworte ich.

»Ich habe Sie sofort erkannt«, sagt er.

»Aha«, sage ich und verscheuche eine Fliege.

Im selben Moment packt er plötzlich meine Hand und dreht die Handfläche nach oben.

»Was ist das denn?«, fragt er und deutet auf das Muttermal. »Ein Fleck, der einem Auge ähnelt«, fügt er nachdenklich hinzu.

»Das ist mein drittes Auge«, sage ich lächelnd.

»Eine Tätowierung?«, fragt er.

»Ein Muttermal«, antworte ich.

»Ein Muttermal«, wiederholt er. »Sie müssen mich unbedingt zu einer Freundin begleiten. Ich muss ihr das zeigen, es könnte das Zeichen sein, auf das wir gewartet haben.«

»Vielleicht ein andermal«, erwidere ich.

»Es ist wichtig!«, fleht er, und ihm steigen die Tränen in die Augen.

»Wenn es so wichtig ist, könnte ich vielleicht doch mitkommen«, sage ich.

»Sie wohnt nicht weit von hier entfernt«, sagt er und

trocknet sich mit dem Handrücken die Augen ab. Er setzt sich auf seinen Motorroller und dreht den Zündschlüssel um, und ich fahre ihm zunächst auf dem Weg hinterher, den ich gekommen bin, bis er plötzlich scharf in einen kleinen Pfad zwischen dichtem Buschwerk einbiegt. Wir folgen dem Pfad, bis er an einem Tor endet.

»Ich heiße übrigens Joe«, sagt er.

»Kai«, sage ich und gehe hinter ihm durch das Tor.

Keine Häuser oder Menschen sind zu sehen. Die Sonne strahlt zwischen den hohen Bäumen herab. Im Gegensatz zu den dicken dunkelgrünen Blättern des Dschungels flimmern die Bäume hier hellgrün und zart. Deshalb wirkt der Wald schattig, aber nicht dunkel.

»Geh du zuerst«, sagt Joe.

»Wohin?«, frage ich.

»Nach oben«, sagt er und deutet auf eine Holzleiter, die sich um einen dicken Stamm herum nach oben windet. Erst jetzt sehe ich die Häuser. Sie hängen rings um die Stämme der Bäume wie schwebende Holzschiffe, die gerade in den Kronen gelandet sind. Als ich das Ende der Leiter erreicht habe, ziehe ich mich das letzte Stück mit den Armen hoch. Ich richte mich auf, und kurz darauf erscheint auch Joes Kopf. Das Baumhaus hat drei Etagen. Ich entdecke eine Gestalt, die sich als dunkle Silhouette vor dem obersten Fenster des Hauses abzeichnet.

»Joe, bist du das?«, fragt sie.

»Ja. Und ich habe einen Gast mitgebracht«, antwortet er.

Wir stehen in einem kleinen Raum, der als Küche dient. Der Boden ist mit glattem Bambus ausgelegt. Wir klettern auf einer schmalen Wendeltreppe weiter empor, um schließlich das oberste Zimmer zu erreichen.

»Das ist Kai.«

Die Gestalt entpuppt sich als Leonora, die aufrechte Frau von gestern. Sie sitzt in einem langen weißen Kleid auf einem Hocker und hat ein weißes Tuch um den Kopf gewickelt. Um ihren Hals hängen lange Ketten aus Mondsteinen. Auf dem Fensterbrett sitzt ein kleiner Affe und zupft Blätter von einem Zweig. Er betrachtet uns neugierig.

»Hallo«, sage ich. »Wir sind uns schon einmal begegnet.«

»Ihr kennt euch?«, fragt Joe.

»Ja«, sagt Leonora, obwohl sie sich ansonsten durch nichts anmerken lässt, dass sie mich wiedererkennt.

»Wir sind gekommen, um dir das hier zu zeigen«, sagt Joe und ergreift erneut meine Hand.

»Interessant«, sagt sie. »Du könntest es sein.« Sie betrachtet mich eingehend. »Du hast eine außergewöhnliche Aura. Weiß und dicht, als würde man in eine Wolke hineingehen. Das ist mir gestern schon aufgefallen, aber es gibt so viele außergewöhnliche Phänomene. Zeig mir noch einmal deine Handfläche.« Ich öffne die Hand und lege sie mit der Handfläche nach oben in ihre. Am liebsten würde ich die Hand zurückziehen, bleibe aber trotzdem stehen.

»Was siehst du?«, frage ich.

»Das wird sich mit der Zeit herausstellen«, antwortet sie. »Danke, dass du gekommen bist.« Sie nimmt meine beiden Hände in ihre trockenen, faltigen und hält sie fest umschlossen. Dann macht sie die Augen zu, und ich spüre dort, wo das Auge an meiner Hand sitzt, einen Schmerz, als würde ich von etwas Spitzem gestochen. Das Licht um sie herum ändert sich und sieht genauso aus wie meines und jenes, das ich manchmal auch bei Sui aufblitzen sehe. Die

Audienz ist vorbei. Der Affe ist verschwunden. Die Blätter liegen auf einem ordentlichen Häufchen an der Wand, der Zweig davor, um sie an ihrem Platz zu halten.

Wir beginnen den Abstieg. Als wir bei den Motorrollern stehen, betrachte ich eingehend mein Muttermal. Der Stich hat einen brennenden Schmerz in der Handfläche hinterlassen, der sich nun im ganzen Körper ausbreitet, aber man sieht nichts.

Ich blicke zwischen den Bäumen nach oben. Plötzlich landet etwas auf meinem Rücken. Ich stoße einen Schrei aus. Der Affe hängt an mir, klettert weiter an mir hoch, stößt sich dann ab und springt auf einen dicken grünen Ast im Baum. Er blickt auf mich herab.

»Der mag dich«, sagt Joe.

»Kai?« Leonoras Stimme fällt wie ein Blatt zwischen den Bäumen herab. »Könntest du vielleicht noch einmal hochkommen?«

»Ich muss wieder zum Kiosk zurück«, sagt Joe.

»Schon gut, ich finde selbst hin.«

Dalarna, 2010

Sui

Wenn jemand eine Glaskugel schüttelt, schneit es. Miriam ist immer noch nicht aus dem Wald zurückgekehrt. Ich sitze vor dem Haus auf einem Kissen und sehe die Flocken tanzen, nach und nach werden alle Geräusche gedämpft, und bald erstarrt die Oberfläche des Sees und gefriert zu Eis. Mein Vater und ich haben die Winterferien immer in Jensens Ferienhaus am Hallandsåsen in Schweden verbracht. Wenn die Eisdecke dick genug war, konnte ich wie mein Vater über das Wasser gehen. Ich bettelte ihn an, mir zu zeigen, wie man das macht.

»Ich bin als Kind über das Wasser gegangen, aber ich werde es nie wieder tun, mein Schatz. Ich habe es gehasst, so anders zu sein«, erklärte er.

Plötzlich überkommt mich ein schlechtes Gewissen, weil ich Anton gegenüber die Fähigkeiten meines Vaters preisgegeben habe. Abgesehen von mir weiß sonst nur Jensen von unserem Familiengeheimnis.

»Es sind schon aus viel nichtigeren Gründen Menschen ins Gefängnis gekommen, besser, man hängt es nicht an die große Glocke«, sagte mein Vater.

»Aber vielleicht kannst du damit Geld verdienen?«, fragte ich.

»Anderer Menschen Sonntagsunterhaltung zu sein, hat noch nie jemanden glücklich gemacht.«

Inzwischen vergehen manchmal mehrere Tage, in denen ich nicht an Anton denke. Ich habe seine Nummer blockiert und nichts mehr von ihm gehört. Ich hatte gedacht, ich würde sterben, wenn wir je miteinander Schluss machen, aber ich kann gut ohne ihn überleben. Es kommt mir vor, als wären mehrere Wochen vergangen, seit ich Kopenhagen verlassen habe. Hier im Wald heilt das Herz schnell wieder. Die Begegnung mit Miriam lässt etwas Neues in meiner Brust keimen, das für Linderung sorgt. Ich erhebe mich und gehe auf die Schattenseite des Hauses, wo ein steiler Hang die Bäume ins Licht hinaufschiebt. Vielleicht sollte ich dort hinwandern? Ich schnüre gerade meine Stiefel, als mein Handy klingelt. »Unbekannter Teilnehmer«, zeigt es an. Ich spüre eine Unruhe im Bauch, deshalb nehme ich den Anruf an, ohne etwas zu sagen.

»Sui?«

Er ist es.

»Hey, Sui, bist du's?«

Ich lege auf. Es ist ein Gefühl, als hätte ich meine Arme und Beine verloren. Ich stehe wie ein versteinerter Torso im Schnee. Dann reiße ich mich zusammen. Erwecke meinen Körper zum Leben und gehe mit dem Telefon in der Hand zum See. Es ist alt und abgenutzt, ich glaube, es war das erste Handy meines Vaters. Er hat es mir gegeben, als ich ihm erzählte, dass ich mein Smartphone verkauft hätte, um nicht länger Teil dieser sinnlosen Kommunikation zu sein.

»Ich muss dich aber erreichen können«, sagte er.

Der Akku hält nur eine halbe Stunde, dann geht es aus.

Ich schreibe meinem Vater eine SMS: »Das Handy überlebt nicht mehr lange, melde dich bei Jensen, wenn etwas ist, sie weiß, wo ich bin. Grüß mir die heiligen Kühe. Kuss, Sui.«

Als das Handy auf der Seeoberfläche aufschlägt, zersplittert das Eis.

Auroville, 2010

Kai

Ich gehe in die Unity-Yoga-Halle. Die eine Wand besteht aus Spiegeln, die gegenüberliegende ist ein großes Fenster, das den Dschungel einrahmt. Es erinnert an ein Wandgemälde mit Hunderten Wäldern über Hunderten anderen Wäldern, und auf diese Weise entsteht eine Mehrdimensionalität, die weit in die Zeit zurückreicht, in das Gedächtnis des Waldes, bis in den Kern des Urwalds, jenen Ort, der noch nie von etwas anderem als dem Wald selbst berührt wurde.

Pushpa und Christof haben ihre Matten ausgerollt und sitzen bereit, ich lasse mich neben ihnen nieder. Kurz darauf kommt eine schmächtige Frau mit einer großen Tasche herein.

»Entschuldigung, ich habe verschlafen«, sagt sie.

Die übrigen Teilnehmer strömen langsam zur Tür herein, der Healer Frank, ein junges indisches Mädchen und sechs französische Studierende, ein Arzt aus Tschetschenien, eine junge Norwegerin, ein großer Engländer und sein iranischer Freund und Greta mit dem Haar, das wie ein Silberhelm schimmert.

»Ich bin Clotilde«, sagt unsere französische Yogalehrerin. »Herzlich willkommen.«

Sie kehrt die Handflächen nach oben, legt die kleinen Finger aneinander und formt mit beiden Händen eine Schale.

»Das ist die ›Patanjali Mudra‹, die symbolisiert, dass man immer etwas geben sollte, bevor man etwas nimmt«, sagt sie. »Es ist die Essenz des Yogas.«

Wir beginnen mit einem Gebet, reinigen die Nase und schließen mit tiefem Einatmen und Ausatmen. Das Ausatmen beenden wir immer mit einem ›Hum‹.

Clotilde sagt, man solle sich auf seinen Atem konzentrieren. Indem man seinen Atem kontrolliere, könne man auch seine Seele kontrollieren, erklärt sie.

Sie holt langsam Luft und hebt die Arme über den Kopf, dann stellt sie sich auf die Zehenspitzen.

»Spreizt die Zehen, damit ihr einen guten Stand habt«, sagt sie. »Und dann atmet ihr durch die Nase aus, während ihr die Arme sinken lasst.«

Ich habe mir irgendetwas unter dem Schulterblatt und an den Leisten verrenkt, und mein einer Ellenbogen schmerzt, aber wie durch ein Wunder gelingt es mir trotzdem, alles mitzumachen.

Nach dem Frühstück stehen »Fragen und Antworten« auf dem Programm. Clotilde leitet die Séance ein, indem sie auf eine Klangschale schlägt. Der reine, klare Klang vibriert im Raum und im Körper und hinterlässt ein seltsames Gefühl in meinem Inneren.

»Ich erzähle euch etwas zur Einleitung, und dann dürft ihr gerne Fragen stellen«, sagt sie und fährt fort. »Früher hatten die Leute Probleme mit den drei Instrumenten – Körper, Seele, Sprache. Der Gott Vishnu, der halb Schlange und halb Mensch war, bot drei Lösungen für diese drei Probleme an: Ayurveda für den Körper, Yoga für die Seele und Sanskrit, damit man die Veden lesen konnte. Das Yoga entstammt den Veden, die alles beinhalten, was man je wissen muss. In der westlichen Welt konzentriert man sich stark auf jenen Teil des Yogas, der nur den Körper betrifft, aber du musst dich immer fragen: Helfe ich damit auch der Seele?«

»Was ist integrales Yoga?«, fragt Christof.

»Früher folgte man nur einem System: Asanas, Meditation oder Philosophie, und wenn man jahrelang geübt hatte, wurde man eins mit dem Göttlichen und konnte das Irdische hinter sich lassen. Sri Aurobindo vertrat die Meinung, der Mensch solle nicht die materielle Welt verlassen, sondern stattdessen die irdische und die geistige Welt integrieren, indem er integrales Yoga praktiziert, also ein Yoga, das Meditation und Philosophie miteinander vereint. Aurobindo war sowohl Dichter als auch Philosoph, er glaubte, so wie wir uns von Affen zu Menschen entwickelt haben, könnten wir uns auch noch weiterentwickeln und schließlich zu Supermenschen werden.« Clotilde schlägt die Beine zu einem halben Lotussitz übereinander. »Gibt es noch weitere Fragen?«

»Und was hat Aurobindo über die Seele gesagt?«, fragt Greta.

»Er meinte, es gebe ein höheres, göttliches Bewusstsein. Jeder von uns trägt einen kleinen Funken des Göttlichen in sich. Um diesen Funken herum legt sich unsere individuelle Psyche. Die Erlebnisse, die uns formen, unsere individuelle Entwicklungsgeschichte und unsere Fähigkeiten. Der Funke ist das, was wir die Seele nennen.«

»Und was passiert, wenn man stirbt?«, fragt Greta.

»Wenn du stirbst, kommst du an einen besonderen Ort, wo du gereinigt wirst, aber die wichtigsten Entwicklungspunkte bleiben weiterhin an deinem göttlichen Funken haften. Wenn du gereinigt bist, wirst du wiedergeboren, manchmal sofort, manchmal wartest du tausend Jahre. Du wirst wiedergeboren, ob du willst oder nicht«, antwortet Clotilde.

Dalarna, 2010

Suis Notizen

Herz

Der Maschinenraum, aus dem das Blut herausfließt wie dicker, warmer Sirup. Ein Organ, das das Blut durch den Körper von Tieren und Menschen pumpt. Bei Menschen hat es die Größe einer geballten Faust. Das Herz ist in vier Kammern aufgeteilt. Sie gelten als körperliches und religiöses Zentrum und sind ein Symbol der Liebe. *Amors Pfeile bohren sich in die Herzen und sorgen dafür, dass sich Menschen ineinander verlieben.* Man kann vor Liebeskummer sterben, das Broken-Heart-Syndrom ist ein physisch messbarer Zustand, bei dem das Herz nicht mehr normal schlägt, wie gelähmt ist und im Körper hängt wie ein aufgeblasener Sack, der sich nicht länger zusammenziehen kann.

Herzbeutel

Pericardium, der Beutel, der bei einigen Tieren und auch beim Menschen das Herz umgibt. Bei anderen Tieren liegt das Herz in der Leibeshöhle, dem Coelom. Die Leibeshöhle ist ein Raum, der nur von den Wänden des Körpers begrenzt wird.

Blut

Das Blut steht für die Lebenskraft und die Liebe, kann aber auch als unrein empfunden werden. Menstruationsblut ist ein Beispiel für Blut, das mitunter als unrein aufgefasst wird. Früher wurden Frauen und Mädchen von der Gruppe getrennt, um niemanden anzustecken, wenn sie bluteten. Man kann das Blut eines Tieres trinken, damit seine Kraft auf einen selbst übergeht, oder das Herz eines Drachen essen und magische Kräfte erlangen. Blaues Blut ist feiner als rotes. Man kann sein Blut vermischen und für immer untrennbar sein. Im Blut ist eine Zelle ein Haus, und die Adern sind Straßen. Die Blutsbande binden Familien aneinander. Blut ist röter und dicker als Wasser, *blood ties*, das Blut ist ein Band oder eine Krawatte um den Hals, die man lockern oder straffen kann. Die Blutsbande übernehmen dort, wo die Kindheit aufhört. Sich auf die Zunge beißen oder sich die Zunge abbeißen. *Das hättest du nie sagen sollen.* Das Blut hat kein Gedächtnis, erinnert sich aber trotzdem an alles, es strebt die ganze Zeit zum Herzen, das im Pericardium hängt wie eine glänzende rote Perle; ein Ort, der nie von Kummer überschwemmt wird.

Interview, Dalarna, 2010

Miriam und Alice Shea vom Kunstmagazin *Looking Glass*, NY

»Wenn du sagst, ›Rodinia‹ ist ein Paradies – was bedeutet das?«

»Ich interessiere mich für den Mythos vom Paradies. 1987 erschien ein Buch des Archäologen Juris Zarins, in dem er behauptete, er hätte das Paradies gefunden. Aber das ist eine längere Geschichte.«

»Ich habe den ganzen Tag Zeit.«

»Die biblische Sage vom Garten Eden beginnt damit, dass Gott im Osten von Eden einen Garten anlegt. Und mitten in diesen Garten pflanzt er den Baum des Lebens und den Baum der Erkenntnis. Eines Tages verlockt eine Schlange Eva dazu, die verbotene Frucht zu kosten. Sie gibt auch Adam, ihrem Mann, etwas von der Frucht. Zur Strafe verweist Gott sie des Gartens, und später zerstört er Eden durch eine Sintflut.«

»Ja, das ist eine ikonische Erzählung.«

»Es gibt ja verschiedene Theorien darüber, was das Paradies ist. Von Zarins wurde Eden als historischer Ort gedeutet, den man auf der Landkarte finden kann. In der biblischen Erzählung liegt das Paradies zwischen den Flüssen Euphrat und Tigris, Pischon und Gihon. Euphrat und Tigris existieren, Pischon und Gihon auf den ersten Blick nicht. Zarins schrieb, im Epos von Gilgamesch fänden sich Parallelen zu den Geschichten vom Garten Eden und Noahs Arche. In der sumerischen Erzählung von Noahs Arche heißt der Mann, der sich nach der Sintflut auf der Erde niederlässt, Utnapischtim. Als Dank dafür, dass er die Menschheit gerettet hat, schenkt Gott ihm ewiges Leben, er muss lediglich die Pflanze des Lebens finden und davon essen. Die Pflanze befindet sich unter Wasser, am Ort der sumerischen Ausgabe des Paradieses: Dilmun, jenem Ort, wo das salzige Meer auf das Süßwasser trifft, wo alles Leben entsteht und alle Flüsse und Meere der Erde entspringen. In den 1980ern entsandte die NASA einen Satelliten ins All, der den Planeten in seiner Gänze fotografieren konnte. Zarins bekam einige Fotos geschickt, die Dilmun von oben zeigten, und als er ein trockenes Flussbett durch das östliche Saudi-Arabien verlaufen sah, wusste er, dass er Pischon gefunden hatte. Aber wo war der vierte Fluss, Gihon? Wie sich herausstellte, verlief ein großer Fluss, der heute Karun heißt, von den Zagrosbergen ins Land Kusch, wo er im selben Gebiet auf Euphrat und Tigris traf wie der Pischon. Die Flüsse hatten vier Quellen, flossen in südliche Richtung und sammelten sich zu einem großen Fluss. Zarins war der Meinung, dass Dilmun, eine Siedlung für Jäger und Sammler, die von dem lebten, was in der Natur wuchs, voller paradiesähnlicher Orte war. Als das Eis schmolz, stieg der Meeresspiegel, und die Paradiesgärten wurden überschwemmt, woraufhin die Völker in Dilmun weiter in den Norden nach Mesopotamien zogen. Sie mussten arbeiten, den Boden beackern und Tiere züchten, statt von dem zu leben, was Gottes Natur ihnen im Garten Eden geschenkt hatte.«

»Wie hängt das mit deinem Paradies zusammen?«

»Zarins suchte an einem realen Ort nach der Wahrheit

über das tatsächliche Eden. Ich wähle auch einen realen Ort als Zugang, aber ich erschaffe eine andere Geschichte, ein isoliertes Paradies, frei von menschlichem Einfluss. Die Idee kam mir durch den amerikanischen Architekten Russell N. Thomsen und seinen Vorschlag zum Umgang mit dem Konzentrationslager Birkenau. Er meinte, das verfallene Lager, jetzt ein Naturgebiet, sei als Ort des Gedenkens viel kraftvoller als die wiedererrichteten Lager mit Bergen von Schuhen und Zähnen und Bildern von ausgehungerten und leidenden Menschen. Die Leere und der Verfall hätten eine größere emotionale Wirkung auf ihn gehabt als die laute Erzählung. Deshalb schlug er vor, man solle stattdessen eine Mauer um das Gebiet bauen und es unberührt lassen, sodass die künftigen Besucher außen herumgehen, aber nie eindringen können.«

»Das ist interessant«, sagt Alice.

»Und wenn man bedenkt, dass sich die vier Kilometer breite demilitarisierte Zone zwischen Nord- und Süd-Korea paradoxerweise zu einem ganz einzigartigen Naturgebiet entwickelt hat, weil sie in den letzten sechzig Jahren von Menschen unberührt blieb, dann ist man fast schon bei meinem Paradies, Rodinia.«

Dalarna, 2010

Sui

Ich sitze da und starre aus dem Fenster, als ich sie entdecke. Erst denke ich, Miriam sei von der Jagd zurück. Dann wird mir klar, dass es die Greisin ist, die alte Eremitin, Mathilde, die im Kauf der Gebäude und des Grund und Bodens inbegriffen war. Sie ist wie eine ältere Ausgabe von Miriam, die beiden haben die gleiche Körperhaltung und den gleichen Gang. Genau wie Babys sehen sich auch alte Menschen untereinander oft ähnlich. Die Greisin ist dabei, einen Weg um das Haus freizuschaufeln. Als sie fertig ist, huscht sie in den Schuppen und kommt mit einer Tüte wieder heraus. Dann verschwindet sie zwischen den Bäumen.

Abends sitzen wir vor dem Heizofen und spielen Karten.

»Mathilde mag ja sehr alt sein, aber sie kann immer noch einen Weg freischaufeln«, sage ich zu Miriam.

»Sie beklaut mich«, erklärt Miriam. »Sie kommt einmal in der Woche her und erledigt ein paar praktische Arbeiten in der Nähe des Hauses, obwohl ich sie nie darum gebeten habe, und anschließend geht sie in den Schuppen und nimmt sich eine Tüte Fleisch als Bezahlung mit.«

»Das klingt ziemlich schräg«, sage ich.

»Ja, aber inzwischen habe ich mich daran gewöhnt«, sagt sie. »Wenn man so isoliert von anderen Menschen wohnt, entstehen immer spontane Regeln.«

In der Nacht träume ich, ein Nachtschwärmer würde mit seinen dünnen Flügeln gegen die Scheibe schlagen, um der Dunkelheit zu entkommen. Miriam und ich segeln in einem Boot auf dem See. Ein Sturm kommt auf, das Boot kentert, und sie sinkt auf den Grund wie ein Stein, ich tauche in das schlammige, aufgepeitschte Wasser hinab, doch sie ist weg. Das Boot wurde gegen die Klippen gespült, es schlägt wieder und wieder gegen die Steine, so wie der Nachtschwärmer wieder und wieder gegen die Scheibe prallt.

Auroville, 2010

Kai

Als ich ins Unity Center zurückkehre, steht das Abendessen bereit. Der Tisch ist gedeckt mit gefüllten grünen Paprika, einer dicken roten Butter-Masala-Soße und selbst gemachtem Käse, Reis und frisch gebackenem Brot. Maurice torkelt herbei, als gerade eine cremige Schokoladenmousse serviert wird. Er setzt sich zwischen Christof und mich und stellt eine Flasche Whisky auf den Tisch.

»Entschuldigt. Ich bin wirklich betrunken. Heute ist ein großer Tag. Mein Sohn ist vierundzwanzig geworden.«

»Du brauchst dich für nichts zu entschuldigen, du hast uns immerhin in dein Paradies gelassen«, sagt Christof.

»Ist das hier ein Paradies?«, fragt Maurice grinsend.

»Ja, denn du hast mindestens zwanzig Pfauen, es kann gar nicht anders sein«, sage ich.

»Anfangs waren es nur zwei, aber jetzt habe ich fünfundzwanzig. Und zu Hause noch mal zehn«, sagt Maurice.

»Fünfunddreißig Pfauen! Und ich habe erst zwei gesehen …«, sagt Christof.

»Ihr seid so jung. Ich werde nicht gern älter«, sagt Maurice. »Ich habe mein ganzes Leben lang Aikido gemacht, aber mit sechzig aufgehört. Das ist jetzt fünf Jahre her, fünf Jahre des Verfalls.«

»Du bist der Älteste hier, aber du machst uns andere jeden Tag glücklich«, sage ich. »Lasst uns darauf anstoßen.«

»Du lädst mich ein, in meinem eigenen Haus das Glas

zu erheben?«, fragt Maurice. »Na, wenn das so ist, *santé*! Auf die Jugend, die Weisheit und die Schönheit.«

»Prost«, sagt Christof.

»Skål«, sage ich.

»Auf uns«, sagt Maurice.

Dalarna, 2010

Miriam

Die Kälte hat Zähne, sie beißt überall, vor allem in die Nase und in die Wangen. Das Feuer des Ofens erlischt nachts nicht, wenn er genug Holz zum Naschen hat. Ich lege zwei Scheite hinein, puste in die Glut, damit sie wieder entfacht wird und den Kessel mit Wasser aufheizt. Mit meinen gichtgeplagten Händen umschließe ich die Teetasse, um meine Finger zu wärmen. Ich sitze vor dem Haus und blicke über den See, das Eis hat das Wasser mit einer dünnen, zerbrechlichen Haut überzogen. Die Bäume sind nackte schwarze Körper, ich vermisse nichts. Heute Abend werden wir eine Pilzsuppe essen. Ich sammle sie im Sommer, trockne sie und bewahre sie in Gläsern im Schuppen auf. Ich bin immer vorsichtig, studiere die Pilze genau und schneide sie durch.

Heute ist die Wintersonne viel zu stark. Sie weckt die Fliegen und hinterlässt Flecken von Erde und Gras im weißen Schnee. Eine Fliege landet auf meinem Hals, ich verscheuche sie, sie landet auf der Tischkante, verliert das Gleichgewicht und trudelt auf den Boden. Dann säubert sie ihre Flügel und hebt erneut ab.

Ich sollte wieder beim Mauern helfen, denn obwohl die Polen den größten Teil erledigen, beruhigt es mich, jeden Tag zur Arbeit zu gehen. Das beflügelt die Fabrikarbeiterin in mir, mir gefällt die wortlose Arbeit, die in Gemeinschaft mit anderen Körpern ausgeführt wird. Aus irgendeinem Grund kann ich mich heute nicht aufraffen. Als ich eine halbe Tafel Schokolade zum Frühstück esse, ist Sui immer noch nicht aufgestanden. Eine Eule flattert von der Dachrinne auf, oder ist es eine Taube? Inzwischen fällt es mir immer schwerer, zwischen der Wirklichkeit und meiner Fantasie zu unterscheiden. Im letzten Jahr ist es merklich schlimmer geworden. Anfangs hatte ich grässliche Angst, jetzt habe ich mich daran gewöhnt, mitunter ist es geradezu unterhaltsam. Ich brauche einen Assistenten, jemanden, der mir bei den praktischen Dingen helfen kann, putzen, meine Mails und meine Finanzen verwalten, jemanden, auf den ich mich verlassen kann, wenn meine Hirngespinste überhandnehmen und ich verschwinde. Sui ist genau zum richtigen Zeitpunkt gekommen.

Ich gehe hinein und wecke sie.

Auroville, 2010

Kai

Der Tag verläuft wie immer, eine Stunde Morgenmeditation, zwei Stunden Vormittagsyoga, eine Stunde Anatomie, Mittagessen. Ich merke, dass ich allmählich beweglicher werde von den Körperübungen und klarer im Kopf von den langen Meditationen. Es ist, als wäre der Körper aus einem jahrelangen Schlaf erwacht. Clotilde hat Maurice eingeladen, uns etwas über Auroville und The Mother zu erzählen. Meine Neugier ist gewachsen, während ich hier war, denn wer war sie eigentlich, diese Frau, die eine Kraft in sich trug, die groß genug war, eine neue Gemeinschaft zu gründen? Ich habe mein Aufnahmegerät mitgenommen.

> 1960 bin ich in Sri Aurobindos Ashram in Pondicherry gereist. Hier habe ich The Mother kennengelernt, die Leiterin, doch ich war nicht an ihr interessiert, ich wollte nur »die echte Ware«, Sri Aurobindo. Mir gefiel der Gedanke nicht, dass mein Guru von einer Frau aus der westlichen Welt verunreinigt worden war. Ich hatte während meines Aufenthalts auch nicht viel mit The Mother zu tun, aber ich sah sie jeden Morgen auf dem Balkon stehen. Als ich wieder aufbrach, wollte ich mich richtig verabschieden, also bat ich um ein Gespräch mit ihr. Ich hatte vor, eine kluge Frage zu stellen. Ich wollte fragen: Wenn alles vereint wird, Gut und Böse, das Weibliche und das

Männliche, Plus und Minus, sodass es keine Gegensätze mehr gibt, wie können wir dann noch Liebe ausdrücken? Ich öffnete die Tür und trat in ihr Zimmer. Sie saß vornübergebeugt auf einem Stuhl. Ich fiel vor ihr auf die Knie. Sie ergriff meine Hände und erlaubte es mir, durch ihre Augen in mich selbst hineinzusehen. Sie blickte so tief in mich hinein, dass all meine kleinen Geheimnisse enthüllt wurden. Es war eine solche Befreiung, dass es einen Menschen auf dieser Welt gab, der genau wusste, wer ich war. Kurze Zeit nach unserer Begegnung hatte sie die Vision einer neuen Gemeinschaft. Sie bekam ein Stück Land außerhalb von Pondicherry, unfruchtbar wie eine Wüste, hier gab es nur roten Staub. Erst gruben wir ein großes Loch und versammelten uns ringsherum, um das Land zu weihen. Menschen aus 124 Ländern kamen mit einem kleinen bisschen Erde aus ihrem Land, und wir sammelten die Erde in einem Krug, als Symbol dessen, was Auroville verkörperte. »Wir erbauen nichts, wir entfernen nur das, was im Weg steht«, sagte The Mother. Ihre letzte Botschaft an Auroville war: »Du darfst niemals lügen.« Wir waren ein streitsüchtiger Haufen, wir hatten nichts Heiliges an uns.

Als ich mich später an den Schreibtisch in der Ecke des Zimmers setze, spiele ich Maurice' Erzählung ab. Es bewegt mich, wie er beschreibt, welch große Bedeutung es für einen Menschen haben kann, von einem anderen gesehen zu werden. Ich beginne, Maurice' Worte niederzuschreiben, damit ich seine Erzählung mit Sui teilen kann. Der Bildschirm leuchtet wie ein Viereck in der Dunkelheit, das Licht zieht Insekten aller Größen an, ein einziges Schwirren hinter dem Netz. Ich habe ein schlechtes Gewissen, denn seitdem ich in Auroville angekommen bin, ist Sui phasenweise aus meinem Bewusstsein verschwunden. Hätte ich mehr an sie denken müssen?

Dalarna, 2010

Sui

Miriam?«

»Ja.«

»Ich habe das Gefühl, wir sind uns nähergekommen.«

»Ja, das stimmt wohl.«

»Vielleicht können wir ein paar von den Jahren aufholen, die wir verloren haben?«

»Du hast deinen Vater gehabt. Du bist geliebt worden.«

»Mir kommt es so vor, als würde ich versuchen, zu einem Ort zurückzufinden, den ich verloren habe.«

»Und du stellst dir vor, ich wäre dieser Ort?«

»Ich weiß es nicht. Du könntest es sein.«

»Sui, ich habe dich geboren, und ich mag dich, aber ich habe dich nie geliebt. Trotzdem bist du der einzige Mensch, für den ich Verantwortung empfinde. Irgendwie bist du immer bei mir. Vielleicht wirst du eines Tages selbst die Mutter, die du suchst, vielleicht wirst du wie ich. Ich habe keine Antwort darauf.«

»Das weiß ich.«

»Ich kann dir anbieten zu bleiben, und ich würde mich auch über deine Hilfe bei der Fertigstellung von Rodinia freuen. Ich bräuchte eine Assistentin, meine Sehkraft lässt nach, und meine Seele ist instabil. Aber das liefe natürlich zu meinen Bedingungen ab. Weinst du? Ich habe doch gerade gesagt, dass du bleiben kannst?«

Ich gehe in die Nacht hinaus. Aus dem Haus. Der Wald verschlingt alles, er hat meine Mutter verschlungen, bei lebendigem Leib. Ich weigere mich, in ihrer Wirklichkeit zu verschwinden, wenn ich das tue, bin ich ein Niemand, dann verschlingt sie mich so, wie der Wald sie verschlingt.

Dalarna, 2010

Sui

Miriam ist eingeschlafen, aber ich kann nicht schlafen. Meine Hände liegen auf meinem Bauch, der Knoten ist gewachsen. Jetzt bereue ich es, dass ich nicht ins Krankenhaus gegangen bin, um die Untersuchungsergebnisse zu erfahren. Ich vermisse meinen Vater, seine liebevolle, klebrige Fürsorge. Die Zweige kratzen draußen in der Dunkelheit an der Scheibe, eine Unruhe breitet sich in mir aus. Jetzt ist die Kälte in Miriam zum Vorschein gekommen. Es ist, als würden ihr manche Gefühle fehlen, die man braucht, um Fürsorge für andere zu entwickeln. Ich schleiche mich ins Wohnzimmer, setze mich an den Tisch und drehe eine Zigarette, ziehe den Rauch ein, halte ihn für ein paar Sekunden in der Lunge und lasse ihn zwischen meinen Lippen entweichen. Plötzlich fällt mein Blick auf ein kleines Buch, das zwischen den Naturbüchern steht. Ich stehe auf und ziehe es heraus. Es ist ein Reiseführer: *Facts on Korea*. Ich war schon immer von Korea fasziniert und habe mir seit jeher gewünscht, eines Tages mit meinem Vater dorthin zu fahren und einen Teil von uns selbst zu finden, indem wir seine Familie treffen. Das einzige lebende Familienmitglied, das ich abgesehen von meinem Vater habe, ist eines, das ich noch nie kennengelernt habe. Aber es gibt ihn. Mein koreanischer Großvater lebt noch, und warum sollte ich nicht zu ihm reisen, obwohl mein Vater selbst einen Widerwillen dagegen hat? Ich schlage das Buch auf. Es wurde vom »Koreanischen Übersee-Informationsdienst« herausgegeben. Meine Augen überfliegen die Sätze:

Die koreanische Halbinsel ist länglich.
Koreas südliche Küste ist 17 269 km lang.
Korea ist ein bergiges Land. Die Flüsse sind tief, kurz, reißend.

Im Norden ist das Land durch die Flüsse Yalu und Tumen und das Changbai-Gebirge von der Mandschurei und von Sibirien getrennt. Im Westen bildet das Gelbe Meer die Grenze zu China, und im Osten liegen das Japanische Meer und die japanischen Inseln. Das Klima ist gemäßigt, am wärmsten ist es im Juli und am kältesten im Januar.
Das koreanische Volk stammt von mongolischen Stämmen ab, die aus der jetzigen Mandschurei eingewandert sind.
Die Architektur ist vom chinesischen Stil geprägt, bei dem die Ecken des Dachs nach oben geschwungen sind. Die bunten Ausschmückungen der Dachtraufen und inneren Balken, genannt Danchung, sind dagegen ein rein koreanisches Phänomen.
Gemälde werden mit India Ink oder Wandfarbe auf Papier oder Seide erstellt. Zu den Lieblingsmotiven gehören die vier vornehmen Pflanzen: Pflaumen, Orchideen, Chrysanthemen, Bambus, aber auch andere Motive wie Gaststätten, Herbstszenen und sinnliche Frauen, die an einem Bach Wäsche waschen.

Hinten im Buch stecken ein paar lose Blätter mit Text und Fotos. Miriam hat in einer Ecke mit Bleistift das Wort »Projekt?« ergänzt. Ich lese:

HAENYO. Bis zum 19. Jahrhundert wurde das Tauchen nach Meeresfrüchten auf den südlichen Inseln Koreas hauptsächlich von Männern ausgeführt, doch die Arbeit wurde unrentabel, da die Männer hohe Steuern zahlen mussten – im Gegensatz zu den Frauen, die von der Steuer befreit waren. Deshalb waren die Frauen für den Fang aus dem Meer zuständig, die einzige Einnahmequelle auf der Insel Marado. Die Geschlechterrollen wurden vertauscht, die Frau war der Versorger und das Familienoberhaupt, die Männer kümmerten sich um die Kinder und den Haushalt. Diese Entwicklung stand im Gegensatz zur konfuzianischen Kultur in Korea, wo die Frauen traditionell den Männern unterstehen. Eine Zeit lang versuchten Beamte aus Seoul erfolglos, die Frauen am Tauchen zu hindern, angeblich, weil sie ihre nackte Haut zeigen würden, wenn sie im Meer waren. Ende der 1970er-Jahre stieg der Export insbesondere von Seeohren und Muscheln, und die Frauen des Meeres wurden reicher denn je. Sie zahlten ihre Häuser ab, bauten neue und schickten ihre Töchter auf die Universitäten. Doch der Wohlstand stellt jetzt eine Bedrohung des Erfolgs der Haenyo dar, denn wenn die Töchter eine Ausbildung haben, arbeiten sie lieber im Tourismus oder bleiben in den großen Städten. Aller Wahrscheinlichkeit nach werden die Taucherinnen irgendwann verschwinden. 1950 gab es 30000 Haenyos. 2003 waren nur noch 5650 Taucherinnen registriert, von denen 85 Prozent über fünfzig Jahre alt waren. Mit der sinkenden Zahl der

Haenyos und dem erstarkenden Tourismus erhalten die Männer der Inseln wieder mehr Möglichkeiten. Es ist ungewiss, was mit dem Status der Frauen in der Gesellschaft passieren wird, wenn die Taucherinnen verschwinden, aber es ist unwahrscheinlich, dass die matriarchalische Familienstruktur auch in Zukunft überlebt, es sei denn, sie wird von der Gegenwart eingeholt.

Wie ulkig, dass etwas aus der Vergangenheit in der Zukunft nur überleben kann, wenn es von der Gegenwart eingeholt wird. Auf den Fotos sehe ich die Taucherinnen bei ihrer Arbeit, die Messer, das Netz, ihre Werkzeuge, Frauen mit Tauchermasken mit Glasvisier schwimmen wie moderne Meerjungfrauen im Meer und sammeln Perlen. Mich fesselt das Foto einer alten Frau, die in ihrem schwarzen Anzug dasteht und die Tauchermaske in die Stirn geschoben hat, der Stolz, der aus ihren Augen leuchtet, macht sie alterslos, obwohl ihr Gesicht aussieht wie ein zerknittertes Lederstück. Die Kraft, die sie ausstrahlt, ist wie eine Urkraft, ich merke, dass sie etwas in mir weckt.

Ich möchte von hier weg. Ich gehe in mein Zimmer und packe meine Sachen. Dann schreibe ich Miriam einen Zettel. Ich lege ihn auf den Küchentisch und werfe den Schlüssel daneben, trete hinaus und schließe vorsichtig die Tür. Die Nacht ist frostklar. Die Sterne funkeln weit über mir in ihrem Netz. Ich werfe den Schlafsack, die Isomatte und den Rucksack auf den Rücksitz und fahre auf den zwei Radspuren zwischen den Bäumen weg vom Haus.

Auroville, 2010

Kai

Ich sitze vor der Hütte Nummer 6, als Christof vorbeikommt.

»Was hast du vor?«, frage ich.

»Ich treffe mich mit einer Freundin, die ein koreanisches Restaurant hat, möchtest du mit?«, fragt er.

Eine halbe Stunde später sitzen wir unter einem Baum und trinken grünen Tee aus kleinen Keramiktassen, deren Boden innen mit Fischen dekoriert ist. Unter dem Tee schwimmt der Fisch. Um uns herum sitzen noch einige andere Gäste aus dem Retreat.

»Willkommen«, sagt die koreanische Frau, die sich Sally nennt. Sie lächelt mich die ganze Zeit an, als würden wir etwas miteinander teilen, von dem die anderen nichts wissen. Bisher habe ich mich nie auf dieses gegenseitige Einvernehmen eingelassen, das oft entsteht, wenn ich anderen mit asiatischem Aussehen begegne. Normalerweise sehe ich weg, um meine eigene Fremdheit nicht noch zu verstärken, aber mit Sally ist es anders, ich schmelze in der besonderen Aufmerksamkeit dahin, die sie mir schenkt.

Der Tisch ist mit seladonglasiertem Geschirr gedeckt. Die zartgrüne Farbe der Glasur betont die Blattform der Teller. In der Mitte des Tisches steht eine Vase mit kleinen Zweigen mit blassgelben Blüten. Sally serviert frisch gepressten Limettensaft mit Granatapfelkernen, lila Klebreis mit Sonnenblumenkernen, ein Nudelgericht, eine Schale mit Lotusfrüchten aus dem eigenen Garten, eine würzige Kartoffel, verschiedene frische Kimchi-Arten. Zum Nachtisch gibt es süßen Reis mit Cashewkernen und ein Stück frischen Bambus, der wie eine Zuckerstange schmeckt. Der Teller ist schlicht mit einer essbaren blauen Blüte dekoriert. In allem, was Sally macht, liegt eine besondere Sorgfalt.

Jetzt stellt sie sich an die Tür und schlägt auf eine Klangschale, im selben Moment geht die Tür auf, und Leonora erscheint. Es wird still ringsherum.

»Wir möchten heute auch ein kleines Treffen hier im Restaurant abhalten«, erklärt Sally.

Leonora ergreift das Wort: »Es ist eine besondere Gruppe von Menschen, die sich hier versammelt hat. Mehrere von uns haben Zeichen dafür gesehen, dass du eine besondere Energie hast.« Leonora nickt mir zu. »Du trägst ein drittes Auge in deiner Hand, und deine Aura ist ungewöhnlich kräftig«, sagt sie. »Aber ob du auch deinen Intellekt zurückstellen und deine spirituellen Fähigkeiten entfalten kannst? Erst da wird es richtig interessant.«

»Greta, du hast Kopfweh, oder? Lass uns ein Experiment wagen«, sagt Frank, der Healer. »Kannst du sie von ihren Schmerzen befreien?«

»Ja«, antworte ich.

»Bist du einverstanden?«, fragt Leonora und sieht mich an.

»Ja.«

Ich gehe zu Gretas Stuhl und lege die Hände auf ihren Kopf. Als ich die Augen schließe, sehe ich gerade noch, wie etwas, das an einen dünnen schwarzen Rauchstreifen erinnert, aus ihrem Nacken aufsteigt.

»Sie sind weg!«, sagt Greta. »Die Schmerzen sind weg.«

»Hast du das schon mal gemacht?«, fragt Leonora.

»Ja, bei meiner Tochter und deren Mutter, bei meiner Mutter und einer einzigen Freundin von mir«, antworte ich.

»Und wie geht es dir jetzt?«, fragt Leonora.

»Gut«, sage ich. »Aber ich muss jetzt leider gehen.«

Ich fange Christofs Blick ein. Er nimmt die Panik wahr, die sich in mir ausbreitet, schiebt seinen Stuhl zurück und steht auf.

»Ja, stimmt, wir haben ja noch eine Verabredung«, lügt er.

Als wir gehen, ist es vollkommen still.

Dalarna, 2010

Miriam

Sui ist abgereist.

Und ich stehe auf und ziehe meine Hausschuhe an. Binde den Morgenmantel mit einem festen Knoten zu. Ich gehe in die Küche. Die Duftspuren, die sie hinterlassen hat, hängen immer noch überall, Tabak, Parfüm und ihr eigener Körpergeruch. Ich spüre ein seltsames Stechen in meiner Brust, nehme es aber nicht ernst. Ich habe keine Zeit, mich meinen Gefühlen hinzugeben, jetzt, wo ich die letzte Arbeit selbst erledigen muss. Was für ein Glück, dass die Polen hier sind, das sind inzwischen die Einzigen, die überhaupt noch arbeiten wollen. Ich öffne die Fenster. Als ich die Haustür öffne, sehe ich Mathilde aus der Scheune schleichen.

»Was machst du in meiner Scheune?«, rufe ich.

»Ich hole mir Fleisch«, ruft sie zurück.

»Manch einer würde das als Diebstahl bezeichnen«, sage ich.

»Ja«, sagt sie, »aber ich arbeite dafür.«

Sie sieht mich trotzig an.

»Möchtest du auf einen Kaffee reinkommen?«, frage ich.

»Ja, gerne, das klingt herrlich«, sagt sie und lächelt.

Ich habe die Greisin noch nie hereingebeten, aber ich möchte Suis Geruch aus dem Haus vertreiben. Mathildes Geruch ist scharf und säuerlich, er erinnert an eine Zitrone. Bestimmt kann sie den Raum von dieser Süße befreien.

»Wer war die junge Frau, die bei dir gewohnt hat?«, fragt Mathilde.

»Meine Tochter«, sage ich.

»Ach, du hast eine Tochter?«, fragt sie.

»Ja.«

»Und wo ist sie jetzt?«

»Woher soll ich das wissen? Sie ist schließlich ein selbstständiges Individuum.«

»Aha. Und wie läuft es mit deiner Mauer?«, fragt sie.

»Wir haben über die Hälfte geschafft.«

»Vielleicht kann ich meine Trolle in dein Paradies stellen.«

»Deine Trolle?«

»Ja«, sagt sie. »Ich mache Trolle aus Ton. Ich habe lange auf eine Eingebung gewartet, was ihre Bestimmung sein könnte, und als ich von deinem Projekt gehört habe, wusste ich, dass sie in deinem Paradies stehen sollen. Sie würden gut zwischen die Bäume passen.«

Eine Hobbykünstlerin ist das Letzte, was ich gebrauchen kann.

»Du bist also Töpferin?«, frage ich.

»Nein, eigentlich bin ich Bildhauerin, ich bin in Kopenhagen an der Akademie ausgebildet worden«, sagt sie. »Aber in den letzten dreißig Jahren habe ich hauptsächlich mit Ton gearbeitet.«

»Warum hast du nie erzählt, dass du eine Kollegin bist?«, frage ich.

»Du hast mich nie gefragt«, sagt sie.

»Wie alt bist du eigentlich?«, frage ich.

»Neunzig. Du musst mal vorbeikommen und dir die Trolle anschauen, dann wirst du sicher eine Entscheidung treffen«, sagt sie.

»Ich kann sie mir ansehen, aber mehr will ich nicht versprechen. Und noch was«, sage ich.

»Ja«, sagt sie.

»Ich bin jünger als du, aber ich spüre, dass mir, genau wie dir, nicht mehr viel Zeit bleibt. Du brauchst dich nicht anzuschleichen und zu stehlen. Können wir uns nicht einfach darauf einigen, dass du dir in Zukunft nimmst, was du brauchst?«

»Doch«, antwortet Mathilde. »Wunderbar.«

Auroville, 2010

Kai

Meine körperliche Erscheinung hat sich verändert. Die Haut, das Gesicht, alles hat sich gefestigt. Es ist mein letzter Tag im Yoga-Retreat, und meine Augen haben einen leuchtend klaren Glanz. Mein Körper hat Türen und Fenster, wie ein Haus, die sich der Welt öffnen und wieder verschließen. Als Fassade des Hauses sorgt die Haut für ein stabiles Klima im Inneren und schützt vor äußeren Einflüssen wie Wärme, Kälte, Bestrahlung, Bakterien. Ich hatte mir ein Haus erbaut und habe mich doch nie zu Hause gefühlt. Mir wird bewusst, warum ich mich selbst immer als Nomade betrachtet habe, obwohl ich zwanzig Jahre am selben Ort lebte. Wirklich heimisch habe ich mich nur in der Zeit gefühlt, in der ich kein Haus hatte. Mein Körper ist mein eigentliches Zuhause.

Frida und ich frühstücken, ich lasse mich von ihrem Anblick, ihrem Klang und Geruch erfüllen. Die weichen roten Lippen und die heisere Stimme, die dunklen, zusammengewachsenen Augenbrauen, der Duft von etwas Würzigem und ein Hauch von Jasmin.

»Möchtest du darüber sprechen?«

»Wie bitte?«, frage ich.

»Über das, was dich bedrückt«, sagt sie.

»Ich fange an, meinen Blick auf mich selbst zu verändern, und das macht mich unsicher, zwischendurch fühle ich mich wie ein Teenager.«

»Manche Teile der eigenen Persönlichkeit geben sich erst zu erkennen, wenn genug Raum für sie da ist«, sagt Frida.

»Ich glaube nicht an Wunder oder daran, dass wir durch Visualisierung heilen können, aber gleichzeitig tue ich ja genau das.«

Ich habe jahrelang dafür gearbeitet, ein erfolgreiches Architekturbüro aufzubauen, aber jedes Mal, wenn ich eine Spannung oder Blockierung in einem Körper löse, spüre ich eine tiefe innere Befriedigung. Ich habe einen Traum, der immer wiederkehrt: Ich stehe in einer roten Wüste vor einem toten Baum mit glatter Rinde. Der Baum schimmert silbern. Die Enden der Äste sind abgerundet, wie amputierte Gliedmaßen, doch plötzlich entfalten sie sich zu Hunderten großen, zartrosa Blüten. Sie öffnen sich wie eine zur Faust geballte Hand, die alle Finger spreizt.

Sie ist hier. Es ist kein Traum. Frida. Ich spüre ihren schamlosen Blick auf meinem ganzen Körper. Sie zieht sich aus, mein Körper und der ihre spannen sich wie zwei Bogen, das Begehren ist so intensiv, dass unsere Körper zittern und aufeinander zustreben, sich aber weigern, zusammenzufallen und eins zu werden. Der Genuss wandelt sich von schmerzlichem Begehren zu trägem, sanftem Streicheln über den ganzen Körper. Wir sind wie ein Mensch, der später als zwei Menschen in der Hängematte auf der Terrasse liegt. Wir versuchen, den Dschungel wie eine Decke über uns zu ziehen, weich und stachelig.

Kopenhagen, 2010

Suis Notizen

Silberfischchen

Oder Zuckergast, *Lepisma saccharina*, ist ein kleines, zur Ordnung der Fischchen zählendes Insekt, das schon seit 400 Millionen Jahren weitgehend unverändert existiert. Das Silberfischchen war eines der ersten Tiere, die das Meer verließen, um an Land zu leben. Zu diesem Zeitpunkt hatten die Insekten noch keine Flügel, deshalb ist das Silberfischchen flügellos. Das Silberfischchen ist mit dem Ofenfischchen verwandt. Es gehört zu den primitivsten Insektengruppen. Durch seine silbrige Farbe, die langen Antennen und die drei ebenso langen Borsten am Hinterleib ist es leicht zu erkennen. Ein erwachsenes Silberfischchen ist ungefähr einen Zentimeter lang. Seine silberne Farbe erlangt es erst nach der dritten Häutung. Ein Silberfischchen häutet sich im Laufe seines Lebens etwa acht Mal. Es kann bis zu acht Jahre alt werden und frisst alles, was Stärke enthält, auch Schuppen von Haut und Haar.

Haut und Haar

Die Haut symbolisiert die Oberfläche und das Äußere oder den Übergang zwischen dem Inneren und dem Äußeren, zwischen Leib und Seele. Man kann dünnhäutig sein und empfindsam und mit einer schutzlosen Seele auf die Herausforderungen des Lebens reagieren. Manchmal möchte man »aus der Haut fahren«, aber der Mensch kann seine Haut nicht abstreifen. Wenn etwas »unter die Haut« geht, hinterlässt es einen tiefen Eindruck. »Mit Haut und Haar« ist *all inclusive,* man ist mit Haut und Haar auf Charterreise. Wenn man jemanden »mit Haut und Haar« liebt, liebt man alles an ihm. Alles. Mit schutzloser Seele.

Kopenhagen, 2010

Sui

Ich parke das Auto vor dem Haus. Schließe die Tür auf, werfe meine Tasche in die Ecke und gehe direkt zur Küchenschublade, um nach dem Adressbuch meines Vaters zu suchen. Er hat mir nicht wie versprochen die Adresse meines Großvaters geschickt, aber sie muss darin notiert sein.

»Nur Architekten und alte Menschen haben noch Adressbücher, aber jetzt ist es ganz praktisch.«

Der Kaktus nickt.

»Und du brauchst Wasser.«

Er nickt erneut.

»Und du kannst gar nicht nicken«, sage ich.

Der Kaktus rührt sich nicht.

»Ich spreche mit dir, wie ich normalerweise mit Madonna geredet hätte.«

Der Kaktus bleibt reglos. Auf der Fußmatte hinter der Tür liegen immer noch Hundehaare. Der Futternapf steht weiterhin im Flur. Mein Vater hätte ihn vor seiner Abreise entfernen sollen.

Als ich die Adresse meines koreanischen Großvaters und seiner Frau finde, reiße ich die Seite aus dem Buch und stecke sie in die Tasche.

»Fehlt nur noch das Ticket«, sage ich und schalte den Computer ein.

Plötzlich höre ich ein Geräusch im Flur.

»Sui! Was für eine Überraschung«, sagt Jensen. »Wie war's in Schweden?«

»Miriam ist gerade dabei, ein Waldgebiet mit einer Mauer zu umgrenzen, die genau der Berliner Mauer entspricht, in einem Maßstab von 1:10.«

»Und wie lang ist sie?«

»15,5 Kilometer.«

»Nichts Geringeres als ein Superkontinent also«, sagt Jensen lachend. »Der Garten Eden liegt also in Schweden. Gibt es auch von allen Tierarten zwei Exemplare?«

»Es ist nicht wie die Arche Noah, und nein, die Idee dahinter ist, dass niemand hereinkommen darf und sich das Leben und die Natur hinter der Mauer unberührt von den Menschen entwickeln. Erst, wenn die Mauer von allein einstürzt, erhalten sie wieder Zugang.«

»Ein unheimlicher und gleichzeitig schöner Gedanke«, sagt Jensen. »Und ist sie immer noch so göttlich schön?«

»Das Glamouröse ist verschwunden. Sie sieht eher aus wie etwas, das der Fuchs von draußen hereingeschleppt hat.«

»Hat sie dich verletzt?«

»Ja, das hat sie wohl.«

»Und was ist mit Anton?«

»Ich denke nicht mehr richtig an ihn. Direkt nach unserer Trennung hatte ich Lust, mich zu rächen, aber jetzt bin ich eher gleichgültig. Ich hatte mich ja selbst auf eine offene Beziehung eingelassen, dabei konnte ich es in Wirklichkeit gar nicht ertragen.«

»Rache ist ein klebriger Mist. Sie sorgt nur für schlechtes Karma. Apropos Karma, wie geht es deinem Vater?«

»Um ehrlich zu sein, habe ich gar nichts mehr von ihm gehört.«

»Gar nichts?«

»Nein.«

»Seltsam.«

»Ja. Na, wie auch immer. Ich wollte gerade ein Ticket kaufen.«

»Wo willst du jetzt wieder hin?«

»Nach Korea. Aber ich fliege über Chennai und besuche ihn unterwegs.«

»Er wird sich freuen, dass du kommst. Hast du ihm eine Nachricht geschickt?«

»Nein, es soll eine Überraschung sein, und ich bleibe auch nur ein paar Tage.«

»Korea! Endlich macht mal jemand das, was ich sage.«

»Du hast mir doch nie gesagt, dass ich nach Korea fahren soll?«

»Nein, aber ich habe es gemeint, und ich habe deinem Vater gesagt, dass er hinreisen soll. Und jetzt übernimmst du es.«

Ehe ich reagieren kann, hat Jensen ihre Arme um mich gelegt, und ich platze wie eine Seifenblase, und alles bricht aus mir heraus, mehr brauchte es offenbar nicht.

Dalarna, 2010

Miriam

Hiroki begleitet mich überallhin. In letzter Zeit starrt er mich so seltsam an, das gefällt mir nicht.

Ich: Hör doch endlich auf!

Hiroki: Nicht, ehe ich mich gerächt habe.

Ich: Ha, du, du kannst einem Lebenden nichts mehr zuleide tun.

Hiroki: Das werden wir ja sehen.

Ich: Was meinst du damit?

Hiroki: Ich werde dich in den Wahnsinn treiben.

Ich: Nein, wirst du nicht, weil du mich liebst.

Hiroki: Ja, ich liebe dich.

Ich: Ich habe beschlossen, dir zu vergeben.

Hiroki: Mir zu vergeben?

Ich: Dass du mich im Atelier eingesperrt hast. Das war unheimlich und hat mir Angst gemacht, aber es war auch ein Vorteil, weil ich in Ruhe an meinen anspruchsvollsten Werken arbeiten konnte.

Hiroki: Miriam, ich wollte dich nie einsperren.

Ich: Die Tür war abgeschlossen!

Hiroki: Ja, von innen. Du hast sie abgeschlossen, damit ich dich nicht störe. Du hast wie eine Irre geschrien, wenn ich hereinkommen wollte.

Ich: Du verdrehst die Wahrheit.

Hiroki: Erinnerst du dich noch an die Klappe, die du in die Tür hast einbauen lassen, damit ich dir Essen durchreichen konnte, ohne dass du sie öffnen musst?

Ich: Halt den Mund.

Hiroki: Du erinnerst dich also?

Hirokis seltsame Behauptungen setzen sich in mir fest. Er ist manipulativ, aber je häufiger er seine Behauptungen voller Überzeugung wiederholt, desto mehr verwässert er meine Wahrheit. Meine Erinnerungen werden allmählich durch seine ersetzt, und ich beginne zu zweifeln: Wer von uns beiden hat recht? Hat er mich geschlagen, weil ich die Kontrolle über mich selbst verloren hatte, oder hat er mich geschlagen, bis ich die Kontrolle über mich selbst verlor? Ich habe das Gefühl, als würde mir in einem entscheidenden Moment etwas Wichtiges entgehen.

Ich sehe Mathilde, sie stapft durch das hohe Gras, das mit seinen langen Zungen an ihren dunklen Gummistiefeln leckt. Sie kommt auf meine Tür zu. Lautlos schiebe ich von innen den Riegel vor, schleiche ins Schlafzimmer und setze mich auf das Bett. Dann höre ich sie klopfen. Als ich nicht aufmache, rüttelt sie an der Tür. »Miriam!«, ruft sie. »Ich habe dich durchs Fenster gesehen. Mach auf, ich möchte nur etwas abgeben.«

Warum will diese Greisin nicht bleiben, was sie ist: allein. Ich ärgere mich darüber, enttarnt worden zu sein, schiebe den Riegel wieder zur Seite und öffne die Tür.

Sie reicht mir einen Umschlag.

»Ich habe kein Interesse«, sage ich.

»Es ist eine Einladung zu einer Vernissage, nimm schon«, sage ich.

»Bei wem?«

»Bei mir natürlich«, antwortet sie und lächelt wie ein Kind.

»Danke. Ich sehe sie mir an«, sage ich und schließe die Tür.

Ich werfe die Einladung neben die Küchenspüle, ein Schwarm Silberfischchen sucht darunter Zuflucht.

Auroville, 2010

Sui

Mein Vater ist hier einquartiert.«

»Wie heißt er?«

»Kai Winther.«

»Du bist Kais Tochter? Gestern, bevor er abgereist ist, hat er gesagt, er wünschte, wir beide würden uns kennenlernen. Und jetzt stehst du hier!«

»Er ist abgereist?«

»Nur für ein paar Tage.«

»Weißt du, wann er wiederkommt? Ich bleibe nur zwei Nächte, dann fahre ich weiter nach Korea.«

»Er ist mit einer Freundin in Tiruvannamalai, er kommt bald zurück. Wie ärgerlich, dass er nicht da ist, nachdem du den weiten Weg auf dich genommen hast. Möchtest du in seiner Hütte übernachten? Die steht ja sowieso leer.«

»Ja, gern, danke.«

»Keine Ursache. Ich hoffe, es wird dir hier trotzdem gefallen. Ich fahre nachher mit ein paar Freundinnen an den Strand, du könntest ja mitkommen?«

»Gibt es hier einen Strand?«

»Ja, hättest du Lust?«

Tiruvannamalai, 2010

Kai

Mein Haar fällt mir in die Augen, durch die viele Sonne wächst es schneller als sonst. Heute habe ich es zurückgekämmt, was mein Gesicht offener aussehen lässt. Ein blassgelber Gecko läuft über die Wand. Frida reist weiter. Ich habe beschlossen, sie bis nach Tiruvannamalai zu begleiten, einer Stadt, die kringelförmig um einen heiligen Berg in der Mitte des Landes angelegt wurde. Wir sind fast den ganzen Tag gefahren, als wir an der Bushaltestelle aussteigen und uns zwischen blau bemalten Buden und braunen Hunden in die Menschenmenge begeben.

»Was sollte man sich hier ansehen?«, frage ich.

»Den Arusha-Tempel und dann natürlich den heiligen Berg, der eine Inkarnation von Shiva ist und deshalb wie ein Kuhkopf geformt. Um den Kopf der Kuh herum hat man überall Heiligtümer platziert, Lingams.«

Wir beschließen, in einem Tuk-Tuk durch die Stadt zu fahren, den ganzen Weg um den Berg herum. Hier herrscht eine besondere Vibration, etwas schwelt im Berg, etwas Unkontrollierbares, aber Wohlwollendes.

»Bei Vollmond gehen Hunderttausende Menschen barfuß rund um den Berg, und ein gigantisches Feuer wird auf dem Gipfel entfacht«, erklärt Frida. Im Wind klingen ihre Worte wie kleine Schüsse.

Als wir den Arusha-Tempel passieren, ertönen Trommeln, und Menschen in feinen, funkelnden Stoffen strömen auf den Tempel zu, um sich in eine Schlange zu stellen. Wir gleiten hinein und folgen den Indern, die alle vor denselben Tafeln und Göttern stehen wollen, während ihre Münder Gebete und Wünsche murmeln. Dieselben Münder, die bald in der Nacht Hähnchenschenkel und Obst essen, seufzend, grölend und stöhnend. Die Sonne geht gerade unter, als wir uns bei einem lokalen Ashram absetzen lassen, der hinter einer weißen Mauer liegt. An der Rezeption sitzt ein kleiner indischer Mann mit nackten Füßen. Seine Bewegungen sind ruhig, seine Augen freundlich.

»Wir haben nur Einzelzimmer«, sagt er. Er gibt uns zwei Schlüssel, die schwer in der Hand liegen, und wir folgen einer gewundenen Treppe hinauf in den ersten Stock, wo Fridas Zimmer liegt.

»Bis später«, sagt sie und küsst mich zärtlich.

Ich gehe weiter hinauf in die nächste Etage und schließe die Tür zu einem spartanisch eingerichteten Zimmer auf. Ein Eisenbett, ein Tisch, ein Stuhl. Drei in die Wand eingelassene Regale und ein Ventilator. Das Bett ist zu kurz und in der Mitte eingesunken. Es ist, als würde man mit angezogenen Beinen in einem Schlauchboot für Kinder liegen. An der Wand hängt ein Plakat, das den Guru des Ashrams zeigt. Er hat einen entspannten Lotussitz eingenommen und trägt nur ein weißes Tuch, das wie eine Stoffwindel mehrmals um seinen Unterleib gewickelt ist, und darüber hängen große Hautfalten. Er lächelt freundlich auf mich in meinem Boot hinab. Die Geräusche der Stadt sind anders als das klare, vielfältige Knacken, Knistern und Zwitschern des Dschungels. Es sind Geräusche, die sich in organischen Tonarten, Rhythmen und Ausbrüchen äußern. Die Stadt ist ein konstantes Brummen von menschlichem

Lärm, Autos und Mopeds, die ständig beschleunigen und wieder abbremsen. Ich versuche mich wach zu halten, aber meine Augenlider klappen zu wie kleine Muscheln, und der Schlaf erschlägt mich wie eine Mauer. Ich höre nicht, dass Frida an der Tür klopft. Im Traum gehe ich in den Berg hinein. Die dunklen Gänge des Berges breiten sich aus wie ein labyrinthisches Netz, immer tiefer und tiefer hinein in den dunklen, schwarzen Stein.

Liebe Sui,
jetzt bin ich gerade in Tiruvannamalai, wo ich in einem kleinen Ashram übernachte. Heute früh um fünf bin ich zum Klang des Kirtan aufgewacht. Der Gesang entsprang einem Mund und floss durch das dunkle Morgengrauen. Ich ging barfuß die schmale, gewundene Treppe hinab, blieb stehen und versuchte mich zu orientieren. Eine große weiße Frau im Sari kam mir entgegen, und ich folgte ihr eine andere Treppe hinauf, die in einem schummerigen Meditationsraum endete. In der Mitte saß ein indischer Mann auf dem Boden. Die große Frau setzte sich im Schneidersitz neben ihn und sang mit einer Stimme, die überraschend hell war, und ihr Gesang folgte dem des älteren Yogis, als wären sie eine Stimme. Er saß unter einem großen Bild des Gurus des Ashrams und hatte einen Korb mit gelben Blumen zwischen den Beinen stehen, deren Stiele er mit den Händen abzupfte. Ich setzte mich ebenfalls im Schneidersitz neben ihn und sang mit. Ich fand es sonderbar, dass ich den genauen Wortlaut des Textes kannte, obwohl ich das Lied noch nie gehört hatte. Vielleicht imitierte ich auch nur den Klang und sang

irgendein Kauderwelsch, wie einer, der kein Englisch versteht, ein englisches Lied aber so mitsingen kann, dass es englisch klingt, ohne es zu sein. Sui, ich wünschte, du wärst hier.

Tiruvannamalai, 2010

Kai

Ich verlasse das Meditationszimmer und gehe die Treppe hinauf. Jetzt stehe ich auf dem kühlen, weiß gestrichenen Dach, und die Aussicht zu allen Seiten ist weit und schön. Der Berg steht da wie ein großer dunkler Riese, der in zartes, klares Morgenlicht gehüllt ist. Ich setze mich auf den Rand des Daches und blicke auf die Straße hinab. Dort liegt ein Mann auf einer dünnen Decke und schläft. Ein ähnliches Stück Stoff hat er über seinen ganzen Körper gezogen, auch über den Kopf. Ein Moped fährt heran und parkt einen halben Meter von seinem Kopf entfernt. Er rührt sich nicht und schläft einfach weiter.

Ich spüre sie, ehe ich sie sehe. Sie hat sich von hinten angeschlichen und ihre Hände über meine Augen gelegt wie zwei Schalen. Ihr Atem streift meinen Hals, dann lässt sie los. Ich blinzle, verliere die Orientierung, kippe nach hinten und falle in ihre Arme. Für einen kurzen Moment blitzen Miriam und Hiroki vor meinem inneren Auge auf, sie sitzen am Rande des Hausdachs, von dem er sich offenbar fallen ließ wie von einem Berg. Ich stelle mir vor, dass Hiroki die Hände über den Kopf hebt und vor und zurück schaukelt, und da: Miriams Hände auf seinen Schultern, die kleine, unmerkliche Krümmung in ihrem äußersten Fingerglied, als sie sich vorbeugt. Er stürzt, während ich wieder und wieder gegen Fridas weiße Pobacken stoße.

Die Begierde blendet mich, ich sehe nichts mehr, und mein Körper ist außerhalb meiner Kontrolle. Fridas Fingernägel in meiner Haut, sie hat Spuren hinterlassen.

Wir gehen durch ein Tor und durch eine Pforte, an der ein Pfad hinauf zum Berg beginnt. Entlang des Pfades stehen kleine Souvenirbüdchen. Nachdem wir eine halbe Stunde gewandert sind, begegnen wir einer größeren Affenhorde. Ein kleiner Affe bewegt sich auf Frida zu, und sie hält ihm einen Kugelschreiber hin. Der Affe schnappt sich den Stift und flüchtet damit.

»Was hast du als Nächstes vor?«, frage ich.

»Ich besuche ein Kloster in Nordindien, und dann fahre ich zurück nach Sardinien in mein ökologisches Essenslabor«, sagt sie. »Die Touristen wollen gefüttert werden, und ich muss experimentieren. Und du?«

»Ich fahre zurück nach Auroville.«

Ich küsse sie sanft, drehe mich weg und gehe zu der Feuerstelle. Die Flamme des Bergs ist erloschen, aber die Glut glimmt noch im Ruß. Der Wind brennt mir in den Augen, er bläht mein klebriges Hemd auf wie eine Tüte.

»Allein dieser Anblick ist das Ganze wert«, rufe ich über meine Schulter. Sie antwortet nicht.

Als ich mich umdrehe, ist sie weg.

Ich beginne den Abstieg vom Berg. Als ich an der Affenhorde vorbeikomme, sehe ich den Kugelschreiber auf dem Weg funkeln. Ich hebe ihn auf und stecke ihn in die Tasche. Die Affen haben das Interesse an dem Stift verloren und sehen mich gleichgültig an.

Auroville, 2010

Sui

»Nach dem Mittagessen muss ich wieder nach Chennai fahren, wenn ich mein Flugzeug erreichen will«, sage ich.

»Sui, es tut mir wirklich leid, dass du deinem Vater nicht mehr begegnet bist«, sagt Dee.

»Mir auch«, antworte ich.

»Ich habe heute Vormittag frei, soll ich dir das Matrimandir zeigen?«

»Ja, kannst du mich in die goldene Kugel bringen? Aber gibt es da nicht sogar eine Warteliste?«

»Ich kenne die Wachleute.«

Die Goldkugel befindet sich auf einer umzäunten Parkfläche mit angelegten Themengärten, die aber eigentlich aussehen, als würden sie nur aus grünen, saftigen Pflanzen bestehen.

»Matrimandir bedeutet ›Tempel der Mutter‹. Das Gebäude hat die Form einer Kuppel, die mit vergoldeten Scheiben belegt und von zwölf Kronblättern umkränzt ist. Das Herz der Kugel, ›Die innere Kammer‹, ist eine Meditationshalle, in der die größte Kristallkugel der Welt steht, die bei Carl Zeiss hergestellt wurde«, erklärt Dee.

Wir gehen über den Rasen auf das Matrimandir zu und bleiben vor dem riesigen Banyanbaum stehen. Die Leute sitzen und stehen schweigend vor dessen vielen einzelnen

Stämmen. Ich entdecke Clotilde und den Healer Frank, der im Unity Center wohnt, er steht da und umarmt einen von ihnen. Seine Augen sind geschlossen, er lächelt. Wenn ein Baum ein lebendiges Wesen ist, müsste es doch ein Übergriff sein, ihn zu umarmen, nur weil man Lust dazu hat? Ich betrachte den Baum, der aber nicht zu leiden scheint. Ich gehe zu einem der dicken Stämme, lege die Stirn auf die Rinde und umarme den Stamm ebenfalls, als wäre er ein Körper. Ich lege meine Wange gegen die Rinde, und es überrascht mich, dass es sich anfühlt, als würde man einen Menschen umarmen. Die Rinde fühlt sich rau und glatt zugleich an auf meiner Haut.

Auch wenn es so wirkt, schwebt die gigantische Goldkugel nicht, sie wird von einer Reihe Säulen gehalten, die wie die Blattstiele einer Lotusblume geformt sind. Unter der Mitte der Kugel befindet sich ein rundes Wasserbassin, das mit Seerosenblättern aus Beton bedeckt ist, und das Wasser fließt an ihnen herab wie ein versteinerter Fluss. Dee und ich stehen neben Frank, der inzwischen am Rand des Bassins sitzt. Als ich mich ebenfalls setze, versiegt das Wasser.

»Wo ist das Wasser hin?«, ruft Frank.

Ich stehe auf. Das Wasser strömt erneut von der Kristallkugel herab. Ich setze mich, und das Wasser versiegt. Ich stehe auf. Es strömt wieder. Ich spüre eine kindliche Euphorie darüber, dass meine Bewegungen das Wasser lenken. Frank starrt mich verblüfft an. Ich versuche, nicht allzu breit zu lächeln.

»Komm, wir gehen hinein«, sagt Dee.

Im Inneren der goldenen Kugel ist alles weiß, die Wände, die Säulen, die Bänke. Der Boden ist mit dicken weißen Teppichen ausgelegt, die weich wie ein Pelz sind. Wir setzen uns auf eine der in die Wand eingelassenen Bänke und bekommen von einem rothaarigen Mann lange weiße Socken ausgehändigt. »Die Socken müssen ganz hochgezogen werden, bis über die Hosenbeine«, erklärt der Guide und führt uns eine lange, spiralförmige Treppe hinauf, die frei im Raum schwebt, und direkt hinein in »Die innere Kammer«, wo meterhohe Säulen in einem Kreis um die enorme Kristallkugel stehen. Die einzige Lichtquelle des Raums bildet das Fenster ganz oben in der kuppelförmigen Wölbung, das Licht trifft die Kugel als konzentrierter Strahl.

»Drei gewölbte Spiegel fangen das Sonnenlicht ein und schicken es in konzentrierter Form direkt in das Kristall hinab«, erklärt Clotilde.

Fasziniert starre ich die Kugel an. Wenn die Sonne von einer Wolke verdeckt wird, zeigt sich das als direkte Spiegelung in der glatten Oberfläche, es sieht aus, als wäre der Himmel in der Kristallkugel.

»Wir meditieren dreißig Minuten lang«, sagt Clotilde.

Ich habe schon gemeinsam mit meinem Vater meditiert, aber nie länger als zehn Minuten. Eine halbe Stunde kann lang sein, wenn man still sitzt, ohne einen Ton zu sagen. Ich schließe die Augen und versuche, mir meinen Körper von innen vorzustellen. Das Einzige, was ich sehe, ist die Geschwulst. Sie wächst hastig, wallt empor und tost wie ein Wasserfall aus schwarzer Materie durch meinen Körper, um schließlich alles zu verdunkeln. Ich kann mich nicht bewegen. Das Schwarze füllt mich aus, strömt durch alle Öffnungen herein, Mund, Nase, Ohren, Anus, Harnröhre, Tränenkanäle. Fühlt es sich so an, zu sterben? Im Bruchteil einer Sekunde verwandelt sich die dunkle Materie in ein reines weißes Licht, ich schwebe über meinem Körper, das Licht breitet sich aus und bildet schließlich einen Kreis, der die anderen im Raum einschließt. Es gleicht dem Licht, das meinen Vater immer auf Bildern umgibt, es ist wahnsinnig schön. Als der Gong dreimal ertönt, versuche ich die Augen zu öffnen, aber ich kann es nicht. Es ist, als würde ein unsichtbarer, toter Körper auf mir liegen, so schwer wie eine altmodische Daunendecke. Mir ist ein wenig übel, aber davon abgesehen geht es mir gut, und plötzlich habe ich das klare Gefühl, dass ich nicht sterben werde. Diesmal muss mir mein Vater nicht die Hand auflegen, ich werde eine Lösung finden.

»Ist alles in Ordnung?«, fragt Dee.

»Ja«, antworte ich. »Ja.«

Dalarna, 2010

Miriam

Du bist gekommen?«, fragt Mathilde, als sie die Tür öffnet. Überrascht sieht sie jedoch nicht aus.

»Ich bekomme nur selten Gäste, du musst das Durcheinander ertragen«, sagt sie und tritt zur Seite. Überall in ihrer Hütte stehen die zwei Meter hohen Trolle, wie Bäume in einem Wald. Wir zwängen uns zwischen ihnen hindurch. Durch den Flur, in die Küche, das Wohnzimmer, das Schlafzimmer und bis in den Wintergarten.

»Ich bin wirklich beeindruckt«, sage ich. »Sie sehen aus, als würden sie all das bewachen, was nicht mehr existiert.«

»Man fällt den Wald«, sagt sie und murmelt weiter vor sich hin: »Man metzelt die Bäume nieder, man schlitzt die Stämme auf, als wären sie ein menschliches Heer. Die Schmerzensschreie können nicht durch die Rinde nach außen gelangen, stattdessen dringen sie in die Wurzeln hinab. Wenn man das Ohr auf den Boden legt, kann man sie hören, so wie das Rauschen des Meeres in einer Muschel.«

»Es ist seltsam, dass ich noch nie etwas von dir gehört habe«, sage ich.

»Die Kunstkritik hat sich noch nie für weibliche Bildhauer interessiert«, antwortet sie.

»Stellst du sie aus?«, frage ich.

»Nein«, sagt sie, »meine Aufgabe besteht nur darin, sie zu erschaffen.«

»Und was soll aus ihnen werden?«

»Sie sollen in dein Paradies kommen, in deine Geschichte«, sagt sie und fügt hinzu: »Aber das ist natürlich deine Entscheidung.«

»Dann entscheide ich hiermit, dass sie in meinem Paradies stehen sollen«, sage ich.

Ich versuche, meine Begeisterung zu verbergen. Die Figuren lassen mich erzittern, es passiert nur selten, dass mich die Kunst anderer so stark berührt. Ich sehe die Trolle vor mir, wie sie Hunderte Jahre unangetastet und stumm zwischen den Bäumen stehen. Der Efeu wird an ihnen emporranken, bis er eine zusätzliche Haut auf ihnen gebildet hat.

Mathilde holt eine Flasche Sherry.

»Darauf müssen wir anstoßen«, sagt sie. »Ich wusste, dass du kommen würdest und dass die Trolle ein Zuhause finden.«

»Auf die Trolle von Rodinia«, antworte ich und erhebe mein Glas.

»Hast du noch mal etwas von deiner Tochter gehört?«, fragt Mathilde.

»Nein«, antworte ich. »Ich kenne sie kaum. Sie ist nur im biologischen Sinne meine Tochter, sie ist bei ihrem Vater aufgewachsen.«

»Noch einen Sherry?«

»Na gut.«

»Hast du je überlegt, ob du adoptiert sein könntest?«, fragt sie.

»Nein«, antworte ich. »Wieso um alles in der Welt fragst du das?«

»Du wirkst so.«

»Ich wurde von meinem verstorbenen japanischen

Mann misshandelt, aber nein, adoptiert bin ich bestimmt nicht.«

»Das tut mir leid.«

»Ach, das habe ich mir nur ausgedacht, um deinem klebrigen Mitgefühl zu entkommen.«

»Bist du sicher, dass du nicht adoptiert wurdest?«, fragt sie.

Ein Teufel steigt in mir auf und springt aus meinem Mund.

»Du bist alt, aber bist du auch taub?«

»Es gibt keinen Grund, grob zu werden«, antwortet sie.

Ich drehe das Glas an seinem Stiel, als wäre es eine Ballerina aus Kristall und Sherry. Mathildes Frage bleibt, ich kann ihr nicht ausweichen.

»Ich bin nicht adoptiert«, wiederhole ich.

Als ich wieder in meinem eigenen Haus bin, spüre ich eine seltsame Unruhe im Körper, meine Gedanken kreisen immer weiter um Mathildes Frage. Es kribbelt in meinen Lippen, auf der Zunge und im Hals, und ein Feuer brennt in meinen Augen, die feucht werden und jucken. Mein Hals und mein Mund wachsen zu einem großen, geschwollenen Organ zusammen. Es ist eine allergische Reaktion, aber ich habe keine Ahnung, was sie ausgelöst haben könnte. Ich öffne meinen Sündenschrank, ignoriere mein Spiegelbild, krame zwischen Flaschen und Pralinenschachteln und hole die Packung mit dem Antihistaminikum hervor. Schlucke sicherheitshalber zwei Tabletten auf einmal. Der Wald ist mörderisch veranlagt, aber ich akzeptiere es nicht, dass er mich angreift, noch nicht. Ich lege mich auf mein Bett und ziehe den Schlaf über mich wie eine Decke. Als ich aufwache, habe ich das Gefühl, aus hohem Gras hervorzupurzeln. Die Tabletten haben gewirkt. Ich bin hungrig, mein Bauch ist eine leere Höhle. Ich stecke den Kopf in eine Schale mit kalter Grütze, die ich noch im Kühlschrank hatte, und fülle die Höhle.

Ich versuche, mich selbst von außen zu betrachten. Mir wurde immer gesagt, ich würde meiner Mutter ähneln, wir haben dieselben grünen Augen, und grüne Augen sind selten. An unserer Verwandtschaft bestanden nie Zweifel. Bis jetzt.

Ich gehe in den Schuppen und hole den Karton mit den Papieren meiner Mutter. Ich weiß genau, wo er steht, im Gegensatz zu den Kartons, in denen ich meine eigene Vergangenheit verstaut habe und die irgendwie immer verschwinden, wenn ich sie suche. Ich setze mich an den Küchentisch, breite den Inhalt vor mir aus und fange an, die Papiere zu durchwühlen. Ein Umschlag springt mir ins Auge. Ich reiße ihn mit den Fingern auf und ziehe zwei zusammengefaltete Blätter heraus. Das eine ist mein Taufschein. Meine Eltern sind fein säuberlich in der Kategorie »Eltern« eingetragen. Das andere Papier ist eine Geburtsurkunde, die schon zwei Jahre zuvor ausgestellt wurde. Unter »Name der Mutter« ist Mathilde angegeben. Ganz unten auf die Urkunde hat jemand mit Bleistift geschrieben: »Eines Tages kommst du nach Hause.«

»Die Greisin ist meine Mutter?«, murmle ich.

Hiroki, der mir gegenübersitzt, nickt.

Etwas rumort in mir. Dann breche ich lachend zusammen. Ich lehne mich im Stuhl zurück und lache, dass mir die Spucke aus dem Mund spritzt und die Tränen aus den Augen springen. Irgendwann tut mir der Bauch weh vor Lachen. Ich japse nach Luft. Dann wird alles still. Ich sitze reglos da wie ein Stein. Es fühlt sich an, als hätte ich den Mund voller Erde, selbst in meinen Augen knirscht es. Wie konnte ich siebzig Jahre lang leben, ohne zu merken, dass ich adoptiert bin? Meine Wirklichkeit, die mir immer so vorkam, als stünde sie neben der Wirklichkeit der anderen, ergibt plötzlich Sinn. Als würde das letzte Teil in einem Puzzle seinen Platz finden. Mein Aussehen, das sich bis auf meine grünen Augen so stark von dem meiner Eltern unterschied. Das ständig schwelende Gefühl, ich sei verkehrt. Die Rohheit, die ich entwickelte, um in der brutalen Kunstbranche zu überleben.

Das alles entpuppt sich jetzt als das, was es in Wirklichkeit war.

Die Verkaufsannonce, die unter meiner Tür hindurchgeschoben wurde, muss Teil eines Komplotts gewesen sein, um mich herzulocken. Ich fühle mich verraten und erniedrigt. Vor allem aber unendlich müde.

Auroville, 2010

Kai

Das Moped steht an einem ganz anderen Ort als dort, wo ich es abgestellt hatte. Die Rezeption ist leer, also nehme ich mir den Schlüssel selbst vom Brett und gehe zur Hütte Nummer 6. Als ich die Tür öffne, kann ich spüren, dass sie da war, ihr Duft hängt immer noch im Zimmer. Nein, das muss ich mir einbilden, Sui ist doch in Schweden.

»Sui?«, rufe ich, obwohl ich weiß, dass sie nicht antworten wird.

Erst da entdecke ich den Brief.

Lieber Papa,
ich bin auf dem Weg nach Seoul in Chennai zwischengelandet. Ich wollte dich überraschen, aber du warst nicht da! Trotzdem hatte ich ein paar tolle Tage hier, Dee hat mich in ihrer Freizeit herumgeführt. Wir haben auch viel über dich gesprochen, und sie hat mir erzählt, dass du hier in der Stadt sehr beliebt bist und eine Frau davor gerettet hast, niedergestochen zu werden! Heute Morgen haben sie mich ins Matrimandir mitgenommen, das war ein ziemlich seltsames Erlebnis. Das Kristall hat in mir gesungen. Vielleicht hat die Kugel dafür gesorgt – aber das Licht, das dich umgibt, war plötzlich in mir. Erst hatte ich Angst, aber jetzt

fühle ich mich vollkommen geborgen. Wenn wir uns sehen, erzähle ich dir mehr davon. Ich werde deinen Vater von dir grüßen, wenn ich ihn treffe. Ich zittere vor Erwartung angesichts dessen, was mich in Korea erwartet. Ich werde direkt von Seoul nach Marado fahren und dir wieder schreiben, sobald ich kann. Ich habe immer noch kein Handy, und das ist richtig befreiend.

Ich vermisse dich.

Kuss, Sui

PS: Es waren einige Leute hier und haben nach dir gefragt. Du hast ja beeindruckend viele Freunde gefunden in der kurzen Zeit.

Ich gehe zur Rezeption, wo Dee vor dem Computer sitzt. Sie sieht auf, als ich hereinkomme.

»Hast du Frida gut auf den Weg gebracht?«, fragt Dee.

»Ja«, antworte ich.

»Deine Tochter ist im Unity Center vorbeigekommen, aber heute nach Korea weitergereist.«

Ich merke, wie mir die Tränen in die Augen steigen, mein Blick verschwimmt.

Auroville, 2010

Kai

Die Katze hat ihre gelben Augen angeknipst und sich direkt vor mein Fenster gesetzt, um zu jammern. Ich zische sie durch das Gitter an, aber sie lässt sich nicht vertreiben. Ich gebe auf, krieche unter das Mückennetz, das einen quadratischen Schleier über meinem Körper bildet und mich vor dem vielen Gekreuch und Gefleuch schützt. Ich ziehe mir das dünne, geblümte Laken über und sinke in einen lindernden Schlaf.

Ich träume, dass Sui zusammen mit einem koreanischen Mann nach Auroville kommt, der im gleichen Alter ist wie sie. Sie behauptet beharrlich, der junge Mann wäre mein Vater. »Aber er ist doch fast noch ein Kind«, protestiere ich. Ich werde jäh aus dem Schlaf gerissen, als es an der Tür klopft.

»Kai, die Ersten sind schon da«, sagt Dee.

Ihre Stimme dringt durch das Fensternetz.

»Wie viel Uhr ist es?«, frage ich.

Mir flimmern Punkte vor den Augen, und zum ersten Mal seit mehreren Tagen würde ich mich am liebsten einfach nur wieder in den Schlaf flüchten.

»Fünf Uhr«, antwortet sie.

»Morgens?«, frage ich.

Meine Stimme findet nur schwer ihren Weg durch die Lippen hinaus.

»Ja.«

»Ich würde gern erst frühstücken.«

»Ich könnte dir ja etwas bringen?«, schlägt Dee vor.

Seit ich aus Tiruvannamalai zurückgekehrt bin, hat alles Fahrt aufgenommen. Die Gerüchte, dass ich heilende Kräfte habe, begannen sich auszubreiten. Ich hatte Lust, auszuprobieren, was passieren würde, wenn ich meine Fähigkeiten für etwas Sinnvolles einsetze. In der letzten Woche habe ich Tag und Nacht gearbeitet. Ich empfinde ein tiefes Glück, es ist, als hätten Teile meines Gemüts einfach brachgelegen. Ein ausgetrocknetes Gebiet, das jetzt bewässert wird, das wächst und gedeiht und noch größere Flächen in mir erschließt. Orte, die ich noch nie betreten habe, entfalten sich wie endlose Landschaften. Leonora hat mir den Rat gegeben, ich solle einen Raum zwischen ihnen und mir erschaffen, damit ihre Energie nicht auf mich überfließt und sie mich wiederum nicht direkt anzapfen können. Sie sagt, ich solle nichts von den Menschen annehmen, die ich heile. Stattdessen solle ich darauf achten, den Tag immer mit einer Meditation zu beenden, damit ich wieder auftanken kann.

Finn hat mir zum ersten Mal, seit ich abgereist bin, geschrieben und mich gefragt, wann ich nach Hause komme. Ich habe geantwortet, ich wüsste es nicht. Mit Sicherheit weiß ich nur, dass ich die lange Schlange von Menschen in der Unity Yoga Hall heilen muss. Doch obwohl es mir leichtfällt und ich Leonoras Anweisungen folge, fühle ich mich allmählich erschöpft. Es gibt so viele Leidende, und ich bringe es nicht übers Herz, sie abzuweisen.

Bis auf einen Tisch und zwei Stühle ist der Raum leer. Das große Fenster zum Dschungel bildet eine lebendige Wand hinter mir. Ich setze mich und schließe die Augen, entleere meinen Blick im Dschungel, denn bald werden die Türen aufgehen und die Leute hereinströmen. Als ich die Augen öffne, sitzt Leonora vor mir.

»Die Schlange geht bis zur Straße. Die Sache läuft allmählich aus dem Ruder«, sagt sie.

»Die Leute brauchen Hilfe«, erwidere ich.

»Ich hatte eine Besprechung mit der Gesundheitsklinik, sie wollen dir ein Behandlungszimmer und einen Mentor zur Verfügung stellen.«

»Aber ich bin doch kein Arzt«, sage ich.

»In unserem Gesundheitssystem arbeiten alle Heiler zusammen: Ayurvedische Ärzte, Akupunkteure und Psychotherapeuten stehen Seite an Seite mit den Medizinern der westlichen Tradition. Ich habe ihnen deine Situation erläutert, und sie sind sich einig, dass du in die Klinik einziehen solltest. Weil du kein Aurovillian bist, können wir dir aber kein Gehalt anbieten.«

»Ich bekomme doch jetzt auch keins.«

»Wohin gehen denn dann die Spenden?«

»Das musst du mit Maurice besprechen.«

»Ich bin wirklich dankbar, dass du hier bist«, sagt Leonora und steht auf. »Mir fällt erst jetzt auf, dass wir genau gleich groß sind.«

Seoul, 2010

Sui

Ich komme mit dem Flugzeug an. Der Flughafen summt wie ein Bienenkorb. Meine Schuhe sind abgelaufen, mein Haar ist zerzaust und mein Hosenanzug zerknittert. Ich falle aus dem Rahmen, denn alle Koreaner tragen Kleidung, die keine Falten wirft, ihr Haar ist frisch geschnitten, und die Schuhe glänzen genauso wie der Flughafenfußboden. Die Sprache, die meine Ohren erfüllt, klingt wie Kauderwelsch, ich verstehe kein Wort. An der Information versuche ich es auf Englisch.

»Ich würde gern in die Innenstadt? Nach Sjongnosaamga? Tjongno-sam-ga? Chongno-sam-ga? Nein, ich spreche kein Koreanisch, aber mein Großvater ist Koreaner. Er wohnt auf der Insel Marado, dem südlichsten Punkt von Korea. Sie verstehen immer noch nicht, was ich sage? Aber es kommt bald jemand, der Englisch spricht?« Ich warte. Das Mädchen hinter mir mischt sich ein.

»Du willst nach Marado?«

»Ja, aber ich wollte eigentlich erst in Seoul übernachten und dann herausfinden, wie ich morgen weiterkomme.«

»Das ist ja ein lustiger Zufall. Ich bin gerade auf dem Weg nach Marado, wenn du willst, kann ich dich mitnehmen.«

Das Mädchen trägt einen weißen Faltenrock, der über die Knie reicht, eine weiße Seidenbluse und einen taillierten azurblauen Blazer. Ihre Schuhe sind ockerfarben, passend zu einer glänzenden Handtasche, die an einer Goldkette über ihrer Schulter baumelt. Ihr schwarzes Haar ist zu einem exakten Pagenkopf geschnitten und der Pony so lang, dass man gerade noch die Augen erkennt. Sie lächelt nicht, aber ihre Augen betrachten mich neugierig.

»Danke! Ich könnte ja das Benzin bezahlen?«

»Ich habe es dir angeboten, deshalb bist du mein Gast, und ich bezahle«, sagt sie. »Ich heiße Nam Ou, aber du kannst mich Sam nennen.«

»Sui«, sage ich.

»Sui«, wiederholt sie. »Ich stehe im Parkhaus. Dann lass uns aufbrechen.«

Dalarna, 2010

Miriam

Ich habe beschlossen, die Vergangenheit auf sich beruhen zu lassen. Adoptiert oder nicht. Natürlich ist es unangenehm, dass die Greisin meine biologische Mutter ist. Aber jetzt, da ich den Schock überwunden habe, ändert sich ja im Grunde nichts. Ich bin wie ein Mensch, der das ganze Leben geglaubt hat, er würde hinken; jahrelang hat der Körper das kompensiert, und die Muskeln und Sehnen haben sich dieser Unregelmäßigkeit angepasst. Mein Körper wird sich nicht verändern, weil ich eine andere Mutter habe. Unabhängig davon bin ich die, die ich bin. Mathildes Trolle werden im Paradies stehen, dafür sorgen Juri und die anderen Polen, und ich brauche sie nicht wieder in mein Haus zu lassen.

Ich bin gerade dabei, Tauben zu schlachten. Die Katze folgt meinen Bewegungen mit den Augen. Ich lege eine Taube nach der anderen auf den Hackklotz. Ich hebe die Axt und haue zu. Kleine Federn schweben zwischen tanzenden Staubkörnern, andere kleben auf dem Holz fest.

Ich habe schon zwanzig Tauben geköpft. Ihre Körper habe ich aufgehängt, damit sie abtropfen. Die Köpfe liegen wie Kugeln in spiegelblanken Stahlbecken.

Die Katze leckt sich das Maul.

Hiroki: Hast du vor, sie zu essen?

Ich: Nein, aber ich kann sie sicher für irgendetwas gebrauchen.

Hiroki: Wozu denn?

Ich: Das weiß ich nicht, und wenn ich es wüsste, würde ich es dir nicht erzählen.

Hiroki: Du arbeitest schlampig. Guck mal, da rollen mindestens drei Köpfe auf dem Boden herum.

Ich: Ich habe keine Lust, mit dir darüber zu diskutieren.

Hiroki: Solltest du nicht mal untersuchen lassen, ob du allmählich blind wirst?

Ich: Nein, das werde ich auf keinen Fall, darauf kannst du Gift nehmen.

Ich lasse die Axt sinken. Das Blut der Tauben tropft herab. Meine Beine fühlen sich an wie Gelee. Ich sacke auf den Boden und bin kurz davor, in der Dunkelheit zu versinken, als mir die Katze mit ihrer kleinen, rauen Zunge das Gesicht ableckt.

Hiroki: Du bist müde, wir machen morgen weiter.

Ich stehe auf und gehe zur Tür, aber Hiroki versperrt mir den Weg.

»Aus dem Weg, du Trottel«, sage ich und gehe geradewegs durch ihn hindurch. Als ich die Tür zum Schuppen schließe, sind die Fliegen bereits gekommen.

In der Küche erlange ich die Fassung wieder. Es hat mich zu sehr beeinflusst, dass Sui abgereist ist. Sie hat einen seltsamen Schatten in mir hinterlassen. Wenn ich ihn nur einfangen könnte und mit irgendetwas füllen, mit Kies zum Beispiel, oder mit den Federn der toten Tauben. Aber wie fängt man einen Schatten?

Ich setze mich hin und schreibe in mein Skizzenbuch:

Mein Tod.
Ich habe mir eine große Puppe aus Filz gebaut, einen Kokon, in den ich zusammengekauert eben so hineinpasse. Oben ragt ein Baum heraus. Im Boden wird ein Loch ausgehoben. Meine verpuppte Leiche wird gerade so tief herabgesenkt, dass der Baum noch oben herausragt. Die Wurzel saugt Nahrung aus meinem Körper, der in der Rinde und den Blättern wiedergeboren wird. Ich entwickle ein System, mit dessen Hilfe ich mich selbst begraben kann, wenn die Zeit kommt. Mein Baum soll in der Mitte des Paradieses stehen, Seite an Seite mit dem ältesten Baum der Welt.

Auroville, Skype-Anruf, 2010

Kai

Hallo? Die Verbindung ist wirklich gut«, sagt Jensen. »Ich kann dich sehen!«

»Ich sehe dich nicht«, sage ich.

»Dann schalte deine Kamera ein«, erwidert sie.

»Wo denn?«

»Auf dem Symbol, das aussieht wie eine Kamera. So.«

»Hast du etwas von Sui gehört? Ich mache mir etwas Sorgen, sie wollte mir eigentlich Bescheid geben, wenn sie gut in Korea gelandet ist.«

»Keine Nachrichten sind gute Nachrichten, mach dir nicht so viele Gedanken.«

»Aber ich habe das Recht dazu, mir Gedanken zu machen, ich bin ihr Vater!«

»Du bist doch derjenige, der auf Reisen schwer zu erreichen ist, weil du dich in einem Entwicklungsland aufhältst.«

»Ich bin in Indien.«

»Ja, genau, und wie geht es dir dort?«

»Meine Depression ist weg.«

»Man hört auf zu jammern, wenn man von Leuten umgeben ist, die sich kein Essen leisten können.«

»Hier sind die Leute aber nicht arm. Auroville ist ja eine eigene kleine Gemeinschaft, alle arbeiten fünfundzwanzig Stunden in der Woche und bekommen denselben Lohn. Die Hälfte der Einwohner sind Inder, der Rest sind alternativ denkende Menschen aus neunundvierzig verschiedenen Ländern. Du bleibst an einem einzigen Ort und triffst Leute aus der ganzen Welt. Ich glaube, dir würde es hier sehr gefallen. Komm mich doch besuchen.«

»Mir gefällt der Gedanke von einer Gemeinschaft, in der die Fürsorge für die Natur und die seelische Entwicklung über der Wirtschaft stehen. Ich werde darüber nachdenken.«

»Ich habe tatsächlich überlegt, ob ich hierbleiben soll.«

»Dann besetze ich in der Zwischenzeit dein Haus.«

»Ja, tu das. Aber ich muss jetzt Schluss machen. Sag mir Bescheid, wenn du etwas von Sui hörst.«

»Okay, mache ich.«

Korea, 2010

Sui

Das Auto riecht neu, und Sam duftet nach Anis und Tang. Wir fahren durch lang gestreckte bebaute Gebiete zu der Autobahn, die nach Busan führt. Von dort geht eine Autofähre nach Jejudo.

»Von Jejudo müssen wir noch eine Fähre nehmen, die von der Stadt Moseulpo nach Marado fährt.«

»Hat *do* eine Bedeutung?«

»In Verbindung mit Namen wie Mara und Jeju bedeutet es ›Insel‹. Aber es hat noch viele weitere Bedeutungen«, erklärt Sam. »Darf ich fragen, was du auf der Insel vorhast?«

»Ich möchte meinen Großvater besuchen«, antworte ich.

»Du siehst gar nicht aus wie eine Koreanerin«, sagt sie.

»Ich bin Dänin und nur zu einem Viertel Koreanerin«, sage ich.

»Ich habe von dir gehört.«

»Ja?«

»Wir sind nur neunzig Einwohner auf der Insel«, antwortet sie. »Wir sind wie eine große Familie. Im Guten wie im Schlechten. Und es gibt nur einen Mann, der ein Enkelkind in Dänemark hat.«

»Wohnst du immer noch da, oder besuchst du deine Familie?«

»Ich war das ganze letzte Jahr nicht mehr auf Marado, aber ich bin auf der Insel aufgewachsen«, antwortet sie. »Ich lebe jetzt in Seoul. Ich bin Modedesignerin.«

»Wie alt bist du?«

»Neunundzwanzig«, sagt sie lächelnd.

»Du siehst aus wie Anfang zwanzig. Du hast gerade gesagt, du hättest von mir gehört?«

»Ja, dein Großvater ist ein Zugezogener, aber seine Frau, Mi-Ok, kommt von der Insel. Sie ist die beste Freundin meiner Großmutter. Sie sind beide Haenyos, koreanische Perlentaucherinnen. In einer so kleinen Gemeinschaft kann man nur schwer etwas verbergen, die persönlichen Geschichten der Menschen werden zum Gemeinschaftsgut. Du heißt Sui, und dein Vater heißt Kai«, sagt sie. »Dein Großvater und Mi-Ok haben sich auf Jejudo kennengelernt, kurz nachdem er aus Dänemark zurückgekehrt ist. Sie haben sich auf Marado in Mi-Oks Elternhaus niedergelassen. Mi-Ok konnte keine Kinder bekommen, aber wie ihr Name sagt, war sie eine ›schöne und große Perle‹. Sie verdient den Lebensunterhalt für sie beide und ist eine der besten Apnoetaucherinnen, die wir je hatten. Mi-Ok und meine Großmutter kennen sich schon immer, sie haben meine Mutter in die Lehre genommen und wollten auch mir das Tauchen beibringen, aber ich möchte mein Leben nicht unter Wasser verbringen. Ich war schon immer verrückt nach Mode und habe von einem Leben in der Stadt geträumt, wo ich eine Handtasche tragen kann. Hast du Hunger?«

»Ja, ein bisschen«, antworte ich.

»Kommst du an die Kühltasche auf der Rückbank?«

Ich greife nach hinten und öffne mit einer Hand die Tasche. Darin stehen Dosen und kleine Flaschen mit Getränken und Plastikschachteln mit etwas, das wie Sushirollen aussieht.

»Das ist Gimbap«, erklärt sie. »Die koreanische Variante von Sushirollen. Diese hier sind mit Wurst.«

»Mit Wurst?«, frage ich.
»Ja«, sagt sie. »Findest du das komisch?«
»Ja«, antworte ich.
»Du bist ehrlich«, sagt sie lachend. »Das ist gut.«

Dalarna, 2015

Miriam

Letzte Woche bin ich fünfundsiebzig geworden, und ich gehe immer noch jagen, beteilige mich aber nicht mehr an den Maurerarbeiten, das überlasse ich den Polen. Juri ist ein zupackender und energischer Mann, der mir täglich Bericht erstattet, und ich lobe ihn für seinen Fleiß. Obwohl ich seine Gesellschaft schätze und ihn immer zum Kaffee einlade, vermeide ich es, eine persönliche Beziehung zu ihm einzugehen. Den Kaffee trinken wir immer draußen. Mathilde hat dagegen inzwischen einen festen Platz in meinem Haus. Sie ist Mitte neunzig, aber körperlich fitter als ich, weil ich inzwischen unter schwerer Gicht und Sehstörungen leide. Sie hilft mir bei den täglichen Verrichtungen, vor allem beim Kochen. Juri hat ihr in der Scheune eine Strohhütte gebaut, und nachdem wir ihre Tontrolle in Rodinia platziert hatten, ist sie dauerhaft in die Scheunenhütte gezogen. Sie ist eine hervorragende Assistentin, denn obwohl sie alt ist, hat sie eine überaus schnelle Auffassungsgabe und versteht, was ich will; oft sogar noch bevor ich es formuliert habe. Wenn wir Tonfiguren wären, dann wäre ich aus ungebranntem Ton, sie dagegen bei hoher Temperatur gebrannt und glasiert. Sie ist ein Stein, der Hunderte von Jahren überdauern wird, ich dagegen verwittere.

»Erzähl mir von deiner Kindheit«, sagt Mathilde.

»Nein. Aber du könntest mir ja mal die Details meiner Adoption berichten.«

»Es fällt mir schwer, darüber zu sprechen«, sagt sie.

»Ja, das respektiere ich auch«, erwidere ich.

»Du strahlst etwas Düsteres aus, etwas, das ich nicht an dir gesehen habe, als du ein Kind warst«, sagt sie. »Es macht mich krank vor Kummer, dass ich nicht weiß, was passiert ist.«

»Jetzt ist es zu spät, um sich über meine Kindheit zu sorgen«, sage ich.

»Aber ich stelle mir die ungeheuerlichsten Dinge vor. Nachts plagen mich Albträume. Ich weiß genau, dass ich die Vergangenheit nicht mehr ändern kann, aber wenn ich Gewissheit hätte, könnte ich die Verantwortung für das übernehmen, vor dem ich geflohen bin.«

»Spuck es endlich aus, dann verspreche ich dir, deine Ehrlichkeit zu erwidern«, sage ich.

Mathilde holt tief Luft. Sie reibt ihre Handflächen aneinander. Dann richtet sie sich auf.

»Ich war besessen. Als ich diesen Mann kennengelernt habe, warst du sieben Jahre alt. Er war für mich das, was die Kunst für dich ist. Mein Leben, meine zweite Hälfte.«

»Und mein Vater?«, frage ich.

»Dein Vater?«, fragt sie zurück.

»Ja, wer war er?«

»Er war Komponist, er hat klassische Musik komponiert, die vom rhythmischen Tropfen und Plätschern des Wassers inspiriert war und von den Schreien und dem melodischen Zwitschern der Vögel. Von den Lauten der Natur wie dem Quaken der Frösche, dem Blubbern der Lava, dem Hall der

Höhlen. Seine Musik war ein Echo all dessen. Er war verheiratet, und seine Frau war hinreißend, mit langem blondem Haar, aber sie tauchte für lange Phasen ab, wie eine Bärin fiel sie in eine Art Winterschlaf, und in dieser Zeit trafen wir uns, er und ich, aber dann kam der Sommer, und sie kroch wieder aus ihrer Höhle und entblößte ihren glatten Körper und ihre spitzen Brüste. Sie stellte sich ihm zur Verfügung, mit Haut und Haaren, wie eine Puppe, würden manche sagen, und er liebte Puppen. Sie hatten drei Kinder, ich hatte keine Chance mit meinen dunklen Locken und meiner maskulinen Lust. Er sah nicht gut aus. Er war sommersprossig, hochgeschossen und schlaksig, seine Hände und Füße und Ohren waren zu groß, aber seine Musik war die Musik des Universums, sie weckte eine Sehnsucht bei jedem, der sie hörte. Dass sie durch ihn hindurchströmte und ihn als Kanal wählte, genügte, damit alle in seiner Nähe bleiben wollten. Ich trennte mich von ihm, aber nach dem Bruch hörten wir weiter seine Musik, du und ich. Ich ging zu seinen Konzerten, als du in meinem Bauch warst. Wir spielten seine Stücke auf dem Plattenspieler, und auf diese Weise bekamst du das Beste von ihm, seine Töne verpflanzten sich in dich und keimten.«

»Wie hieß er?«

»Hans Murner«, antwortet Mathilde.

»Hans Murner war mein biologischer Vater? Wusste er, dass ich sein Kind bin?«

»Ja«, sagt Mathilde.

»Er war mein leidenschaftlichster Fan. Er kam zu all meinen Ausstellungen, blieb aber immer im Hintergrund. Wir unterhielten uns nur oberflächlich, er war sehr wortkarg. Wenn er Werke kaufte, lief das immer über meine

Galeristin. Ich betrachtete ihn als mein lebendes Maskottchen. Ich hielt immer nach ihm Ausschau, und wenn ich ihn sah, wusste ich, alles würde gut gehen. Als er eines Tages plötzlich nicht mehr kam, wusste ich, dass er tot war und dass es ein böses Omen war, und wenige Tage darauf stürzte mein damaliger Mann in Tokio von einem Hochhaus.«

»Hans war ein wunderbarer Mann, aber etwas einseitig für meinen Geschmack«, sagte Mathilde. »Und jetzt möchtest du wissen, wie ich mein eigenes Kind verlassen konnte? Und ich werde antworten: Ich war alleinerziehende Mutter, aber ich lebte in einer Zeit, in der alleinerziehende Mütter von der Gesellschaft gebrandmarkt wurden. Manchmal wurde ich sogar angespuckt, und ich hatte kaum Geld. Ab und zu verkaufte ich ein paar Skulpturen, aber nie genug, um die Miete davon bezahlen zu können, deshalb wohnten wir zusammen mit anderen Armen in Zimmern mit mehreren Betten oder übernachteten bei Freunden auf dem Sofa, manchmal konnten wir auch vorübergehend in ihre Wohnungen oder Häuser ziehen, wenn sie verreist waren. Oft kamen wir bei einer meiner engsten Freundinnen und ihrem Mann unter, sie hat auf dich aufgepasst, seit du klein warst. Weil sie selbst keine Kinder bekommen konnte, genoss sie unsere Gesellschaft, vor allem deine. Als wir das letzte Mal bei ihr waren, wollte sie ihren Cousin zum Essen einladen, der in Dänemark zu Besuch war. Er lebte in Indien, in einem Gebäude, das wie ein Palast aussah und wo er meditierte, sich berauschte, auf seinem Elefanten spazieren ritt und seine drei indischen Frauen unterhielt. ›Wo hat er denn das Geld her?‹, fragte ich. Und sie antwortete: ›Er ist ein großartiger Flötenspieler, er kann über fünfzig verschiedene Flöten spielen und ist auf vielen internationalen Aufnahmen zu hören, zum Beispiel auf Alben der Beatles. In Indien kostet ein Palast ja so gut wie nichts, und obwohl ich mehr Geld habe als er, kann ich mir keine Goldrandteller für zwei Kronen kaufen, und es quält mich, ihn in meinen bescheidenen Räumen empfangen zu müssen.‹ ›Lass mich den Tisch decken und schmücken‹, bat ich. Ich deckte den Tisch wunderschön mit meiner eigenen Keramik, die wie große Muscheln aussah, und füllte Kristallgläser in allen Größen mit Wasser und Fischen aus dem großen Aquarium meiner Freundin. Ich gestaltete aus aussortierten Blumen aus dem Blumenladen im Erdgeschoss neue Blumengestecke, die wie Korallen aussahen. Der Raum, der nur vom Abendlicht und von den flackernden Kerzen erhellt wurde, duftete wie ein Garten. Als der Cousin mit seinem orangefarbenen Turban ankam, hatte das Zimmer eine Aschenputtel-gleiche Verwandlung durchlaufen. Er sah mich an, und ich sah ihn an. ›Meinst du, wir sollten heiraten?‹, fragte er. ›Ja‹, sagte ich. In meinem Inneren war nichts als ein schallendes Ja. Wir konnten den Blick nicht mehr voneinander abwenden, und die drei Frauen, die, wie sich herausstellte, in Wirklichkeit nur seine Freundinnen waren, schäumten vor Wut, aber wir bemerkten es nicht. Zwei Tage später ging ich mit ihm nach Indien. Ich habe nur die Verliebtheit wahrgenommen, aber dahinter verbarg sich eine große graue Trauer wie ein undurchdringlicher Nebel, der immer größer werden würde, wie ein unersättlicher Magen. Meine Freundin sagte: ›Wenn du mit ihm mitgehst, lass Miriam hier bei uns. Indien ist nichts für Kinder, sie braucht Stabilität, eine Schulbildung, Geborgenheit, ihr Leben war schon vorher viel zu ungeregelt. Wir können ihr ein Zuhause geben. Wir haben die Liebe und die Mittel, und sie kennt mich.‹ Ich antwortete: ›Sie ist meine Tochter, natürlich kommt sie mit.‹ ›Ja, sie ist deine Tochter, aber denk daran, was das Beste für sie ist, denk nicht nur an dich selbst‹, erwiderte meine Freundin. Tief in meinem Inneren wusste ich, dass sie recht hatte. Ich würde nie eine Familie mit ihm bilden können, du würdest immer ein Bastard bleiben, der ohne Wurzeln aufwächst, ein Mensch, der keinen Ort hat, an den er zurückkehren kann. In der Nacht vor meiner Abreise stand ich auf, legte mich neben dich und sog deinen Duft ein. Ich prägte mir alles ein, deine warmen Wangen, deine kleinen Hände, dein lockiges, dunkles Haar, das um dein kleines Gesicht wogte. Als ich aufstand, um zu gehen, hörte ich ein Klirren, etwas zerbrach in mir, ich wusste, dass ich nie wieder zurückkehren könnte, weil ich mir selbst nie würde verzeihen können. Ich wollte mich irgendwo hinlegen und sterben, wo mich niemand sehen konnte.«

»Aber wie konntest du das tun?«, sage ich.

»Was?«, fragt Mathilde.

»Dein eigenes Kind verlassen«, antworte ich.

»Wie konntest du deins verlassen?«

Auroville, 2010

Kai

Große, schwere Tropfen fallen herab. Die Geräusche des Dschungels ertrinken im Regen. Die kräftigen Blumen schließen sich, die zarten werden zerstört. Die Insekten, die schon fast ausgetrocknet und zu Papier geworden waren, schwellen durch die Feuchtigkeit wieder an. Ein Mensch hat etwa fünfeinhalb Liter Blut. Die Mücken saugen nur ein kleines bisschen ein, wenn sie stechen, die Proteine aus dem Menschenblut nutzen sie, um Eier zu produzieren, die zu Larven werden, und in der Larve wächst eine Mücke heran, die eines Tages ihre Hülle sprengt und die Flügel entfaltet. Mücken dürfe man ruhig umbringen, sagt Maurice.

»Zieht die Menschenseele nur in etwas ein, das Augen hat?«, frage ich.

»Mücken haben sogar Augen«, antwortet er. »Im Prinzip kann man auch als Mücke wiedergeboren werden, aber weil das nur selten passiert, kann man guten Gewissens hin und wieder eine erschlagen.«

Als die Sonne schließlich wieder hervorbricht, steigt unerträgliche Feuchtigkeit auf. Ich habe Halsschmerzen, vielleicht bin ich erkältet, denn ich niese und fühle mich immer kränker. Ich rufe Jensen über Skype an.

»Hast du etwas von Sui gehört?«

»Nein, nicht, seit sie weggefahren ist. Wie läuft's im Land der Mutter?«

»Ich habe im Laufe von zwei Wochen mehr über mich gelernt als in den letzten zwanzig Jahren, aber allmählich flaut meine Euphorie ab.«

»Glauben sie immer noch, du wärst ihre neue Mutter?«, fragt sie.

»Das weiß ich nicht, ich habe zu viel zu tun, um darüber nachzudenken. Aber es gefällt mir nicht, dass Sui sich nicht meldet, das sieht ihr gar nicht ähnlich.«

»Glaubst du nicht, wir würden es erfahren, wenn ihr etwas zugestoßen wäre?«

»Vielleicht.«

»Ich verspreche, dass ich dir sofort Bescheid gebe, wenn ich etwas von ihr höre. Du könntest dir in der Zwischenzeit aber auch mal ein Telefon anschaffen, damit sie dich erreichen kann. Skypen kann sie ja nicht.«

»Natürlich, du hast recht, ich kaufe mir morgen eine indische Prepaid-Karte.«

Ich lege auf und versuche, meine galoppierende Panik zu zügeln. Was ist, wenn Sui überfahren wurde und der Täter Fahrerflucht begangen hat, wenn sie irgendwo in Korea tot im Straßengraben liegt? Ich schreibe Jensen, dass sie die Adresse meines Vaters aus meinem Adressbuch in der Küchenschublade hervorsuchen und mir schicken soll. Nach einer Stunde antwortet sie, dass die Adresse nicht da ist, es seien ein paar Seiten aus dem Buch ausgerissen worden. Ich gehe ins Internet und suche nach dem Namen meines Vaters, finde aber nichts. Ich fahre zu Sallys koreanischem Restaurant. Der Wind zerzaust mein Haar, sodass es zu Berge steht, als ich bei Sally anklopfe.

Sally saugt die Luft durch die Zähne ein, es erzeugt ein pfeifendes Geräusch.

»Am einfachsten wäre es wohl, direkt hinzufahren.«

»Ich muss bis nach Korea reisen, um mit ihnen in Kontakt zu treten?«

»Leider können wir das nicht von hier aus machen. Umzüge und Adressänderungen werden immer noch manuell in den Bürgerämtern registriert, du müsstest also persönlich hinfahren.«

»In einem Land, das technologisch so hoch entwickelt ist, dass sogar die Küchengeräte mit einem sprechen?«

»Es sei denn, du kennst jemanden vor Ort, der dir helfen kann.«

»Das sind ja gerade die Leute, die ich gern kontaktieren würde.«

»Es tut mir leid, Kai.«

»Es ist ja nicht deine Schuld, dass meine Tochter weg ist.«

Ich rufe Jensen an.

»Ich halte diese Ungewissheit nicht aus. Ich muss wissen, ob es Sui gut geht. Marado ist einfach so wahnsinnig weit weg von allem. Willst du mit nach Korea kommen?«, frage ich.

»Gerne. Ich brauche dringend neue Inspiration, und Korea wollte ich schon immer gern sehen. Du darfst mir gratulieren, denn mein Roman wurde gerade angenommen«, antwortet sie.

»Das müssen wir feiern, wenn wir uns sehen.«

»Und wir müssen darauf anstoßen, dass du zu deinen Wurzeln zurückkehrst.«

»Wir waren tatsächlich jeden Sommer in Korea, bis ich acht Jahre alt war.«

»Das hast du nie erzählt, erinnerst du dich an etwas?«

»Nein, an nicht besonders viel.«

»Ich habe heute Nachmittag noch eine Lesung, aber morgen könnte ich aufbrechen.«

»Ich buche die Tickets und schicke dir deins.«

»Du bist ein Schatz.«

Jejudo, 2010

Sui

Sam parkt das Auto, und wir nehmen unser Gepäck und gehen zum Fahrkartenschalter.

Die Überfahrt ist kurz, die Sonne brennt.

»Deine Mutter ist weltberühmt«, sagt Sam.

»Ich weiß«, erwidere ich.

»Hier ist sie auch ziemlich bekannt. Als sie in Japan gewohnt hat, war sie ständig in den koreanischen Medien präsent. Als ich ein Kind war, ist sie ein Vorbild für viele koreanische Mädchen gewesen. Wie ist denn euer Verhältnis?«

»Ich habe sie auch bewundert. Aber ich bin bei meinem Vater aufgewachsen, und sie hat uns nie besucht. Das heißt, sie ist zwar meine biologische Mutter, aber ich würde nur meinen Vater als Elternteil bezeichnen.«

»Studierst du?«

»Nein, im letzten Jahr habe ich gearbeitet und an einem Buch geschrieben, und jetzt bin ich hier«, sage ich.

»Ich habe meine Großmutter angerufen. Mi-Ok und sie holen uns von der Fähre ab«, sagt Sam. »Was weißt du schon über die Insel?«

»Sie ist klein und hat die Form einer Süßkartoffel. Sie ist etwas mehr als vier Kilometer lang und nur 39 Meter breit. Früher war sie bekannt als Keumdo, ›die verbotene Insel‹. Es gibt kein Süßwasser, deshalb wird das Regenwasser aufgefangen. Die Bewohner leben vom Meer, vor allem vom

Perlentauchen, und weil nur die Frauen tauchen, ist die Insel auch dafür bekannt, dass sie die Versorger sind und die Männer den Haushalt führen.«

»Na, dann weißt du ja wirklich schon alles«, sagt sie.

Eine halbe Stunde später stehen wir in Marado am Kai. Ich fühle mich verschwitzt und klebrig. Mi-Ok ist eine winzige Frau. Sie ähnelt der Frau, die ich auf den Fotos in Miriams Buch über Korea gesehen habe. Ihre Haut ist ledrig, dunkel und fleckig nach einem langen Leben im Meer unter der Sonne.

»Das ist ein Wunder, ich hätte nicht gedacht, dass ich dich je treffen würde«, sagt Mi-Ok mit Tränen in den Augen.

»Ich bin sehr glücklich, hier zu sein«, antworte ich. »Wo ist mein Großvater?«

»Weißt du das gar nicht? Wir haben uns vor einem halben Jahr scheiden lassen. Er ist wieder nach Seoul gezogen. Hat dein Vater dir das nicht erzählt?«, fragt sie.

»Ich glaube, er weiß es genauso wenig wie ich«, sage ich.

»Aber ich bin auch deine Familie, und dein Großvater taugt nicht viel, er trägt einen viel zu großen Stein in seinem Herzen. Halt mal still und lass dich ansehen. Wie hübsch und stark du bist, aber was hast du da Komisches an deinem Bauch?« Sie legt beide Hände darauf, und es müsste mir übergriffig vorkommen, aber seltsamerweise ist es ein gutes Gefühl.

»Das ist eine Geschwulst«, sage ich.

»Eine Geschwulst?«, fragt sie. »Es gibt Pulver, die gegen so etwas helfen.«

»Pulver?«

»Ja«, antwortet sie und nimmt meine Hand. »Aus Seepferdchen. Komm, Sui, jetzt gehen wir nach Hause.«

Auroville, 2010

Kai

Als ich auf den staubigen roten Wegen zurück ins Unity Center fahre, quält mich nur eines mehr als die Ungewissheit, wo Sui ist: dass ich meinen Vater besuchen muss, wenn ich nach Korea fahre. Wird er mich überhaupt wiedererkennen, kann ich etwas anderes in ihm sehen als einen Fremden? Erst gestern noch wollte ich nichts lieber, als mich in Auroville niederzulassen. Ich hatte Pläne für eine ganz andere Zukunft geschmiedet, aber jetzt spüre ich plötzlich deutlich, dass ich weitermuss. Es ist wie ein Strom in mir, der mich mitreißt. Als ich zu meiner Reise aufbrach, befolgte ich verzweifelt Lai Kims Rat, ich schwor mir selbst, Ja zu sagen, keinen Widerstand zu leisten und mich meiner Umwelt gegenüber nicht die ganze Zeit skeptisch zu verhalten. Das hat mir etwas eröffnet, was ich nur geahnt, aber nie richtig gekannt habe. Ich spüre einen Stich in der Brust, eine Traurigkeit darüber, Auroville zu verlassen und vielleicht nie wieder zurückzukehren.

Als ich mich dem Dschungel nähere, sehe ich eine Gestalt am Wegrand warten, es ist Leonora. Sie hebt den Arm zu einem Gruß, und ich bleibe vor ihr stehen. Wir sind sofort auf einer Wellenlänge, ich kann in ihren Augen erkennen, dass sie weiß, dass ich abreise.

»Meine Tochter ist in Korea, und keiner hat etwas von ihr gehört«, sage ich.

»Du bist Teil unserer Gemeinschaft, aber vielleicht kannst du auch woanders praktizieren. Ich wünschte, wir könnten dich behalten. Aber wir sind alle freie Menschen, die ganze Welt ist unser Zuhause.«

»Ich weiß genau, was ich tun muss, aber ich habe keine Ahnung, warum. Das Merkwürdige ist, dass es mir nichts ausmacht. Vielleicht kannst du mich eines Tages besuchen«, sage ich.

»Wir werden immer miteinander verbunden sein«, antwortet sie.

Dalarna, 2015

Miriam

Ha, jetzt habe ich dich! Ich gebe niemals auf, so läuft das Spielchen nicht. Mathilde, her mit dem Netz!«

»Das ist aber ein ordentlicher Kaventsmann«, ruft Mathilde.

»Ja, du zappelst«, rufe ich, »aber bald wirst du unsere Mägen füllen. Es kann schon sein, dass ich allmählich blind und taub werde, aber ich kann einen fetten Fisch immer noch aufspießen, wenn ich ihn sehe.«

Der Fisch sperrt panisch die Augen auf.

»Es gehört zu deinen vielen Talenten, dich tot zu stellen«, sage ich. Der Fisch zappelt.

»Der ist mausetot«, sagt Mathilde. »Da sind nur noch blanke Nerven übrig. Setz dich auf die Decke und entspann dich, das hast du dir verdient, und dann gönnen wir uns einen Kaffee.«

Mathilde klopft auf die Decke. Ich setze mich.

»Ich habe angefangen, Gefühle für dich zu entwickeln, das gefällt mir nicht«, sage ich. »Es ist merkwürdig, wie viele Gemeinsamkeiten wir haben, obwohl ich an einem anderen Ort aufgewachsen bin und eine andere Frau Mutter genannt habe.«

»Ja, um die Gene kommt man doch nicht herum«, antwortet sie. »Aber ich bin froh, dass du etwas für mich empfindest, das ist mehr, als ich verdient habe.«

»Du bist ein komisches Wesen«, sage ich.

»Der Apfel fällt nicht weit vom Stamm«, sagt sie.

»Meine künstlerische Ader muss ich ja nicht von dir geerbt haben. Sie könnte auch aus dem Knacks entstanden sein, den ich abbekommen habe, als du mich verlassen hast.«

»Man wird Künstler, weil man traumatisiert ist?«

»Ja.«

»Ist das nicht ziemlich abgedroschen?«, fragt sie. »Ich neige eher zu der These, dass so etwas in unserer DNA vorprogrammiert ist.«

»Ich kenne keinen wirklich guten Künstler, der seine Kunst nicht aus einem inneren Drang heraus ausübt, der einer Quelle unerträglichen Schmerzes oder ebensolcher Angst entspringt. Fürsorge und Liebe bringen die Leute dazu, auf ihr Sofa zu sinken und sich nicht mehr zu bewegen. Ich habe mich sehr mit meinen Traumata beschäftigt, als ich jünger war, jetzt beschäftigt mich etwas anderes, aber wahrscheinlich hängt es immer noch mit meinen Traumata zusammen.«

»Du baust dein eigenes Mausoleum?«

»Es gibt ja sonst niemanden, der das übernimmt. Wenn wir beide in chronologischer Reihenfolge sterben, bist du als Erste dran, und wenn es so kommt, könnte ich dir ein Begräbnis in Rodinia anbieten, damit du genau wie ich als Baum weiterwachsen kannst. Ich muss doch das Beerdigungssystem testen, das ich für mich selbst vorgesehen habe.«

»Danke, das nehme ich gerne an.«

»Hervorragend. Dann musst du dir nur noch aussuchen, welcher Baum du gern wärst.«

Seoul, 2010

Kai

Sie haben zwei Einzelzimmer bestellt? Herr Kai.«

»Ja, das ist korrekt.«

»Sind Sie Koreaner? Man könnte es fast meinen, aber Ihre Augen sind so außergewöhnlich groß, und durch Ihre breite Kinnpartie sehen Sie doch anders aus. Das ist aber gut gelungen, wo haben Sie sich denn operieren lassen?«

»Ich bin nicht operiert, ich bin so geboren. Mein Vater ist Koreaner, meine Mutter Dänin.«

»Ach, entschuldigen Sie, Herr Kai. Ich bin wohl auch viel zu indiskret, das tut mir leid«, sagt der Mann an der Rezeption. »Hier sind Ihre Schlüssel. Sie müssen den Aufzug in den 35. Stock nehmen. Von Ihren Zimmern haben Sie einen großen und tollen Panoramablick auf Seoul.«

»Vielen Dank«, sage ich. »Wir freuen uns auf den ›großen‹ Panoramablick.«

»Das ist ja fucking fantastisch!«, sagt Jensen. »Und alles so strahlend sauber, kein einziges Staubkorn, wie machen die das? Selbst die Metro ist sauber und geruchsneutral. Und hey, die Rolltreppe hat mit mir gesprochen, wie konnte die wissen, dass ich mich nicht festhalte?«

»Seit wann sagst du ›fucking‹?«

»Seit gerade eben.«

»Du klingst wie jemand, der noch nie auf Reisen war.«

»Doch, war ich, aber noch nie außerhalb von Europa. Du musst mir doch zustimmen, dass hier alles ein bisschen so ist wie in einem Sci-Fi-Film. Ich hatte ja keine Ahnung, dass Asien Europa überholt hat, ich dachte, wir wären immer noch weit vorn, aber jetzt stehen wir Dänen mit erhobener Nase vor einem verstaubten Amagerregal, während die Asiaten auf dem IT-Highway surfen. Und wie lustig, dass uns lauter kleine Klone von dir zwischen den Beinen herumwuseln. Ein Gutes hat es doch, dass du ein Mischprodukt bist, deine dänischen Gene haben dir zu zehn Zentimetern mehr verholfen, sonst wärst du auch so ein Zwerg geworden.« Jensen schwingt ihr langes pinkfarbenes Kleid von einer Seite zur anderen.

»Was spricht dagegen, ein Zwerg zu sein?«

»In diesem Land rein gar nichts«, sagt Jensen lachend.

»Ich bin froh, dass hier niemand versteht, was du sagst.«

»Ich schon«, sagt eine Frau, die hinter uns steht.

»Ups, eine Dänin!«, sagt Jensen.

»Kira«, stellt sich die Frau vor. »Ich bin adoptiert worden und in Dänemark aufgewachsen, aber ich habe die letzten zehn Jahre hier gelebt.«

»Vielleicht kannst du uns helfen?«, fragt Jensen. »Wir müssen die Telefonnummer und Adresse von einigen Familienmitgliedern finden, zu denen der Kontakt abgebrochen ist.«

»Nein, tut mir leid. Aber ich kenne einen Pfarrer, der euch helfen könnte. Herrn Oh. Er hilft auch Adoptivkindern dabei, ihre biologischen Eltern zu finden.« Kira reicht mir ihre Visitenkarte.

»Ich bin nicht adoptiert«, sage ich.

»Er kann dir sicher trotzdem helfen«, sagt sie.

Obwohl ich Auroville erst vor weniger als vierundzwanzig Stunden verlassen habe, fühlt es sich an wie mehrere Wochen. Es ist, als wäre ich im Laufe der Nacht aus Indien hinaus- und in diese seltsame koreanische Welt hineingebeamt worden, wo sich mein Körper zum allerersten Mal zu Hause fühlt. Denn obwohl mein Aussehen ein bisschen von der Norm abweicht, füge ich mich mühelos in den großen koreanischen Gemeinschaftskörper ein. Jensen erscheint dagegen wie eine unproportionierte Riesin. Ihr durchtrainierter westlicher Körper wirkt groß und grob neben den zierlichen Koreanerinnen, die viel weniger Raum einnehmen und wiegen als sie. Allerdings fällt ihr das überhaupt nicht auf, sie fühlt sich genauso heimisch wie ich. Plötzlich packt mich eine Sehnsucht nach meinem Haus, nach Madonna, dem Kaktus und Finn. Ich sehne mich nach meiner Arbeit, nach dem Netto, dem Gemüsehändler, meinem Fahrrad und meinem eigenen Bett.

Marado, 2010

Sui

»Willst du mit zum Tauchen kommen?«, fragt Mi-Ok.

»Ja«, sage ich.

»Erst musst du dein Pulver nehmen.«

»Aber ich spüre meine Geschwulst gar nicht mehr. Ich verstehe immer noch nicht, wie sie in weniger als einer Woche verschwinden konnte, sie war ja riesig.«

»Du solltest das Pulver trotzdem noch ein paar Tage nehmen.«

»Es schmeckt gar nicht wie eine Medizin.«

»Das ist das Wurzelextrakt, das den zerstoßenen Seepferdchen beigemischt wird, es hat ein süßliches Aroma.«

»Sind das echte Seepferdchen, die du mir verabreichst?«

»Ja, mein Bruder hat eine Seepferdchenfarm an der Ostküste, er trocknet sie und schickt sie mir, und ich zerstoße sie zu einem Pulver. Wann können wir los?«

Wir fahren in einem kleinen Motorboot zu einem Riff, das ungefähr eine halbe Stunde von Marado entfernt liegt, und werfen den Anker. Ich schlüpfe in den schwarzen Gummianzug und ziehe die Maske über Augen und Nase.

»Roll dich wie eine Kugel zusammen und lass dich rückwärts ins Wasser fallen«, sagt Mi-Ok.

Ich lasse mich fallen. Meine Boje liegt zwischen denen der anderen Frauen, sie schaukeln wie große orangefarbene Perlen. Das Netz mit dem Fang ist an ihnen befestigt.

»Folge mir einfach«, sagt sie.

Wir speichern den Sauerstoff portionsweise in unseren Lungen, während ein Pfeiflaut zwischen unseren Lippen entweicht. Dann sinken wir durch die oberste, aufgewühlte Wasserschicht, in die Stille hinab. Mi-Ok kann zwanzig Meter tief ohne Flasche tauchen, aber ich habe nicht genügend Sauerstoff, um ihr bis in die Tiefe der langsamen Meeresströmungen zu folgen. Stattdessen bewege ich mich an den dunklen Klippen entlang, über die Felsspalten. Seltene Feuerfische fächern langsam durch das Wasser. Die Haut an meinem Hals prickelt und juckt ein wenig. Ich kreise schwerelos über Schnecken, Seeigel und Schwärme von großen neonblauen Fischen hinweg. Schwarze kleine Fische mit gelben Streifen und großen Barteln stieben plötzlich auf wie Tausende Federn, die von einem Windstoß erfasst werden. Es gelingt mir, ein paar Muscheln zu finden, ich steige auf, dann verstaue ich die Luft wieder in meinen Lungen und erinnere mich selbst daran, dass ich hier bin, um etwas zu fangen. Ich lasse mich auf den Grund sinken.

Ich schwebe über riesigen, groben Muscheln, greife nach einer, löse sie mit meinem Messer von einem Stein, husche weiter über orangefarbene Seesterne und Nacktschnecken und Meeresschnecken, die mit buschigen Auswüchsen auf dem Rücken über den Meeresgrund kriechen. Der Meeresboden ist mit Federn und Korallen in gelben, lila und rosa Farbtönen bewachsen. Aus einer plötzlichen Vertiefung streckt sich ein baumhoher, dunkler Wald aus Seetang dem Licht entgegen. Durch diesen Wald treiben gigantische Quallen und Schwärme aus silbernen Fischen, die wie schwimmende Nadeln aussehen, als Schatten zwischen den Bäumen umher. Ich spüre ein Kribbeln im Bauch, aber ich habe keine Angst, als ich in die Dunkelheit schwimme. An meinem Hals juckt es noch immer. Ich bin in meinem Leben schon oft getaucht, aber diesmal ist es anders. Mir steigen die Tränen in die Augen, und die Maske beschlägt. Ich werde das Meer nie wieder verlassen. Plötzlich steht Mi-Ok vor mir im Wasser wie ein Seepferdchen. Mit der Hand scheucht sie mich dahin zurück, wo wir herkamen. Wir steigen auf und klettern wieder ins Boot. Wir haben den Meeresgrund durchkämmt und alles mitgenommen, was es gibt, die Finger haben sich wie Tentakel in den Boden gegraben und nach Seeohren, Muscheln und Tintenfischen gesucht, wir haben die Beute aufgespießt oder mit den Händen eingesammelt. Jetzt fahren wir mit dem Boot zurück zur Insel.

Später, auf den Klippen, nachdem sie ihre Taucheranzüge bis zur Hüfte heruntergerollt haben, singen Mi-Ok und die anderen alten Perlentaucherinnen mit entblößten Brüsten ihre Lieder. Ich summe mit. Ihr Gesang ist mild und melodisch, aber zwischendurch auch fröhlich oder langsam und klagend. Ich habe noch nie so etwas gehört. Der Gesang der alten Damen bildet einen Kreis um das Feuer. Ich wünschte, Miriam könnte das erleben, was ich gerade spüre: ein Zuhause unter Frauen zu finden. Mi-Ok hockt auf dem Boden und zerteilt einen frischen Tintenfisch, serviert ihn roh auf einem Plastikteller mit roter Chilisoße. Ich tauche die feuchten Tintenfischstücke in das Rote. Sie spült ihr Messer und befestigt es wieder an ihrem Gürtel, dann zerreißt sie das rohe Tier mit den Zähnen, das Blut tropft ihr aus dem Mund.

Am Nachmittag spazieren Sam und ich über die Insel. Wir wandern den Pfad am Rande der Klippen entlang, an der merkwürdigen Kirche vorbei, die an ein Raumschiff erinnert, passieren den schmalen Kai, an dem die Männer angeln, und weiter, vorbei an den leeren Restaurants, die nur besucht sind, wenn die Touristen tagsüber mit der Fähre auf die Insel pilgern. Es gibt keine Unterkünfte, deshalb bleiben die Touristen nie lange genug, um hinter den Häusern entlangzuspazieren, in unser Privatleben hinein. Abends gehört die Insel wieder uns. Sam hat ihre Handtasche dabei, ihre Nägel sind jeden Tag in einer neuen Farbe lackiert, und ihr Gesicht ist weiß gepudert wie eine Maske. Sie trägt einen Regenschirm, um sich vor der Sonne zu schützen, ich creme mich mit Sonnenmilch ein, um mehr davon zu vertragen. Oberflächlich betrachtet haben wir keine Gemeinsamkeiten, aber wir können über alles sprechen. Vor allem die Geschichte mit Anton will sie immer wieder hören.

»Ich kenne niemanden, der in einer offenen Beziehung lebt. Ich wusste nicht einmal, dass das geht«, sagt sie. »Hier träumen wir noch davon, so liberal zu werden, dass wir uns scheiden lassen können, ohne unser Gesicht zu verlieren.«

»Aber Mi-Ok hat sich doch von meinem Großvater scheiden lassen?«

»Ja, aber sie ist auch sehr besonders und eigenwillig, und Marado ist ein außergewöhnlicher Ort, in anderen Gegenden von Korea würde das nie passieren, ohne dass man verurteilt wird.«

»Wovon träumst du?«, frage ich.

»Von der hier«, sagt sie. »Einer Handtasche.«

»Aber du hast doch schon eine«, sage ich.

»Ja«, sagt sie, »aber ich träume immer von einer neuen.«

»Und von einem Freund?«

»Nein, von einem Freund träume ich nicht, ich würde gern eine selbstständige Frau bleiben.«

Hier stehen wir. Auf dieser kleinen Insel, die sich wie ein Knie aus dem Meer erhebt, und für einen kurzen Moment spüren wir eine berauschende Freiheit.

Hausbesuch von der Ärztin, Dalarna, 2021

Miriam

»Wer sind Sie eigentlich?«

»Lindgren, ich bin Ihre Ärztin. Wir werden miteinander reden, und dann werde ich Sie untersuchen, und am Ende nehme ich Ihnen Blut ab.«

»Aha.«

»Sie tragen aber ein schönes Kleid heute.«

»Das ist ein Unikat von Yves Saint Laurent. Es ist nett von Ihnen, dass Sie meine Kleidung bemerken, und eine schöne Abwechslung, dass Sie vorbeikommen, aber ich habe leider keine schlimmen Beschwerden, die ich mit Ihnen teilen könnte.«

»Miriam, wissen Sie noch, dass Sie mich gestern angerufen und gesagt haben, dass Sie sich Sorgen um Ihren Gesundheitszustand machen?«

»Kann schon sein. Kaffee?«

»Nein, danke. Ich hätte ein paar Fragen.«

»Ausgezeichnet. Wie finden Sie eigentlich meine Schuhe, sind die nicht prächtig?«

»Ja, die müssen teuer gewesen sein.«

»Über so etwas spreche ich nie.«

»Miriam, wissen Sie, welchen Tag wir heute haben?«

»Nein, um diese menschengemachte Idiotie kümmere ich mich nicht. Das ist einer der Vorteile daran, in der Natur zu leben.«

»Welche Kindheitserinnerungen haben Sie noch?«

»Alle. Ich erinnere mich an alles.«

»Sind Sie verheiratet?«

»Mein Mann und ich sind inzwischen schon viele Jahre zusammen. Wir haben ein wunderbares Haus in Italien, es ist in einen Berghang integriert, sodass wir durch alle Fenster Aussicht auf Berge und Täler haben, die Blätter rascheln immer im Wind wie Musik.«

»Und Ihre Tochter?«

»Tochter? Wir haben vier Kinder. Das jüngste Mädchen, Sui, ist künstlerisch veranlagt, sie tritt in meine Fußstapfen, ist Schauspielerin geworden. Airis wohnt bei uns, aber sie ist krank, es ist nur eine Frage der Zeit – Sie müssen respektieren, dass ich nicht über Airis sprechen möchte, es ist zu schmerzlich für mich.«

»Miriam. Was denken Sie, wenn ich sage, dass Sie nur eine Tochter haben, Sui, dass sie keine Schauspielerin ist und dass Airis der Künstlername ist, unter dem Sie phasenweise ausgestellt haben?«

»Ich muss zugeben, dass ich mich im Alter in eine Schnecke verwandelt habe.«

»Ja?«

»Eine Schnecke ohne Fühler ist nichts anderes als ein Schleimklumpen auf dem Waldboden.«

»Miriam, Sie haben nur ein Kind.«

»Ich verwebe meine Geschichten lediglich etwas fantasievoller als Sie.«

»Und das ist es, was Sie gerade tun, glauben Sie?«

»Ich habe diese seltsamen weißen Flecken in meinem Gedächtnis.«

»Ich glaube, Sie haben eine milde Form der Demenz. Es tut mir leid.«

»Sie sind viel zu jung, um Mitleid mit anderen zu haben. Als Ärztin werden Sie nicht lange überleben, wenn Sie Ihre Patienten bemitleiden. Ach, übrigens, haben Sie meine Mutter gesehen?«

»Die ist vor zwei Jahren gestorben.«

»Sie hat die Angewohnheit, immer dann zu sterben, wenn ich sie am meisten brauche. Na ja, falls Sie sie sehen, können Sie ihr ausrichten, dass die Mauer jetzt fertig ist. Ich habe einen Spalt offen gelassen und auf sie gewartet, damit wir das Paradies zusammen schließen können.«

»Ich glaube, Sie sollten überlegen, in eine kleinere Wohnung in die Stadt umzuziehen.«

»Ich komme hier gut zurecht.«

»Sie haben Anspruch auf eine Haushaltshilfe, dann lassen Sie uns erst mal damit anfangen. Aber bitte denken Sie über meinen Vorschlag nach.«

»Jaja.«

»Ich komme nächste Woche wieder.«

Seoul, 2010

Kai

Hallo, Mr. Kai?«

»Danke, dass Sie mir helfen, Herr Oh.«

»Es war ganz einfach, ich konnte Ihren Vater über seine frühere Adresse finden. Er hat sich vor Kurzem scheiden lassen, seine Frau, Mi-Ok, ist auf Marado geblieben. Er wohnt jetzt auf dem Berg Inwangsan im Norden von Seoul. Ich habe Ihnen die beiden Adressen gerade gemailt.«

»Ich weiß gar nicht, wie ich Ihnen danken soll. Bitte schicken Sie mir eine Rechnung für Ihre Mühen.«

»Ich bin Pfarrer, ich nehme kein Geld an. Ich mache das, weil ich Ihnen allen gerne helfen möchte.«

»Uns allen?«

»Es gibt so viele, die hierher zurückkehren, um nach ihren Wurzeln zu suchen. Wir Koreaner sind dazu verpflichtet, Buße zu tun.«

»Haben Sie eine Sünde begangen?«

»Nein, aber unsere Nation, und ich helfe nur dabei, die Wunden zu heilen, indem ich unsere heimgekehrten Landsleute willkommen heiße. Auch wenn Sie kein reiner Koreaner sind, sind Sie doch immer noch ein Zweig in unserem großen koreanischen Stammbaum.«

»Darf ich Ihnen wenigstens ein Geschenk schicken?«

»Nein, danke. Ich wünsche Ihnen viel Glück. Wenn Sie auf dem Inwangsan sind, sollten Sie sich die Zeit nehmen und einen Spaziergang machen, die Aussicht auf Seoul ist sehr bereichernd.«

Jensen ist in den Stadtteil Dongdaemun gefahren, wo 30 000 Kleidungsläden ein beinahe labyrinthisches Netz bilden, aus dem man nur schwer wieder herausfindet. Ich schlage den Reiseführer auf, um etwas über den Berg zu lesen. Ich erfahre, dass dort ab und zu ein schamanistisches Ritual namens *gut* abgehalten wird, von einem Mudang, einem koreanischen Schamanen. Ich rufe erneut Mr. Oh an.

»Wissen Sie, wie ich an einem *gut* teilnehmen kann?«

»Damit kann ich Ihnen leider nicht helfen. Wir Christen gehen nicht zum Mudang, wir glauben an Gott. Die Welt der Mudangs aufzusuchen, ist viel zu gefährlich.«

»Inwiefern gefährlich?«

»Ich kannte einen Mann, der zu einem Mudang gegangen und ohne Gesicht zurückgekehrt ist.«

»War sein Gesicht leer wie ein Blatt Papier?«

»So genau lässt sich das nicht beschreiben«, antwortet er. »Aber er hat es verloren.«

Ich frage den Mann an der Rezeption, ob mir jemand dabei helfen kann, an einem *gut* teilzunehmen, aber niemand weiß etwas. Ich beschließe, auf mein Glück zu hoffen. Ich nehme eine Metro nach Norden, es sind dreiunddreißig Grad, die Luftfeuchtigkeit ist hoch, ich gehe an den hohen, dreißigstöckigen Häusern entlang, dann weiter an niedrigen Häusern und folge anschließend einer neu angelegten Staumauer aus Beton. Als ich einen Kilometer gelaufen bin, komme ich an das Tor zum Berg. Ich bleibe einen kurzen Moment vor den rot gestrichenen Holzsäulen stehen und lege als Geste des Respekts die Handflächen vor der Brust zusammen. Dann gehe ich weiter. Der Weg führt hinauf zu einem kleinen Tempel. Ich ziehe die Schuhe aus und setze mich hin, um zu meditieren. Wenn ich die Augen schließe, sehe ich das Kristall im Matrimandir und darin: den Himmel. Ich fülle meine Lungen und spüre, wie sich Ruhe in mir ausbreitet.

Als ich meine Wanderung den Berg hinauf fortsetze, höre ich einen rhythmischen Laut, der langsam anschwillt. Ich folge dem Geräusch, das mich zu einer Pagode führt, wo drei Mudangs, drei Musiker und drei Helfer gerade ein *gut* abhalten. Ich kann mein Glück kaum fassen und verschlinge alles mit den Augen. Der größte und breiteste Mudang singt klagend und eintönig, als würde er jemanden mit seinem Gesang herbeirufen. Die Mudangs tragen traditionelle Kleidung. Eine kleine Frau mit kurzem Haar, blauen Jeans, einem weißen T-Shirt, einer weißen Strickjacke und weißen Schnürschuhen sticht heraus. Sie steht an der Wand und verbirgt ihr Gesicht in den Händen. Für sie wird das Ritual durchgeführt. Fleischbrocken und Obst liegen auf einem Altar, der am oberen Ende einer frei stehenden Treppe aus Messerblättern steht, deren Schneiden nach oben zeigen. Kurz darauf geht die kleinste und leichteste Mudang barfüßig die Treppe zum Altar hinauf, die Messerklingen schneiden in ihre Fußsohlen, die aber nicht bluten. Ich habe nicht mehr viel Zeit, die Dämmerung legt sich über den Berg. Die Stadt mit ihren harten Organen ruht am Fuße des Bergs. Die Quelle, die auf dem Gipfel des Bergs entspringt, hat angeblich heilende Kräfte. Ich folge ihrem Lauf wieder hinab in die Stadt.

Als ich vor dem Haus meines Vaters stehe, ist mein Gesicht schweißnass. Ich lasse den Blick auf dem Haus ruhen, das klein und schmal und zwischen die Nachbarhäuser gezwängt ist. Ich schlucke einen Kloß in meinem Hals herunter, gehe zur Haustür und klopfe an.

Dalarna, 2021

Miriam

Ich trete in den Ankleidesaal, wo meine Kleider auf ihren Bügeln funkeln. Durch die Spiegel, die vom Boden bis zur Decke reichen, wirkt der Raum doppelt so groß. Meine Schuhsammlung ist intakt, alles ist nach Themen geordnet und dann noch einmal in Farben unterteilt. Es ist der einzige Raum, den ich aus der Zeit vor meinem Leben im Wald bewahrt habe. Ich habe diesen Raum aus meiner Vergangenheit wiedererschaffen und bewahre ihn nun in meinem Haus auf wie einen Edelstein in einer Holzschachtel. Ich hatte den Saal versiegelt, aber jetzt, wo ich bald von hier aufbreche, habe ich ihn wieder geöffnet. Meine Finger gleiten über die Kleider, es ist, als würde ich in einem Katalog aus Erinnerungen blättern. Mit jedem Kleidungsstück sind Orte, Menschen und Erlebnisse verbunden.

Hiroki: In deinem langen grünen Cocktailkleid warst du unwiderstehlich.

Ich: Meine Stimmung ist heute dunkler. Es wird ein mitternachtsblaues.

Hiroki: Du weißt genau, dass sie das anhatte.

Ich: Von wem sprichst du?

Hiroki: Von deiner Tochter, kannst du das denn nicht riechen? Aber dir steht es besser.

Hiroki lacht, dann entschlüpft er durch einen Lichtspalt unter der Tür.

Ich nehme das Abendkleid vom Bügel und schnuppere

daran. Er hat recht, es riecht nach ihr. Drei ihrer langen, glatten Haare hängen noch am Stoff. Ich ziehe es über den Kopf und setze einen passenden Hut mit einem kurzen Schleier auf. Dann gehe ich in die Küche.

Seit meine Augen schlechter werden, erkenne ich nur noch Konturen, ich spüre mehr, sehe aber nicht mehr alles. Während ich mich darauf vorbereite, mit allem eins zu werden, habe ich angefangen, ungenießbare Dinge zu essen, um herauszufinden, wie sie schmecken. Ich begann unschuldig mit Kerngehäusen, Apfelsinenschalen, Erde, Kreide, Blättern und Papier, inzwischen habe ich den Begriff jedoch ausgeweitet. Gestern habe ich meinen Kugelschreiber gegessen. Ich musste ihn mit dem Mörser zerkleinern und mit etwas Stärke vermischen. Ich habe auch mein eigenes Haar gegessen, einen Müllbeutel, ein Stück von einem alten Ski. Hiroki steht in den schattigen Ecken des Hauses und kommentiert alles. Er hat gesagt, das sei mittlerweile eine schlechte Angewohnheit, und ich antworte, er solle sich raushalten.

Hiroki: Was hast du letzte Nacht geträumt?

Ich: Heute Nacht habe ich Meerjungfrauen gesehen. Sui war auch unter ihnen.

Hiroki: Erzähl mir deine süßesten Erinnerungen.

Ich: Kais sanfte Hände, die mich berühren, seine Stimme und seine Augen, die in meinen ruhen. Er ist der einzige Mensch, der mich je wirklich gesehen hat. Seine besonderen Fähigkeiten heben ihn von der Horde ab.

Jetzt ist Hiroki ganz grün im Gesicht, als könnte er jeden Moment explodieren. Es amüsiert mich, dass er so leicht eifersüchtig wird, und es freut mich, dass er mir nichts anhaben kann. Wenn ich will, kann ich ihn verscheuchen wie eine alberne Fliege. Das Telefon klingelt. Meine erste Eingebung ist, es einfach klingeln zu lassen, aber dann kommt mir der Gedanke, dass es wichtig sein könnte.

»Miriam«, sage ich.

»Ich bin es«, sagt eine Stimme, die mir bekannt erscheint. Ich strenge mich an, aber ich kann mir kein Gesicht in Erinnerung rufen, das zu der Stimme passt.

Schweigen.

»Ich habe Sie von meinem Fenster aus gesehen«, sagt die Stimme. »Sie haben eine schöne Gestalt. Ich rufe an, weil ich Sie fragen wollte, ob Sie ein neues Wohnmagazin abonnieren wollen.« Pause.

»Ich habe keine Nachbarn, Sie können mich unmöglich von Ihrem Fenster aus gesehen haben.«

»Dann entschuldigen Sie bitte die Störung«, sagt die Stimme, »ich streiche Sie von unserer Liste.«

Ich bleibe lange sitzen und lausche dem Telefon. Das rhythmische Tuten wird abwechselnd lauter und leiser. Ich lege nicht auf, sondern lasse den Hörer auf einem aufgeschlagenen Buch liegen. Ich gehe in die Küche, bestreiche eine alte Zeitung mit Marmelade und setze Wasser für den Kaffee auf. Der Dampf steigt zur Decke und bildet eine Wolke, die immer größer und größer wird. Es fängt an zu regnen. Das ist noch nie passiert. Meine Kleidung wird nass. Und ohne über die Folgen nachzudenken, nehme ich das Fotoalbum aus dem Schrank und sehe mir die Bilder von früher an, als Sui geboren wurde. Meine Tränen mischen sich mit dem kalten Regen, der immer weiter fällt. Die Fotos vertragen das Wasser nicht, die Motive fließen ineinander, meine Füße frieren. Ich ziehe ein paar feuchte Wollsocken über meine nackten Füße. Dann beiße ich von meinem Marmeladenimbiss ab. Das Papier lässt sich schwer kauen, es klumpt im Mund. Ich schlucke, doch mir bleibt etwas im Hals stecken. Ich huste nicht, räuspere mich nicht einmal. Ich akzeptiere den Kloß in meinem Hals. Ich habe schon Schlimmeres ausgehalten.

Ich denke an all die Ausstellungen, Diners, Wohltätigkeitsveranstaltungen, Empfänge und Premieren, zu denen ich mich gezwungen habe. Ich muss an damals denken, als mein letztes Gemälde im MoMA aufgehängt wurde, dieser unbefleckte Augenblick und die unbändige Freude darüber, dass das, wonach ich gestrebt habe, in Erfüllung gegangen ist. Zum ersten Mal habe ich es genossen, als die Horden hereingelassen wurden, in ihrer viel zu teuren Kleidung, mit ihren gehetzten Blicken, ihren fettigen Fingern und gierigen Mündern. Ich erinnere mich, wie Hiroki und ich direkt unter den Wolken saßen und auf Tokio herabblickten. Ich erinnere mich an seinen schaukelnden Körper und die schicksalsschwere Sekunde, in der er hinabstürzte.

Hiroki: Gib zu, dass du mich geschubst hast.

Ich: Du bist gefallen.

Hiroki: Entschuldige dich doch einfach.

Ich: Entschuldigung.

Hiroki: Wie bitte?

Ich: Ich habe mich dafür entschuldigt, dass du gefallen bist.

Hiroki: Dass du mich geschubst hast.

Ich: Dass du gefallen bist, als ich dich festhalten wollte.

Alles ist so schön nebelig. Ich lege mich auf das Sofa neben dem Telefon. Die Haut meiner Wange ist ein Stück Seidenpapier, das auf dem kreideweißen Sofakissen ruht. Die Falten meines Körpers, die Runzeln, Haare, Leberflecken bilden gemeinsam eine Karte über mein gelebtes Leben. Jetzt möchte ich mir den Duft meines einzigen Babys in Erinnerung rufen, das seinen warmen, flauschigen Kopf auf meine Brust legt. Es klopft an der Tür. »Meine kleine Sui«, sage ich. Das leise Röcheln in meiner Luftröhre ist verschwunden. Und der Regen hört auf. Es klopft erneut. Die Wirklichkeit dringt herein. Das Geräusch von Vogelgezwitscher.

Und plötzlich steht sie vor mir. Durch den milchig weißen Filter meiner sterbenden Augen gleicht sie eher einem Gespenst als einem Menschen.

»Wer bist du?«, frage ich.

»Das weißt du genau«, antwortet Sui.

»Du bist gekommen«, sage ich.

Ich spüre, wie etwas Warmes an meinen Wangen herabläuft. Es regnet erneut.

Marado, 2010

Suis Notizen

Perlen

Eine Muschel spürt einen Fremdkörper in sich, ein Sandkorn oder einen Parasiten, und kapselt ihn in Perlmutt ein, damit sich der Fremdkörper fein und glatt anfühlt und nicht mehr störend. Manche betrachten Wörter wie Perlen, etwas Fremdes, das in Perlmutt eingekapselt wird, damit es sich nicht mehr fremd anfühlt, sondern den Mund wie eine Perle verlassen kann. Die Muschel ist ein Lebewesen. Die Perle ist nichts, doch wenn man sie aus der Muschel entfernt, hat diese keinen Wert mehr, dann ist sie nichts als ein Kiefer mit einer großen, weichen Zunge.

Die Mutter ist ein Lebewesen, das Kind ist nichts, doch wenn man das Kind aus der Mutter entfernt, hat sie keinen Wert mehr, dann ist sie nichts als ein Kiefer mit einer großen, weichen Zunge.

Das darf nicht wahr sein.

Gelogen.

Lüge.

Eine Lüge ist eine Mauer.

Siehe Mauer, siehe Mutter.

Seoul, 2010

Kai

»Wie heißt du, sagtest du?«

»Kai.«

»Mein Sohn?«

»Ja.«

»Darf ich dich umarmen, auch wenn ich weine?«

»Das ist schon in Ordnung.«

»Ich habe zu Gott gebetet, dass wir uns wiedersehen.«

»Ist meine Tochter bei dir?«

»Nein, aber Mi-Ok hat vor Kurzem angerufen. Deine Tochter ist bei ihr auf Marado. Mi-Ok bringt ihr bei, nach Seezungen, Muscheln und Perlen zu tauchen.«

»Oh, du ahnst nicht, wie erleichtert ich bin, dass es ihr gut geht.«

»Möchtest du mit ihr sprechen, wir könnten sie ja anrufen?«

»Ja, wenn ich dein Telefon benutzen darf?«

»Das steht in der Küche.«

Ich gehe in die Küche, wo es nur zwei Herdflammen, ein Waschbecken und einen Kühlschrank gibt. Das Festnetztelefon hängt an der Wand. Er folgt mir auf den Fersen

»Lass mich die Nummer wählen, ich habe sie nur in den Fingern, nicht im Kopf«, erklärt er.

Als er den Hörer abnimmt, sehe ich, dass seine Hände zittern.

»Yeoboseyo? Hallo?«

Er sagt etwas auf Koreanisch, dann reicht er mir den Hörer. Ich halte ihn ans Ohr.

»Papa?«

»Sui!«

»Ja, toll, dass du anrufst!«

»Wie geht es dir?«

»Ich bin den ganzen Tag mit Mi-Ok und den anderen Frauen zusammen. Ich bin zum Tauchen geboren. Ich kann mich mühelos im Meer orientieren.«

»Ich war krank vor Sorge. Warum hast du nicht Jensen angerufen, wie wir es besprochen hatten?«

»Es ist so viel passiert. Bist du jetzt in Seoul bei deinem Vater?«

»Ja. Als wir nichts von dir gehört haben, sind wir hergereist, um nach dir zu suchen.«

»Wir?«

»Jensen und ich.«

»Jensen ist auch in Korea? Papa, das ist wirklich lieb von dir, aber du musst darauf vertrauen, dass ich allein zurechtkomme. Ist das dein Vater, der da im Hintergrund redet?«

»Ja.«

»Mi-Ok sagt, er würde uns nächste Woche besuchen kommen. Ich freue mich sehr darauf, ihn kennenzulernen.«

»Du solltest keine allzu großen Erwartungen haben, er sieht depressiv aus. Jensen und ich haben vor, mit ihm nach Marado zu kommen.«

»Hier ist aber gar nicht genug Platz für euch alle, Mi-Ok hat ein kleines Haus, es gibt nur ein einziges Zimmer, und der Anbau ist noch kleiner.«

»Ich bin jetzt so weit gereist, es wäre doch sehr merkwürdig, wenn ich dich nicht sehen würde, obwohl du nur eine halbe Tagesreise entfernt bist. Wir könnten doch im Hotel wohnen?«

»Hier gibt es keine Hotels, es ist eine sehr kleine Insel.«

»Hättest du lieber, dass wir gar nicht kommen?«

»Ja, eigentlich wollte ich das sagen. Bist du enttäuscht? Du klingst ein bisschen bedrückt.«

»Ja, das bin ich schon. Kann ich dir denn gar nicht bei irgendetwas helfen?«

»Ich hatte eine Sache mit dem Bauch, aber Mi-Ok hat sich darum gekümmert. Papa, ich komme nach Hause, wenn die Jagdsaison endet, und dann feiern wir zusammen Weihnachten, es sei denn, du gehst zurück nach Indien?«

»Nein, jetzt möchte ich erst mal wieder nach Hause.«

»Du bist wirklich lieb, danke, dass du hergekommen bist. Ich kriege ein ganz schlechtes Gewissen.«

»Wichtig ist nur, dass es dir gut geht. Ich soll dich von Jensen grüßen.«

»Grüße zurück. Ich liebe dich. Wir sehen uns bald.«

Seoul, 2010

Kai

Wir sitzen uns am kleinen Esstisch meines Vaters gegenüber. Zwischen uns liegt eine Packung mit Feuchttüchern und daneben eine Fernbedienung. Er stellt eine Tasse vor mich.

»Milch?«, fragt er.

»Gerne schwarz«, antworte ich.

»Meine Frau hat mich aussortiert wie einen alten, löchrigen Strumpf. Ich kann nicht mit dieser großen Scham leben, aber ich bin zu feige, um mich umzubringen. Ich bin nicht mehr in der Lage, tiefe Gefühle zu empfinden. Das heißt nicht, dass du mir nichts bedeutest, aber jetzt, wo ich gesehen habe, dass es dir gut geht, genügt mir das. Ich habe kein Geld, das ich dir geben könnte. Ich möchte dich nicht bitten, dich um mich zu kümmern, aber ich hoffe, du wirst an mich denken.«

»Ich weiß sehr wenig über dich. Ist es in Ordnung, wenn ich dir ein paar Fragen stelle?«

»Ja.«

»Wo bist du geboren?«

»In Sinuiju.«

»Wie viele Schwestern und Brüder hast du?«

»Ich habe meine Familie nicht mehr gesehen, seit ich ganz klein war, deshalb erinnere ich mich nicht mehr daran, wie viele Geschwister ich habe. Während des Koreakrieges bin ich mit meiner Tante in den Süden des Landes geflüchtet. Mein Vater war bei einem Verkehrsunfall ums Leben gekommen, und meine Mutter heiratete einen neuen Mann in einem anderen Dorf. Ich bin bei meiner Tante und ihren Töchtern aufgewachsen. Ihre älteste Tochter heiratete später einen amerikanischen Missionar. Sie zogen nach Amerika, und sie schickte ihrer Mutter Geld. So kamen wir zu der Auffassung, dass das Leben im Westen besser wäre, und als ich mein Abitur gemacht hatte, ging ich nach Dänemark und hoffte, dort würde ich lernen, wie man reich wird.«

»Warum ausgerechnet Dänemark?«

»Als ich fünfzehn Jahre alt war, ging ich mit ein paar Freunden an den Strand von Busan, und da habe ich deine Mutter Susanne kennengelernt. Sie war zu Besuch bei einer Freundin, deren Vater vorübergehend von Mærsk dorthin versetzt worden war. Wir verliebten uns ineinander, und als sie wieder nach Hause fuhr, schrieben wir uns weiterhin. Fünf Jahre später hatte ich genug Geld gespart, um nach Dänemark zu reisen. Kurz darauf wurde sie schwanger, und wir heirateten standesamtlich. Doch unsere Ehe war nicht gut. Deine Mutter weigerte sich, in ein Land zu ziehen, wo sich die Frau dem Mann unterordnen muss. Die koreanische Gesellschaft ist patriarchal geprägt, deshalb ist Marado so ein besonderer Ort. Dort sind die Frauen selbstständig, und ich habe großen Respekt vor selbstständigen Frauen, und vor Dänemark, aber ich fühlte mich von meinem Ursprung abgeschnitten und konnte mich gleichzeitig nicht zusammenreißen, ich habe mich nicht verantwortlich dafür gefühlt, Geld zu verdienen und deine Mutter zu versorgen. Sie versorgte mich. Als ich am Boden zerstört war, bot Susanne mir an, dass ich ihr Erspar tes dazu benutzen könnte, ein Restaurant zu eröffnen. Dadurch hatte ich ein Ziel und eine Hoffnung, aber damals war das koreanische Essen für die meisten Dänen noch zu fremd, es schmeckte ihnen nicht, und ich musste Konkurs anmelden. Wir ließen uns scheiden, als du acht warst, und ich zog nach Seoul. Wegen der Schulden, die ich bei Susanne hatte, und der Scham, die damit einherging, kehrte ich nie wieder zurück. Ich hätte ihr das Geld gern zurückgezahlt, aber ich arbeitete nie richtig, denn dann lernte ich Mi-Ok kennen, und sie war eine der besten Taucherinnen in der Koreastraße. Sie verdiente eine Menge Geld, also angelte ich nur ein bisschen und führte den Haushalt. Aber ich habe jeden Tag an dich gedacht, und wir haben für dich gebetet und auch für Sui, dass ihr glücklich werdet und viel Geld verdient. Kai, du musst die Vergangenheit loslassen, wir sollten nicht mehr darüber reden. Genieße deinen Aufenthalt hier in Korea. Vergiss mich, ich bin nicht interessant, ich spreche meistens über den Glauben, die Kirche ist das Einzige, was mir geblieben ist.«

»Vielleicht können wir ein bisschen Zeit miteinander verbringen? Ich würde gern einmal die Kirche sehen, der du dich so verbunden fühlst.«

»Dann könntest du morgen wiederkommen, um elf Uhr findet eine Messe statt.«

»Gerne.«

»Und nach dem Gottesdienst können wir zusammen essen.«

»Darauf freue ich mich. Ich finde, du bist ein ungeheuer gut aussehender Mann.«

»Ich sehe doch nicht gut aus, ich kann es mir nicht mal leisten, meine Haare zu färben.«

»Weißt du noch, wie ich über das Wasser gegangen bin?«

»Als wir am Furesø waren, um dort Schlittschuh zu laufen?«

»Ja. Das Eis taute gerade, aber ich habe es trotzdem betreten. Mama und du, ihr habt am Ufer gestanden. Plötzlich gab es kein Eis mehr, auf dem man hätte laufen können, und ich bin trotzdem weitergegangen. Mama wurde panisch, aber dann lachte sie plötzlich und rief: ›Er kann über das Wasser gehen!‹«

»Ja, das war eine lustige Geschichte.«

»Kannst du auch über das Wasser gehen?«

»Nein, das kann kein Mensch. Du bist ja auch nicht über das Wasser gegangen. Es sah nur so aus, das Eis war immer noch dick unter den Pfützen.«

»Unter dem Wasser war noch Eis? Warum habt ihr mir das nie erzählt?«

»Ich dachte, du wüsstest, dass wir das nur im Scherz gesagt haben. Wir haben ja immer gesagt, dass du magische Fähigkeiten hast, und für uns warst du etwas sehr Besonderes, aber es überrascht mich, dass du wirklich den Eindruck hattest, du könntest über das Wasser gehen.«

Als ich in der Metro sitze, wirbeln meine Gedanken durcheinander wie seltsam unzusammenhängende Sätze. Ich weiß nicht, warum ich hier bin, ich spüre nichts, und dennoch spüre ich, dass hier nicht mein Platz ist, das unverkennbar Asiatische, das schwarze Haar, überall, unter den Armen, im Mund, das schwarze Haar, aus dem alles geflochten ist, ich empfinde nichts mehr für dich, Vater, obwohl ich mich mit dir in Verbindung bringe, weil du historisch gesehen mein Vater bist, aber ich erkenne dich erst jetzt, und jetzt ist es zu spät.

Dalarna, 2021

Sui

Ich habe Holz geholt und den Kamin eingeheizt. Miriam liegt auf der Bank in der Küche und verfolgt meine Bewegungen. Sowohl sie als auch das Haus riechen nach Müll und saurem Urin. Sie lächelt. Ich habe sie noch nie auf diese Weise lächeln sehen. Sie sieht geradezu menschlich aus. Ich fange an zu putzen. Auf dem Tisch liegen mit Marmelade bestrichene Zeitungen, in der Spüle Glasscherben, halb volle Konservendosen, säuerlich riechende Milchpackungen, und fast alles im Kühlschrank ist verschimmelt. Der Boden ist voller Erde und Dreck, in einer Ecke hat sie eine Packung Zucker verschüttet. Der weiße Berg ist schwarz von Ameisen, die zwischen einem Loch neben der Türschwelle und dem Zuckerhügel hin- und hermarschieren.

»Danke«, sagt sie.

»Keine Ursache«, erwidere ich.

»Wie lange ist es her, dass du zum letzten Mal hier warst?«

»Elf Jahre«, antworte ich.

»Und jetzt ist es dir also gelungen, etwas zu veröffentlichen«, sagt sie.

»Ja, ich habe schon mehrere Bücher veröffentlicht«, antworte ich.

»Du bist privilegiert, du brauchst gar nicht über Geld nachzudenken, dafür habe ich gesorgt.«

»Ich kann für mich selbst sorgen«, antworte ich.

»Wirklich?«, fragt sie.

»Ja«, antworte ich.

Ich setze einen Kessel Wasser auf, öffne die Haustür und beginne zu fegen.

»Habe ich den Verstand verloren?«, fragt Miriam.

»Ja«, antworte ich.

»Aber ich habe meine klaren Momente.«

»Deine Demenz hat dich noch nicht ganz unter Kontrolle.«

»Ich bin nicht dement. Ich gleite nur immer weiter hinein in Rodinia.«

»Deine Ärztin hat mich angerufen. Sie hat sich Sorgen gemacht, weil du den Pflegedienst nicht hereinlassen wolltest.«

»Ich bestimme selbst, wen ich in mein Haus lasse.«

»Erinnerst du dich daran, dass du im Krankenhaus warst?«

»Ich erinnere mich, dass sie mich in irgendeine Maschine schieben wollten, weil einige meiner Flecken seltsam aussehen.«

»Es hat sich herausgestellt, dass du unter fortgeschrittenem Gebärmutterhalskrebs leidest und bald sterben wirst.«

»Wer tut das nicht? Woher hat diese Ärztin überhaupt deine Nummer?«

»Du hattest mich als nächste Angehörige angegeben.«

»Das glaube ich nicht. Aber jetzt bist du da, und sie hat recht. Ich kann ja kaum mehr bis zur Toilette humpeln. Es war gut, dass du gekommen bist. Ich brauche tatsächlich Hilfe.«

»Ich bin gerade dabei, dir zu helfen.«

»Das sehe ich.«

»Es ist wirklich dreckig hier.«

»Oh nein, nicht den Ameisenhaufen, der ist meine einzige Unterhaltung.«

»Aber du kannst die Ameisen doch nicht mal sehen ohne Brille?«

»Nein, aber ich sehe die schwarzen Linien, die sie auf den Boden zeichnen, und den Rest kann ich mir vorstellen. Sui, ich bin ziemlich allein, ich habe niemanden außer dir.«

»Ja, das sagtest du schon.«

»Du brauchst mir nicht bei der Hausarbeit zu helfen, ich möchte, dass du dich auf etwas viel Wichtigeres konzentrierst.«

»Ja?«

»Ich möchte dich bitten, den letzten Spalt im Paradies zuzumauern. Aber erst musst du mir da hineinhelfen. Ich habe alles vorbereitet, mein Tod und meine Beerdigung können in einem Aufwasch erledigt werden. Ich habe einen Baum aufgehängt und sein Wurzelgeflecht an einer großen, kugelrunden Höhle befestigt, die gerade groß genug ist, dass ich drinnen sitzen kann. Nur ein Seil muss gekappt werden, dann fallen die Wurzeln des Baums auf ihren Platz in der Erdhöhle, und es wird automatisch lose Erde hineingeschaufelt, die alles bedeckt. Du musst mir nur ins Innere von Rodinia hineinhelfen und in das Wurzelgeflecht und dann das Seil kappen. Im Prinzip kann ich das alles allein, aber ich sehe so schlecht, und wenn ich laufe, schmerzt es in allen Gliedern, als würden sich Messer hineinbohren. Wenn du mich begraben hast, verlässt du das Paradies, mauerst den letzten Spalt zu und vollendest das Werk für diesen Moment.«

»Miriam, das mache ich nicht. Selbst wenn ich dir helfen wollte, ist das nicht erlaubt. Ich könnte des Mordes angeklagt werden, denn dein Erbe ist bestimmt beträchtlich, auch wenn der größte Teil an den Fonds geht, der Rodinias Überleben sichert.«

»Ich bestimme hier.«

»Ja, aber du bestimmst nicht über mich, und ich werde dich nicht umbringen.«

»Dann lass mich in Ruhe. Ich dachte, ich bräuchte dich, aber so ist es wohl doch nicht.«

»Ich werde mir in der Strohhütte das Bett beziehen, und dann gehe ich ins Bett. Bis morgen.«

»Mach, was du willst.«

»Gute Nacht, Mama.«

»Miriam.«

»Mama.«

Seoul, 2010

Kai

Nachdem wir den Eintritt ins Jjimjilbang bezahlt haben, werden wir zunächst mit Handtüchern ausgestattet, dann bekommt Jensen ein rosa Baumwollset, bestehend aus einem weiten Oberteil und einer Hose, und ich ein grünes. Ich gehe hinauf in die Männerumkleide, stelle meine Schuhe in ein Fach, lege meine Klamotten in ein anderes und gehe dann nackt an einem großen Flachbildschirm vorbei, auf dem gerade eine koreanische Soap-Opera läuft. Mehrere Männer sitzen nackt auf Holzbänken und folgen der Handlung in *Winter Love Story*. Noch immer nackt, komme ich an einem kleinen Kiosk vorbei, wo die üblichen süßen Getränke, Eiskaffee, Reiswasser, Limonaden und Snacks verkauft werden. In der Duschabteilung säubere ich mich sorgfältig und gehe dann in den nächsten Bereich, wo ich mich auf einen kleinen Plastikhocker setze und erneut reinige, meinen Körper mehrmals hintereinander mit derselben Gründlichkeit wasche wie die Koreaner ihren Reis. Dann bin ich bereit für die verschiedenen Bäder, Holzbäder, Dampfbäder, Eisbäder, Steinbäder, Bäder mit sprudelndem Wasser oder ohne, Saunen mit unterschiedlichen Temperaturen, Fußbäder mit Massagefunktion oder ganz normale Massagen auf einer Liege. Ich schwimme erst ein wenig in einem großen, kalten Becken mit einem künstlichen Wasserfall, unter dem man sich abkühlen kann. Als ich fertig bin, ziehe ich das grüne Baumwollset an und gehe in die nächste Etage. An den Wänden hängen keine Bilder, das Gebäude ist ganz neu, überall saubere Flächen. Die zweite Etage wird gemeinschaftlich von Männern, Frauen und Kindern genutzt. In einem großen Aufenthaltsraum mit geheiztem Linoleumboden sind kleine, quaderförmige Kissen verteilt. Die Leute liegen überall, einige schlafen. Jensen ruht in ihrem rosa Baumwolldress mittendrin und sieht fern. Sie winkt, als sie mich entdeckt.

»Das Badehaus ist rund um die Uhr geöffnet, deshalb gehen die Männer hierhin, wenn es zu Hause kriselt«, erkläre ich. »Der Rezeptionist in unserem Hotel hat mir erzählt, dass er einmal drei Nächte hintereinander in einem Jjimjilbang verbracht hat.«

Ich fand Jensens Geruch immer abstoßend, aber er hat sich geändert, seit wir ins Badehaus gekommen sind. Sie duftet geradezu anziehend.

»Hast du ein neues Parfüm?«, frage ich.

»Nein«, sagt sie. »Genau wie du bin ich bis auf die Unterhaut rein geschrubbt und gescheuert. Jetzt ist nur noch mein eigener Geruch übrig.«

»Du duftest ganz besonders, mild und blumig«, antworte ich. »Warum tränkst du dich mit Parfüm, wenn du so duftest?«

»Du schmeichelst mir«, antwortet sie. »Daran könnte ich mich glatt gewöhnen. Setz dich, du siehst aus, als müsstest du dich ein bisschen ausruhen.«

Es ist seltsam, Arm in Arm mit Jensen zwischen den fremden koreanischen Körpern zu liegen. Wir dösen vor uns hin. Jensen streicht mir über den Rücken. Ich bin von ihrer Fürsorge gerührt und muss schlucken.

»Ich bin froh, dass du mitgekommen bist«, sage ich.

»Hier ist alles so geheimnisvoll, dass ich fast Lust bekomme, einen Krimi zu schreiben. Ich war noch nie an einem Ort, der so fremd ist, ich durchschaue diese Kultur gar nicht, nicht mal den Gesichtsausdruck der Leute kann ich deuten. Wie war es, deinen Vater zu sehen?«

»Ich werde ihn am Sonntag wieder besuchen. Ich glaube, er leidet unter einer Depression. Ich wäre fast gestorben vor Angst, als ich an seine Tür geklopft habe. Aber als wir zusammen im Wohnzimmer saßen, war es so, als hätten wir schon immer dort gesessen. Er hat mir etwas erzählt, über das ich nicht hinwegkomme.«

»Ja?«

»Dass ich nicht übers Wasser gehen kann.«

»Hast du uns alle hinters Licht geführt?« Sie lächelt.

»Vielleicht«, antworte ich. »Ich versuche immer noch zu verstehen, wie ich so dumm sein konnte. Ich habe mein ganzes Leben in dem Glauben gelebt, ich wäre etwas Besonderes. Warum habe ich es nie wieder ausprobiert?«

»Das ändert doch nichts«, sagt Jensen.

»Vielleicht ändert es alles. Ich bin ganz durcheinander, deshalb habe ich beschlossen, zu einem Mudang zu gehen«, sage ich.

»Was ist das?«

»Ein koreanischer Schamane.«

Marado, 2010

Suis Notizen

Seepferdchen/Hippocampus

Das Seepferdchen gehört zu den Knochenfischen und zur Familie der Seenadeln. Im Gegensatz zu anderen Fischen geben die Weibchen die Eier, die sie produziert haben, an die Männchen weiter, die sie dann bis zu einem Monat lang in sich tragen, ehe sie Hunderte lebender Junge gebären.

Hippocampus heißt auch ein Bereich im Gehirn, der nach dem Seepferdchen benannt ist, weil er dieselbe Form hat. Das menschliche Gehirn hat zwei davon. Sie haben eine Bedeutung für die menschliche Fähigkeit, sich zu orientieren und Neues zu lernen, und bilden das Tor zu unserem Lang- und Kurzzeitgedächtnis. Eine Art Festplatte.

Manche Menschen trocknen Seepferdchen und hängen sie als Schmuck auf.

Haema heißt Seepferdchen auf Koreanisch.

In der Traditionellen Koreanischen Medizin werden die Seepferdchen als Pulver oder in Pillenform eingenommen. Seepferdchen können alles heilen – von Asthma, Hautkrankheiten, Schlaflosigkeit und Impotenz bis hin zu Geschwülsten im Bauchraum.

Es ist schwieriger, sich ein Pferd vorzustellen, das die Form eines Sees hat, als einen See, der die Form eines Pferdes hat.

Dalarna, 2021

Miriam

Das Morgenlicht liegt wie ein sanfter Flaum auf dem Wald. Ich habe immer noch klare Phasen zwischen den großen, nebligen Abschnitten, in denen ich nicht weiß, was ich gerade tue. Morgens ist mein Kopf am klarsten. Mir läuft die Zeit davon. Ich bewege meinen Körper ganz langsam, um überhaupt aus dem Bett zu kommen. Als ich spüre, wie etwas Warmes zwischen meinen Beinen herabläuft, bleibe ich einen Moment stehen. Mein weißes Nachthemd tropft. Die Pflegehelferin muss es mir angezogen haben. Ich habe nicht die Kraft, es wieder auszuziehen. Jede kleine Regung schmerzt in meinem steifen Körper. Mit krummem Rücken und kleinen Schritten bewege ich mich voran. Ein Bein nach dem anderen, aus dem Haus, in den Wald hinein.

In südlicher Richtung ist noch ein Spalt in der Mauer geöffnet, gerade groß genug, dass ein Mensch hindurchkriechen kann. Je näher ich dem Spalt komme, desto mehr Energie bekomme ich. Der Schmerz, der in allen Muskeln und Gliedern hallt, verklingt. Drinnen stehen lose Steine, Mörtel, ein bisschen Zement und Wasser in der mit einer Plane bedeckten Schubkarre direkt neben der Öffnung bereit. Ich zwänge mich durch den Spalt. Gebe Zement in den Mörtel und Wasser in den Betonmischer. Dann lege ich mich auf den Boden, schließe die Augen und warte. Eine seltsame Energie strömt in meinen Körper; als ich mich aufsetze, fühle ich mich wieder jung. Ich fange an, das Loch zuzumauern. Ein verzerrter Laut dringt aus meinem Mund, als ich den letzten Stein platziere und das Paradies von innen versiegle.

Alles ist so lebendig und grün in Rodinia. Ich kehre der Mauer den Rücken zu und gehe zum Zentrum meines Paradieses.

Der Baum wartet. Mathildes Baum wächst neben meinem. Ich habe die Beerdigungsmethode an ihr erprobt, deshalb bin ich mir sicher, dass alles so funktioniert, wie es sollte. Es ist, als würde mir der Baum mit all seinen Blättern zuwinken. Ich klappe das Messer auseinander und empfinde Stolz, als ich das Plastik löse, das als eine Art Blumenkübel um das Wurzelgeflecht gedient hat, schneide ein Loch zwischen die Wurzeln und zwänge mich hinein. Ich beachte meine Schmerzen nicht mehr. Ich öffne das kleine Silberamulett, das an einer Kette um meinen Hals hängt, nehme die Cyanidkapsel heraus und lege sie zwischen meine Zähne, dann strecke ich die Hand aus und schneide das Seil durch. Als der Baum fällt, werden die Wurzeln und mein Körper auf den Boden geschmettert, meine Zähne klappen über der Kapsel zusammen, und der Inhalt breitet sich in der Mundhöhle aus und wird von den Schleimhäuten aufgenommen. Ich öffne ein Auge und rechne damit, in der Dunkelheit zu versinken. Doch selbst hier, im Boden, von Wurzeln umhüllt, von Erde bedeckt, dringen kleine Lichtflecken herein.

Saju Café, Interview, Korea, 2010

Kai

Ich trete mit dem Dolmetscher ins Saju Café und entdecke sie sofort, denn abgesehen von der Kellnerin ist sie die einzige Person im Raum. Sie sieht aus wie eine ganz gewöhnliche ältere Frau. Ihr Körper ist schmal, die Arme sind ein wenig lang. Ihr Haar ist streng nach hinten gekämmt und im Nacken zu einem Knoten gebunden. Sie lächelt, als sie mich sieht. Ihre dunklen Augen sind lebendig und ruhig zugleich, sie leuchten mir entgegen, und ich fühle mich plötzlich vollkommen entspannt und leicht.

Dolmetscher: Wann sind Sie geboren?

Ich: Nach dem Mondkalender am 1. März 1966.

Dolmetscher: Zeitpunkt?

Ich: Um 10.10 Uhr.

Dolmetscher: Name?

Ich: Kai.

Dolmetscher: Sie möchten etwas über Ihre Zukunft erfahren?

Ich: Ja.

Dolmetscher: Sie vertrauen den Menschen nicht gleich, aber wenn sie Ihr Vertrauen gewinnen, würden Sie ihnen alles geben. Doch Sie müssen aufpassen, dass man Ihnen kein Messer in den Rücken rammt. Sie sind stur und hören nicht oft auf andere, dabei lohnt es sich manchmal, auf andere zu hören.

Ich: Aha.

Dolmetscher: Sie sind ein aktiver Mensch, Sie sollten eine aktive Tätigkeit ausüben, nicht im Büro sitzen. Sie erkennen schnell die Sehnsüchte anderer Menschen, die Mudang meint, Sie hätten eine Verbindung zu den Geistern?

Ich: Ja.

Dolmetscher: Träumen Sie viel oder wenig?

Ich: Ich träume wenig.

Dolmetscher: Wenn Sie nicht viel träumen, handelt das, wovon Sie träumen, von der Zukunft. Mit dem Geist, den Sie haben, können Sie die Zukunft durch Ihre Träume ändern. Momentan durchlaufen Sie eine Veränderung, Ihr Leben ändert sich in diesen Jahren. Das hat letztes Jahr angefangen, und momentan ist es schwer für Sie, aber nächstes Jahr wird es anders sein.

Ich: Ja, es war schwer.

Dolmetscher: Ihre Liebe ist eher groß als klein, sie besitzen eine große innere, mütterliche Energie. Das kann für Sie selbst und andere mitunter verwirrend sein.

Ich: Weiß die Mudang, warum ich manchmal eine starke Energie in den Armen spüre?

Dolmetscher: Leiden Sie unter Depressionen?

Ich: Als meine Tochter Sui auszog, war ich wohl depressiv, ich wusste plötzlich nicht mehr, wer ich war. Ich lag wochenlang in meinem Bett, aber meine Arme waren voller Energie.

Dolmetscher: Sind Ihre Schultern jetzt schwer?

Ich: Nein, als ich anfing, die Menschen in Auroville zu heilen, hörte das unbehagliche Kribbeln auf, aber jetzt hat es wieder angefangen.

Dolmetscher: Durch den Umzug Ihrer Tochter ist eine

Öffnung in Ihnen entstanden, und der Geist Ihres Großvaters konnte hineinschlüpfen. Er war Heiler und hat es verstanden, die weiße Energie, die auch Sie in sich tragen, in diese Welt hinein zu kanalisieren. Er selbst hat nicht das erreicht, was er wollte, als er hier war, deshalb teilt er sich jetzt durch Ihren Körper mit. Deshalb sind Ihre Fähigkeiten an die Oberfläche gedrungen.

Ich: Würden Sie mir erklären, was ein schamanistisches *gut* ist?

Dolmetscher: Wenn jemand stirbt, ist das eine Möglichkeit, mit dem Toten in Kontakt zu treten oder für seine eigene Zukunft zu beten. Wenn man besessen ist, kann man in einigen Fällen durch ein *gut* geheilt werden.

Ich: Ich habe auf dem Inwangsan ein *gut* beobachtet. Dort war eine Frau, die auf einer Treppe aus großen Messerschneiden zu einem Podest hinaufstieg, das mit Bergen von rohem Fleisch bedeckt war.

Dolmetscher: Die Mudang sagt, die Menge des Essens würde davon abhängen, wie viel Geld man hat.

Ich: Aber wofür wird das Essen verwendet?

Dolmetscher: Es ist ein Opfer für die Geister, eine Möglichkeit, die Geister der Vorväter anzulocken, damit man für eine gute Zukunft beten kann.

Ich: Warum gehen sie über Messerschneiden?

Dolmetscher: Das macht man, um einen Geist zu bitten, einen Körper zu verlassen. Die Messer sind angsteinflößend, und manchmal bekommen die Geister Angst und verlassen den Körper, in den sie gefahren sind.

Ich: Irgendwann stand die Frau, die gereinigt werden sollte, auf allen vieren. Einer der Mudangs legte ihr Zweige und Essen auf den Rücken, ein anderer warf Essen und Alkohol aus der Tür, was bedeutet das?

Dolmetscher: Das ist für die Geister, die aus Neugier herbeikommen, es bedeutet: Iss das hier und dann verschwinde.

Ich: Aha.

Dolmetscher: Die Mudang fragt, warum Sie so viel wissen wollen.

Ich: Es war ein großes Erlebnis für mich, aber auch undurchschaubar.

Dolmetscher: Es ist ein seltenes Erlebnis, sogar in Korea. Ich selbst habe noch nie ein *gut* gesehen, Sie hatten Glück. Die Mudang sagt, Sie sollten sich hüten, die schamanistische Welt zu sehr auszuforschen, sonst riskieren Sie, selbst als Mudang zu enden, und das ist kein gutes Leben. Sie könnten sogar schwer krank werden. Kehren Sie in Ihren Job als Architekt zurück, aber geben Sie auch auf Ihren Körper acht und setzen Sie Ihre besonderen Fähigkeiten bewusst ein, anstatt sie zu verbergen. Folgen Sie nicht dem Geld, folgen Sie der Wahrheit.

Ich: Habe ich ihr erzählt, dass ich Architekt bin?

Dolmetscher: Nein, aber sie sagt, es gebe Dinge, die man nicht laut sagen muss, weil sie sich automatisch übertragen. Haben Sie noch weitere Fragen?

Ich: Nein. Danke, dass sie mit mir sprechen wollte.

Als ich aus dem Saju Café komme, bin ich verwirrt und aufgeräumt zugleich. Auf einer Bank sitzt ein älterer Mann, der aussieht, als hätte er starke Schmerzen. Ich gehe auf ihn zu und verbeuge mich leicht. Ich suche seinen Blick, sehe ihm in die Augen, und er beginnt zu lächeln. Ich deute auf seinen Kopf und zeige ihm meine Hände. Er nickt.

Ich lege ihm eine Hand auf die Stirn und eine direkt über

den Nacken und schließe die Augen, doch meine Hände bleiben kalt. Meine Handflächen fangen an zu schwitzen. Ich spähe durch meine halb geschlossenen Augen, kein Rauch dringt hervor, nichts passiert. Ich nehme meine Hände wieder weg und zucke bedauernd die Schultern.

»Entschuldigen Sie«, murmele ich, »aber ich kann Ihnen nicht helfen.«

Er steht auf und verbeugt sich.

»*Gamsahamnida,* danke«, sagt er und verschwindet den Weg hinunter.

»Nichts zu danken«, sage ich zu mir selbst.

Dalarna, 2021

Sui

Als ich aufwache, liegt ein Keil von Licht auf meinem Gesicht. Letzte Nacht habe ich eine halbe Flasche Rum getrunken und eine ganze Schachtel Zigaretten weggeraucht. Ich saß in eine Decke gehüllt vor dem Haus und sah in einen blassblauen Nachthimmel hinauf. Meine Gedanken flogen in die Sommernacht empor. Jetzt habe ich einen Kater. Es ist schon zwölf, ich muss mindestens zehn Stunden geschlafen haben. Vielleicht kann man vor dem Tod davonlaufen, ihn abschütteln. So ohne Weiteres, vielleicht kann man vergessen, dass das Leben ein abgeschlossenes Haus ist und der Tod die einzige Tür nach draußen. Miriam benimmt sich vollkommen unmöglich. Aber zum ersten Mal seit Langem fühle ich mich stärker als sie. Als ich kam, hatte ich erwartet, wir würden uns an ihrem Sterbebett versöhnen, es würde etwas bedeuten, dass wir einmal miteinander verbunden waren und ich durch ihren Körper auf die Welt gekommen war.

Miriam liegt im Sterben, und ich werde weiterleben. Ich habe beschlossen, dass ich Miriam trotzdem dabei helfen werde, ihr Lebenswerk zu vollenden.

Der Boden auf dem Flur knarrt. Entlang der Wände liegen alte Zeitungen, stehen Flaschen, Gartengerät und unvollendete Skulpturen. Ich klopfe an die Tür ihres Schlafzimmers, ohne eine Antwort zu bekommen. Ich schiebe die

Tür auf. Das Bett ist leer. Eine Spur von irgendeiner Flüssigkeit zieht sich vom Bett in Richtung Tür. Sie endet mitten im Zimmer in einer stinkenden Pfütze.

»Miriam?«

Ich renne durch das Haus, in die Scheune, durchsuche alle Schuppen, rufe nach ihr. Könnte sie versucht haben, sich in den Wald zu schleppen und bis ins Innere von Rodinia?

Ich renne den Pfad entlang in den Wald, stolpere über eine Wurzel und stoße mich an einem scharfkantigen Stein, aber ich bemerke es kaum. Die Bäume stehen wie ein schweigendes Heer um mich herum, und der Pfad saugt meinen Körper tiefer zwischen sie. Ist sie überhaupt in der Lage, sich ohne Hilfe so weit fortzubewegen? Als ich die Mauer erreiche, ist der Spalt weg. Der Mörtel ist noch feucht. Ich spüre die Panik wie Feuer im Körper, ich muss die Steine unbedingt nach innen drücken. Ich drehe um und suche zwischen den Bäumen nach einem brauchbaren Stock, doch als ich wieder vor der Mauer stehe und ihn ansetzen will, um die Steine hineinzustoßen, zögere ich. Ich bin voller Tränen; wenn ich ein Loch in die Mauer stoße, würde alles aus mir herausbrechen. Ich lasse den Stock fallen, presse die Stirn und die Handflächen an die rohe Mauer. Ich spüre, wie eine brüllende Trauer in mir aufsteigt. Ich bohre die Finger in die weichen, feuchten Fugen zwischen den Steinen.

Korea, 2010

Kai

Hast du heute schon mit Sui gesprochen?«, fragt Jensen.

»Ja, sie sagt, sie würde bei Mi-Ok in eine Lehre als Taucherin gehen. Anscheinend hat sie Talent.«

»Werden wir denn dorthin reisen?«

»Nein, jetzt, wo ich weiß, dass es ihr gut geht, soll sie ihre Ruhe haben dürfen.«

Während die Worte in den Raum dringen und durch die Ohren wieder in mein Bewusstsein zurückkehren, geht mir auf, dass ich erst jetzt wirklich akzeptiere, dass Sui von zu Hause ausgezogen ist. Merkwürdigerweise breitet sich in meinem Körper Erleichterung aus, denn indem ich sie loslasse, befreie ich auch mich selbst. Und die Liebe zwischen uns wird gewissermaßen größer.

»Was hältst du davon, morgen wieder nach Hause zu fahren?«

»Das passt mir hervorragend«, antwortet Jensen. »Allmählich vermisse ich es, wieder mehr Raum für meine Gedanken zu haben, ich denke besser in leeren Räumen, hier ist es besonders und inspirierend, aber überall sind Menschen.«

»Was trägst du denn da?«

»Ein weißes Kleid.«

»Hast du deine langen, bunten Roben aussortiert?«

»Ja.«

»Und dein Parfüm hast du auch aufgegeben?«

»Ja, am Ende werde ich noch genauso asketisch und schlitzäugig wie du.«

»Stopp.«

»Wie bitte?«

»Deine Kommentare über Asiaten fand ich schon immer schrecklich.«

»Das hättest du doch einfach sagen können«, erwidert sie.

»Ich tue es ja jetzt«, sage ich. »Stimmt etwas nicht?«

»Mein Nacken ist so verspannt.«

»Setz dich mal hierher.«

Mir fällt der Mann auf der Bank wieder ein und wie widersprüchlich es ist, dass meine Fähigkeiten in dem Moment, in dem ich bereit war, die verborgenen Teile meiner Persönlichkeit zu akzeptieren, auch wenn ich dadurch vielleicht lächerlich gemacht oder ausgestoßen würde, plötzlich verschwanden. Ich sehe Jensen in die Augen, warte, bis sie bereit ist, und greife mit einer Hand in ihren Nacken. Selbst jetzt bleiben meine Hände kalt. Ich beginne zu schwitzen. Ich schließe die Augen, lasse meine Arme fallen und gebe auf.

»Kai?«, sagt Jensen. »Du leuchtest ja.«

»Tue ich das?«

»Ja, du bist von einer Hülle aus weißem Licht umgeben, das sieht ziemlich wild aus.«

Im selben Augenblick strömt die Wärme durch meine Handflächen, Jensens blumiger Duft erfüllt meine Nasenlöcher und strömt in meinen Körper hinein. Das schwere Parfüm, hinter dem sie sich versteckte und mit dem sie mich auf Abstand hielt, ist jetzt verschwunden, und ich spüre etwas, das ich vorher nicht benennen konnte: ein tiefes Gefühl von Liebe.

»Warum siehst du mich so an?«, fragt sie.

»Es ist, als hätte ich dich vorher nicht gesehen, jedenfalls nicht ernsthaft, und jetzt kann ich nicht damit aufhören zu schauen.«

Das Hoteltelefon klingelt.

»Das Taxi ist da, Herr Kai.«

Kopenhagen, 2011

Kai

Liebe Sui,
herzlichen Glückwunsch zu deinem ersten Buch. Es liegt hier vor mir, und ich empfinde Stolz und Liebe. Ich hoffe, du fühlst dich immer noch wohl auf deiner Insel und kommst weiter zum Schreiben. Nachdem ich aus Korea zurückgekehrt bin, hat sich endlich alles gefügt. Ich bin in Jensen verliebt, ja, du hast richtig gelesen, und sie ist auch in mich verliebt. Es fing in Korea an. All die Jahre, die vergangen sind, und sie hat die ganze Zeit direkt vor mir gestanden! Jensen und ich haben das Haus von allen überflüssigen Möbeln befreit und mit lebenden Pflanzen gefüllt. Finn und ich sind dabei, unser Architekturbüro neu zu definieren. Wir haben viele Jahre daran gearbeitet, rentabel zu werden, und das Geld und der Erfolg stellten sich ein, aber die Visionen und der Funke der Begeisterung sind nach und nach verschwunden. Finn liest jetzt Texte von Sri Aurobindo und fühlt sich genauso inspiriert wie ich. Alles ist noch so wie vor meiner Reise, und trotzdem ist alles anders. Erst jetzt ist mir bewusst geworden, dass es darum geht, zu dem zu stehen, was man ist. Das klingt banal. Aber ich war tatsächlich nervös, wie Finn reagieren würde, als ich ihm erzählte, dass ich Heiler bin, doch wie sich dann herausstellte, war seine Mutter die erste ayurvedische Ärztin in Dänemark,

wir haben nur nie über so etwas gesprochen. Jetzt haben wir uns ein anderes Ziel gesetzt, wir wollen eine holistische Architektur erschaffen, die die Menschen heilen soll. Materialien, Licht, Formen und Strukturen, alles hat eine Wirkung auf uns. Was wir zeichnen, soll mit Respekt für die Natur und die Umwelt erbaut werden, wir werden eine neue und besondere Formensprache entwickeln und Gebäude und Räume, wie man sie noch nie gesehen hat.

Liebe Sui, schreib mir zurück und erzähl mir, was in deinem Leben passiert, deine Briefe gehören zu den absoluten Höhepunkten in *meinem* Leben.

Alles Liebe

Dein Vater

Schweiz, 2021

Sui

Papa, ich bin's.«

»Hallo, Sui, bist du noch in Miriams Haus?«

»Nein, ich bin in der Schweiz. Eigentlich war ich ja auf dem Weg nach Lausanne für ein Aufenthaltsstipendium, die Reise nach Schweden war nur ein Abstecher, und jetzt kann ich nichts mehr tun, Miriam hat es ja geschafft, sich selbst zu begraben.«

»Wie geht es dir?«

»Ich brauche etwas mehr Abstand zu dem Ganzen, bevor ich darüber sprechen kann.«

»Kommst du in Kopenhagen vorbei, ehe du nach Marado reist?«

»Leider nicht, ich habe Mi-Ok versprochen, so schnell zurückzukommen, wie ich kann, die Frauen brauchen mich, sie werden nicht jünger.«

»Aber an Weihnachten kommst du trotzdem nach Hause?«

»Ja, das mache ich.«

Ich lege auf und setze mich an den Schreibtisch. Der Wind ist trocken und lau, vor meinem Fenster wächst eine Platane, ein dreihundert Jahre alter Riese, der über die Erde wacht. Das Haus liegt hoch, man hat eine spektakuläre Aussicht auf den Wald, die Sonnenblumenfelder, die Weinstöcke, die Apfel- und Kirschbaumplantagen unten am See, und dahinter liegen die Berge. An klaren Tagen zeichnen sich die Zacken des Mont Blanc vor dem blauen Himmel ab. Ich verliere mich so leicht in dieser Aussicht, weil sich das Licht, in dem sich die Berge zeigen, dauernd ändert. Sie werden ständig in neuen Formen wiedergeboren. Von ganz oben betrachtet sind die Berge die Falten der Erde. Sie waren schon immer hier.

Ich bin hier, um mein nächstes Buch zu beenden. Meine Gedanken kreisen immer um Miriam. Wenn ich mich vor meinen Computer setze, kann ich nur über sie schreiben. Selbst beim Zähneputzen ist sie das Einzige, was ich vor mir sehe. Sie liegt in der Badewanne. Ihr Haar treibt im Wasser wie schwarzer Tang, die Konturen ihres Körpers werden vom Wasser verwischt. Wenn ich durch das hohe Fenster sehe, dass die Sonne erwacht ist, gehe ich hinaus. Die Rosen sind beschnitten, ihre harten, dornigen Zweige spreizen sich.

Ich will nicht über sie schreiben, deshalb lese ich stattdessen so, wie ich als Kind gelesen habe, ohne innezuhalten. Ich lese, bis ich mich selbst verliere. Die Wörter erfüllen mich mit fremden Gefühlen und Orten. Trotzdem ist das Erste, was ich schreibe, als ich mich wieder ans Schreiben mache: »Miriam hat niemanden geliebt, am wenigsten sich selbst.« Ich komme nicht an ihr vorbei, ich bin gezwungen, sie aus meinem Körper hinauszuschreiben. Ich sammle alle Textfragmente, die ich über sie habe, in einem Dokument und gebe ihm den Arbeitstitel: Mutter. Ab da schreibt sich das Buch von selbst. Das ist mir noch nie passiert, aber jetzt geschieht es, die Wörter sprudeln hervor.

Korea, in den Bergen, 2021

Sui

Bevor ich nach Marado zurückfliege, schicke ich meinem Lektor das Buch über meine Mutter. Am nächsten Tag bin ich wieder auf der Insel und trinke Tee in Mi-Oks kleinem Gästehaus, das mein neues Zuhause geworden ist. Alles ist klein, ein kleines Waschbecken, ein Trockenklosett, ein Kühlschrank, eine dünne Matratze, die tagsüber zusammengefaltet wird, und eine Gasflamme zum Kochen. Das Gästehaus liegt auf der anderen Straßenseite, auf den Klippen direkt am Wasser. Es wird niemals Wurzeln schlagen, die Klippen sind zu rau, das Haus muss sich daran festklammern wie eine Seepocke. Das etwas größere Haus, in dem Mi-Ok selbst wohnt, liegt hinter den Restaurants der Insel verborgen.

»Du bist meine nächste Verwandte«, sagt Mi-Ok, »und wirst mich beerben, wenn ich sterbe, aber das Gästehaus gehört dir bereits.« Sie hat Buchstaben in ein Holzschild geschnitzt, »Sui House« steht dort. Den ganzen Sommer über tauche ich mit den alten Frauen und verdiene gerade genug, um durch den Winter zu kommen, wenn ich zum Schreiben in die Berge ziehe, in eine Hütte, die mein Großvater selbst erbaut hat. Ich habe auch das Erbe von Miriam, aber keine Lust mehr, das Konto anzurühren, auf dem es liegt.

»Sui, ich habe eine gute und eine schlechte Nachricht«, sagt mein Vater, als er anruft.

»Die schlechte zuerst.«

»Du hattest uns gebeten, nach Miriams Haus zu sehen, und das haben wir auch getan. Als wir von der Straße abgebogen sind, auf den Feldweg zum Haus, habe ich gemerkt, dass irgendetwas nicht stimmt. Überall lagen Sachen verstreut, Sofakissen, ein paar Töpfe, eine Gardinenstange, ein altes Radio. Die Tür zum Haupthaus stand weit offen. Es hatte in den Flur geregnet und geschneit. Die drei Gemälde in der Scheune, nach denen ich schauen sollte, weil Miriam es doch nicht übers Herz gebracht hatte, sie zu zerstören, sind weg. Sie haben all ihre privaten Fotos, Skizzenbücher, Werkzeuge und die Festplatten mit den unbearbeiteten Aufnahmen von ihren Projekten mitgenommen. Alles ist weg. Ich habe die Polizei angerufen, und der Beamte vor Ort kam sofort. Auf den ersten Blick gibt es keine Spuren, denen man nachgehen könnte. Die Gebäude liegen so einsam, dass niemand etwas beobachtet hat.«

»Und das Ankleidezimmer?«

»Ist auch leer, bis auf ein paar einfache Gebrauchsgegenstände, sogar die Unterwäsche ist weg. Nur ganz wenige, wertlose Sachen sind noch da, ein paar Bücher und Filme, einige Tierskelette, hundert halb verwelkte Birken in Blumenkübeln, ein paar beschmutzte Skizzen, fünfzig Scherenschnitte. Ich habe nur die Bücher mitgenommen.«

»Falls du eine Buchattrappe mit alten Briefen findest, hätte ich sie gern.«

Wir hätten es ahnen müssen. Das Haus einer verstorbenen weltberühmten Künstlerin, das monatelang unbeaufsichtigt bleibt. Schon eines ihrer Werke kann so viel Geld einbringen, dass man sich davon ein eigenes Haus kaufen kann.

»Soll ich das Haus verkaufen lassen?«, fragt er.

»Nein, lass es einfach stehen«, antworte ich. »Das Wichtigste kann man zum Glück nicht stehlen, Rodinia selbst.«

»Ja, wir haben einen Spaziergang dorthin gemacht. Irgendjemand hat Tags auf die Mauer geschmiert, ansonsten verläuft sie in einer ordentlichen, durchgehenden Linie zwischen den Bäumen. Jensen und ich waren uns einig, dass es wirklich ein beeindruckendes Kunstwerk ist.«

»Und die gute Nachricht?«

»Jensen ist schwanger, wir bekommen ein Kind. Du wirst große Schwester.«

Ich lege auf, schlüpfe in meine Sneaker und gehe zur Fähre hinunter. Eine Schwester? Jensen muss schon über vierzig sein, aber Miriam war natürlich noch älter, als sie mich geboren hat. Ich bin baff, aber ich freue mich für die beiden und bin stolz auf meinen Vater, weil er sich ein Leben aufgebaut hat, das nicht nur ihm selbst Glück und Sinn verspricht. Die Touristenfähre nähert sich. Heute habe ich versprochen, dabei zu helfen, die bunt gemischte Gruppe auf den richtigen Weg zu bringen.

Ich trage ein schwarzes Top mit dünnen Trägern, blaue Jeans und einen Filzhut mit breiter Krempe.

»Hallo«, sagt er.

»Hallo«, sage ich.

Meine Stimme lockert den Mund, den Strich in meinem Gesicht, und schwups wächst eine Blume heraus. Die Hitze ist unerträglich, und er atmet sie mühsam ein, ehe er sich umdreht und mir in die Augen sieht.

Ich halte ihm mein Gesicht entgegen wie einen Spiegel und wische mir den Schweiß von der Stirn. Er ist groß, sein Haar schwarz und kraus, sein Mund breit, er ist wohl im gleichen Alter wie ich.

»Soll ich dir mit dem Rucksack helfen?«, frage ich.

»Nein, das geht schon, danke.«

»Du hast aber viel Gepäck dabei.«

»Ich bin kein Tourist, ich schreibe meine Doktorarbeit über die koreanischen Taucherinnen und die Entstehung des Matriarchats. Ich bleibe einen Monat auf der Insel. Ich heiße Nero.«

Die Tage vergehen, sie verfliegen. Wenn ich nicht tauche, liege ich mit Nero verschlungen auf den Klippen. Wir lesen uns abwechselnd vor und reden über alles, vom Leben auf fremden Planeten bis hin zu Einzellern. Ich verbinde seine Muttermale mit blauem Filzstift zu seltsamen geometrischen Formen, die über seinen Körper laufen.

»Ich hole eine Cola«, sagt er.

Er muss den ganzen Weg die steile Treppe hinaufgehen, um zu dem kleinen Laden zu kommen.

Ich sehe ihm nach. Seine Gestalt verwandelt sich von einer Linie in einen Punkt. Dann wende ich mich dem Wasser zu, und plötzlich spüre ich nur ein Verlangen in mir. Das Meer ruft mich. Die Wolken ballen sich über der Insel. Es frischt auf, und der Wind zerrt an meinem Haar. Ich ziehe mich aus und lege meine Anziehsachen unter einen Stein. Klettere auf den Sprungfelsen, der ins Meer hinausragt. Der Fels ist warm und glatt unter meinen Füßen. Ich strecke die Arme über den Kopf, beuge die Knie und stoße mich ab. Meine Fingerspitzen treffen das Wasser als Erstes. Meine Haut zieht sich zusammen, jede Pore ist eine Seepocke. Das kühle Wasser jagt einen Schauer durch mich hindurch. Meine Augen sind offen, und das Wasser verschleiert die Sicht. Mein Haar schwebt um meinen Kopf wie Medusas Schlangen. Allmählich wird der Sauerstoff knapp, aber ich tauche trotzdem tiefer, in die Algenwälder, an meinem rechten Ohrläppchen baumelt mein Seepferdchenohrring. Da sehe ich die Schildkröte. Sie ist unnatürlich groß und paddelt direkt auf mich zu. Ich kämpfe kurz mit dem Gedanken, an die Oberfläche aufzusteigen, um Luft zu holen, und mache mich stattdessen schwer. Das Wasser wird dunkler, ich schwimme neben sie, und als sie genau auf meiner Höhe ist, greife ich nach ihrem Panzer. Da wendet sie mir ihr Gesicht zu und lächelt, ehe sie in die völlige Dunkelheit abtaucht, die sich wie ein Abgrund unter uns auftut. Erst jetzt öffnet mein Hals seine verborgenen Kiemen. Ich ziehe den Sauerstoff aus dem Wasser. Leuchtend grüne Algen verfangen sich in meinem Haar. Meine Brüste treiben wie Quallen im salzigen Wasser. Ich sehe an meinem Körper hinab, um mich dessen zu versichern, was ich schon weiß: Dort, wo vor Kurzem noch Haut war, sind jetzt nur mehr silbrige Schuppen.